KB123659

로크미디어가
유혹하는
재미있는 세상

ROK
MEDIA
로크미디어

악가의 무신 1

2023년 1월 17일 초판 1쇄 인쇄
2023년 1월 20일 초판 1쇄 발행

지은이 서준백
발행인 강준규

기획 이기헌 왕소현 박경무 강민구 조익현
책임편집 천기덕
마케팅지원 이원선

발행처 (주)로크미디어
출판등록 2003년 3월 24일
주소 서울시 마포구 마포대로 45 일진빌딩 6층
Tel (02)3273-5135 Fax (02)3273-5134
홈페이지 rokmedia.com E-mail rokmedia@empas.com

차례

서序

천휘성은 칼끝에 베인 혈마의 살점을 털어 냈다.

전란 속에서 무림의 선배, 형제를 떠나보내며 힘겹게 태양
진경을 완성했건만.

"어째서 닿지 못했나?"

가슴에 커다란 구멍이 뚫린 혈마는 그 답을 홀로 알고 있
기라도 한듯 형형한 안광을 드러냈다.

천하를 집어삼키려는 야욕처럼 여전히 강렬하고 뜨거웠다.

"소림, 화산, 곤륜……."

혈마가 으르렁댔다.

"그 우매한 것들은 내 솜털 하나 건드리지 못했건만 네놈
은 다르구나. 하나……."

노기와 웃음이 뒤섞인 모순적인 그의 눈빛이 천휘성을 향했다.

"너의 실패다, 나를 쫓으려 한 중원의 등불이여."

"갈! 나를 미혹하여 상황을 타개하려 하지 말라. 너의 패배이니라!"

혈마의 시선이 천휘성의 어깨 너머를 향했다.

천휘성을 보고 있는 것인지, 아님 그의 주변을 지키며 싸우는 무림맹의 고수들을 바라보는 건지 모를 흐릿한 시선이었다.

"아니, 끝났다. 네가 나를 온전하게 죽이지 못하였으니 본교의 탐심은 다시 이 몸을 드넓은 중원 위에 세울 것이니라."

"노부는 건재하다. 나와 생사고락을 함께한 전우들의 뜻을 이어 갈 후인들 역시 의기롭다."

혈마의 입꼬리가 비웃듯 올라갔다.

"그런가?"

천휘성은 눈살을 찌푸렸다.

무엇을 비웃는 것인가.

설마…… 알고 있는 것인가.

물어볼 틈도 없이 혈교가 퇴각을 시작했다.

부상 입은 혈마가 그를 보필하는 사대호법에게 이끌려 사라져 가는 것이 보였다.

그는 회복에 얼마나 걸릴지도 모르는 상황 속에서도 곧 집어삼킬 먹잇감을 보는 듯 웃고 있다.

"와아아!"

비명이 서서히 잦아들고 환호성이 들렸다.

천휘성을 빙 둘러서기 시작한 생존자들.

"주군!"

"맹주!"

천휘성은 흐릿해져 가는 눈을 들어 살아남은 이들의 면면을 살펴보았다.

전쟁이 이어져 오며 이젠 등을 맡길 동료보다 책임져야 할 후인이 더 많아졌다.

화산파의 청명이 환희에 찬 눈빛으로 가장 먼저 달려왔다.

"사백!"

의형제였던 화산파 전대 장문인 진휴가 겹쳐 보였다.

장문인의 무거운 책무를 맡기엔 모자란 사내.

하지만 청명 말고 대안이 없었다.

"혈마의 가슴에 구멍을 남기신 절초를 보았습니다! 사백의 초식은 그야말로 완전무결하셨습니다!"

"아니다. 완전무결에 집착했던 것이 잘못이었다."

놈은 그보다 더 나았다.

그리고 그 결과는……

쿨럭!

꾹 누르고 있던 피가 쏟아져 나왔다.

한번 둑이 터지자 온몸이 피로 젖었다.

"사, 사백?"

당황한 청명이 멈칫하는 사이.

"주군!"

산동악가의 악진명이 지체 없이 천휘성의 등을 받쳐 안았다.

'진명…… 그대인가.'

혈교로부터 목숨을 지켜 준 이후 그 가솔들과 함께 언제나 자신의 등을 지켜 준 백전노장.

"조금만, 조금만 견뎌 주시옵소서."

"괜찮네, 나는……."

"아무 말씀도 하지 마시옵소서! 아직 중원에는 주군이 필요합니다. 그러니 제발."

"잠시 일어날 수 있게 도와주게."

"하오나! 주군!"

천휘성이 진명의 뜻을 거절하며 다시 일어났다.

"듣거라."

흐릿해졌던 천휘성의 눈동자에서 다시 열기가 흘러나왔다.

모두가 '회광반조'임을 눈치챘다.

제아무리 무신이라 할지라도 방금 전 내보인 구공분혈 속에 살아남을 수는 없었다.

모두가 무릎을 꿇고 슬퍼했다.

"돌아가시면 아니되십니다!"

"기운을 내소서!"

수많은 목소리들 한가운데 천휘성이 혈마가 사라진 방향을 향해 검을 겨눴다.

"나는 혈마를 온전히 베지는 못하였으나 대신 큰 상처를 입힐 수 있었다. 하여 그가 쓰러진 지금이야말로 혈교를 무너트릴 적기이니…… 서둘러 그 뒤를 쫓아 간악한 자들의 잔존 세력을 궤멸하라. 나아가……."

천휘성은 후인들에게 모든 것을 나누기로 마음먹었다.

'애초에 나만의 것이 아니었음이야.'

세상을 떠난 일부 의인들은 각파의 반대를 무릅쓰고 자신이 가진 절기들을 아낌없이 천휘성과 공유했다.

천휘성이 혈마에 대적할 유일한 존재라고 생각한 것이다.

"맹주전 벽화 뒤에 태양진경의 심득을 남겨 놓았으니 서로 공유하여 새로운 시대를 대비하라."

다음 순간 천휘성의 검이 꺾이고 비틀거리는 그의 몸을 누군가가 받쳐 안았다.

이번에도…….

'진명, 그대인가.'

천휘성은 입을 벙긋거렸다.

말해 주고 싶었다.

'혼란스러울 후인들을 잘 이끌어 주시게. 그대의 의기야말

로 내가 후인들에게 남긴 가장 큰 유산일 테니.'

천휘성은 애써 무거운 마음을 내려놓았다.

아직 해야 할 일이 많지만, 그래도 후인들을 믿어 보리라.

툭!

천휘성의 손목이 힘없이 떨어졌다.

저 멀리 보리수나무가 보이는 건 착각이려나.

그로부터 얼마쯤 흘렀을까?

바람이 차가워진 천휘성의 몸을 쓸고 지나갔다.

"악 노야, 맹주님을 그만…… 놓아주시지요."

청명이 천휘성을 안고 있는 악진명에게 말했다.

"알고 있네."

악진명이 붉어진 눈시울을 들어 올렸다.

"어찌 이리도 모질게 등을 돌린단 말인가."

간이든 쓸개든 모두 내놓을 것 같았던 무림맹의 고수들은
더 이상 맹주 곁에 머무르지 않았다.

"맹주님과, 죽어 간 수많은 이들을 위한 장례조차 치르지
못했건만."

"혈교도, 맹주님도 사라진 중원입니다. 남은 건 저들이 숨
겨 온 야욕뿐이지요. 무림맹도 허울만 존재할 뿐 사분오열될

것이 뻔합니다."

천휘성의 유언 이후 무림맹의 고수들은 서로의 눈치를 살피며 초조해하기 시작했다.

이유야 당연히 '누가 먼저 태양무신의 유산을 회수할 것인가'였다.

모든 것을 지켜봤던 악진명이 참지 못하고 분통을 터트렸다.

"맹주님의 유언은 개나 줘 버렸단 말인가!"

"가슴에 커다란 구멍이 뚫린 혈마가 다시 돌아온다는 건 쉽게 믿기 힘든 일이지요."

청명의 말대로 무림맹 고수들은 천휘성이 했던 마지막 말이 사후 맹의 분열을 막고자 남긴 하얀 거짓말이라고 생각하고 있었다.

"맹주님이 믿던 신의란 것이 이토록 얄팍한 것이었던가."

청명은 말문이 막혔다.

신의.

그건 이미 천휘성과 함께하던 이들이 죽은 별처럼 스러져 가면서 조금씩 그 힘을 잃어 간 단어다.

천휘성도, 악진명도 착각하고 있었을 뿐이다.

'나 역시 괜한 분란이 두려워 아무것도 못하고 지켜만 봤을 뿐……'

똑같은 자일 뿐이다.

그 사실이 청명은 괴로웠다.

그럼에도 의기 있게 나설 수 없다.

청명의 눈에 지쳐 있는 화산의 제자들이 보였다.

냉혹한 현실 앞에 저들을 지켜야 했다.

풍랑이 치면 견뎌야 하고 더러운 게 보이면 피해야 한다.

"이제 중원에는 새로운 혼란이 찾아들 겁니다. 그때가 오면……."

청명이 슬픈 눈으로 먼 산을 바라보았다.

"우리 역시 어느 편에 설지 고민해야 할지도 모르겠습니다."

그때였다.

악진명이 아무 말 없이 천휘성의 시신을 등에 업으며 청명의 곁을 지나쳐 갔다.

"악 노야, 이제 그만……."

"나는!"

돌아선 악진명의 혈안이 노기로 가득 찼다.

"맹주님의 뜻을 잇겠네. 청명, 그대나 어느 편에 설지 고민하시게. 마지막 가시는 길에 함께한 그대만큼은 원망치 않겠네."

청명은 말없이 불안한 눈빛으로 자신을 바라보는 화산파 제자들을 돌아봤다.

"화산으로 돌아가자……."

노곤했다.

　　　　　　　　　　〰

　그로부터 십칠 년 후.

　한 소동이 다 낡아 빠진 장서를 빠른 속도로 넘겨 가고 있
었다.

　얼마쯤 흘렀을까?

　우드득!

　핏발 선 소동의 눈빛에 담긴 독기와 살의는 결코 어린아이
의 것이 아니었다.

　"이 망할 개잡놈들을 보았나!"

　태양무신 천휘성, 전보다 더 혼란스러워진 시대에 다시 태
어났다.

각성

한 소년이 대청마루에 앉아 하늘을 올려다보았다.

"허."

매서워졌던 소년의 눈빛이 깊게 침잠했다.

"기어코 야망에 눈이 멀었구나."

불과 이틀 전만 해도 소년은 혈교대란(血敎大亂)으로 인해 폭삭 주저앉게 된 '산동악가'의 직계 장남이었다.

한데……

집 마당의 나무를 유심히 바라보던 순간.

평범한 나무가 보리수나무가 되었고, 바람에 흩날리는 나뭇잎들이 투명한 동경처럼 잊힌 기억을 보여 줬다.

그래, 각성.

각성이라는 표현이 옳겠다.

전생이 '천휘성'이라는 것을 깨달은 소년은 지난 세월 동안의 일이 적힌 책자들을 찾아 읽었다.

혈교가 과연 무너졌는지, 자신이 뿌린 유산은 유용하게 잘 사용됐는지, 그 모든 게 궁금했으니.

그런데…… 안 보는 게 나았다.

우선 혈교는 무너지지 않았다.

잔존 세력을 이끌고 자신들의 터전으로 돌아갔다.

아니, 그냥 돌아가지만은 않았다.

'진명…….'

천휘성의 마지막 명을 수행한 문파는 오로지 산동악가뿐이었고, 혈교는 이를 그대로 두고 보지 않았던 것이다.

그럼 그동안 무림맹의 후인들은 무얼 했나?

"감히……!"

소년이 이를 갈았다.

뿌드득!

천휘성의 유산을 놓고 자기네들끼리 싸웠다.

심지어 더 많은 유산을 차지한 세력일수록 그 성세가 더욱 커졌다.

어리석은 것들…….

태양진경은 나눌 수 있는 것이 아니다.

'모든 것이 하나의 연결점을 찾고 나서야 비로소 그 빛을

발하는 신공이거늘.'

악운이라는 이름으로 살게 된 천휘성이 깊은 한숨과 함께 하늘을 바라보았다.

"모든 게 내 부덕함 때문인가?"

그저 희망의 바람을 남기고 싶었다.

그들에게 정파의 신념은 억압에 흔들리지 않는다는 것을 보이고 싶었다.

하지만 삶이란 게 참, 뜻대로 되는 게 하나 없다.

결국 실패만 남았으니.

문득 혈마의 비웃음 가득한 시선이 떠올랐다.

-그런가?

이제야 그 반문의 의미를 알겠다.

'더 많은 것을 의미했던 것이더냐.'

놈은 자신이 죽어 갈 것만을 예상한 게 아니었다.

적이기에 더 객관적으로 그 빈자리를 채울 자들의 야망을 꿰뚫어 본 것이다.

'부정하고 싶어도 부정할 수 없는 현실이로구나.'

약조를 했으니 놈은 분명 돌아올 것이다.

그 일이 있고 벌써 많은 세월이 흘렀다.

극심한 상처를 입긴 했으나 놈의 무공이 가진 회복력은 당시 자신을 비롯한 모든 정파 무림인들이 경악할 만한 수준이었다.

머지않은 미래에 돌아올지도 모르는 일이다.

'어찌해야 할까?'

아마 놈들이 돌아오면 이제 천하는 그들의 군림을 무기력하게 방관해야 할 거다.

'정파의 의기는 꺾인 지 오래이고 그저 야망에 물든 자들의 시대가 되었으니.'

악운은 벽에 가로막힐 때마다 자문을 구했던 방장 스님의 미소가 떠올랐다.

　-연기설을 아시는가? 혈마의 존재가 괜히 이 땅에 나타난 것은 아닐 것일세. 부디 혼란스러운 천하의 아라한이 되어 주시게.

아라한.

불제자들이 도달해야 할 최고의 목표이자 성인(聖人).

방장 스님은 불제자도 아닌 자신이 그것이 되길 소망하셨다.

'이번 삶 역시 아라한이 되기는 힘들 것 같습니다, 스님.'

자신은 불제자도 아니며 크게 자비롭지도 않다.

아라한 같은 고귀한 존재가 될 자격이 없다.

'그러니.'

당한 것은 반드시 갚아야겠다.

"네놈들에게 넘겨주었던 신뢰, 유산…… 모든 것들은 내가 받아 내야겠다. 그것은…….”

악운의 눈동자에, 죽어 가던 순간 울부짖던 무림인들의 면면이 스쳐 지나갔다.

그들을 신뢰했고 사랑했으며 매번 함께 아파했다.

그런데 결국 돌아온 것은 그들이 애써 감추고 있던 탐욕이란 응어리였다.

"네놈들의 것이 아니라, 나와 먼저 간 내 전우들이 이룩한 것들이니.”

다시 찾아 견고하게 쌓아 올릴 것이다.

그리하여 다시 한번 혈교를 막아 내기 위한 교두보로 쓰리라.

그러기 위해 선행되어야 할 것이 있다.

'썩다 못해 고여 버린 네놈들의 목부터 쳐야겠지.'

그때가 오면 놈들은 벌벌 떨며 두려워하게 되리라.

무신이란 칭호는 애초부터 자비가 아닌 냉혹함으로 이뤄 낼 수 있었던 것이었으니.

"기다리거라, 그때까지.”

악운이 이를 악다물며 중얼거렸다.

"그 전에…….”

열여섯 살의 악운이 자리에서 벌떡 일어났다.

해야 할 일이 있었다.

꽃

화르륵!

불이 나며 아궁이에 연기가 피어올랐다.

미리 불을 지펴 놔야 살림하는 데 불편함이 없다.

악운은 불을 더욱 지피려고 불쏘시개로 지푸라기를 쑤셨
다.

핏발 선 악운의 눈동자.

검은 피해도 연기는 피하기 힘들다.

"물 한 모금 드시고 하세요."

익숙한 음성에 고개를 돌리자 올해 열다섯 살이 된 여동생
악의지가 보였다.

"제후는?"

"떼쓰다 저한테 혼난 이후로 어제보단 의젓해졌어요. 배
고픈 것도 제법 잘 참네요."

올해 '미운 네 살'이 된 셋째 악제후의 훈육은 악의지가 잘
도맡아 해내고 있었다.

돌아가신 모친의 빈자릴 채우는 게 습관이 돼서일까?

의지는 늘 의젓했다.

기특한 동생이다.

'다 컸네.'

악운은 의지가 가져다준 물을 벌컥벌컥 들이켰다.

"고맙게 잘 마셨어. 아버지는?"

"늘 그렇죠. 일어나셔서 숙취에 고생하시다가 일하러 나가셨어요."

"그래, 밥 다 됐으니 금방 상 차려 줄게. 밭일하다 왔을 테니 좀 쉬고 있어."

"아니에요. 도울게요."

악운은 말없이 의지의 손을 내려다봤다.

열다섯 여아의 손이 아니다.

누가 소녀의 손이라고 볼까?

부르트고 갈라지고…… 굳은살까지 빼곡히 박인, 소작농의 손이지.

하지만 굳이 입 밖으로 말을 꺼내지는 않았다.

무슨 말을 해도 크게 위로가 되지 않을 것이다.

"또 그러신다."

의지가 아미를 찌푸렸다.

"뭐가?"

"오라버니는 제 손만 보면 당장이라도 울 것처럼 쳐다보잖아요. 이깟 손 좀 부르튼 게 무슨 대수라고."

"그냥 쳐다본 거야."

"아닌 척하시긴. 괜찮으니 너무 심려치 마세요. 오라버니 손이 더 부르텄어요. 붓만 쥐었으면 오라버니 손도 참 예뻤을걸요."

"녀석, 참……."

악운이 씩 웃으며 손을 보여 주었다.

"맞는 소리를 잘하는구나. 이 오라비가 원래 사내답지 않게 섬섬옥수로 유명했지. 봐라, 손가락 긴 거."

"다른 곳도 그래요. 오라버니 진짜 잘생겼잖아요. 가끔 장가보내기 아깝다니까요."

"뭐?"

"농담이에요, 농담! 잘생긴 건 진짜고."

의지가 또래 소녀답게 까르르 웃었다.

잘 버텨 내 주는 의지를 바라보고 있자니 악운은 잠시 들르고 싶은 장소가 생각났다.

⚜

산동악가(山東岳家).

한때 산동성 패자로 불리던 무가.

혈교가 가장 강성하게 밀려들던 혈마대란의 발호 당시.

악운의 조부인 악진명은 방탕한 황제가 혈교와 손잡은 간신들에게 휘둘리지 않도록 우직하게 지켜 왔다.

하지만 간신배의 손에 결국 황제가 승하하고 혈교가 황궁에 난입하자 이를 막기 위해 진입한 천휘성에게 목숨을 구함받았다.

그때부터 천휘성과 악진명은 늘 함께했다.

때론 형님 같은 질책과 충신의 마음으로 천휘성의 흔들리는 마음을 붙잡았다.

끝까지 등을 지켜 준 그에게 고맙단 말 한마디 못 하고 떠난 것이 사무치게 애석할 뿐이다.

"미안하이. 정말 미안하이."

악운은 무릎을 꿇고 뜨거운 눈물을 흘렸다.

그래, 열반하신 방장 스님의 말씀처럼 모든 것에는 이유가 있다.

전생을 지나 그의 자손으로 태어난 데에는 지난 삶의 부덕함을 씻으라는 하늘의 뜻이 있으리라.

"못다 한 내 부덕의 빚은 산동악가의 번영으로써 반드시 보답하겠네."

그가 절을 하는 위패에는 '정충지장(貞忠志將) 악진명'이란 글씨가 새겨져 있고 이 위패를 필두로 수백 개가 넘는 위패들이 줄줄이 늘어서듯 있었다.

위패의 숫자만 봐도 산동악가의 몰락은 당연한 결과였을 것이다.

악운은 유독 삐걱거리는 나무 장판을 밟으며 걸어 나왔다.

동트기 전 새벽녘 찬 공기에 무거웠던 머릿속이 맑아졌다.

꙾

덜컹.

추모를 마치고 집으로 향한 악운은 돌아오는 길에서 곡소리인지 노랫소리인지 모를 목소리를 듣게 됐다.

"세상 빛이 저무는구나. 지나간 밤아, 이만 나를 데려가라. 에헤라디야."

악운의 굳어 있던 표정이 다시 풀어졌다.

목소리만 들어도 누군지는 뻔했다.

'아버지.'

악운은 가만히 멈춰 선 채, 비틀거리며 다가오는 취객을 응시했다.

현 산동악가의 가주 악정호였다.

악정호도 악운을 발견한 모양인지, 흐리멍덩한 눈으로 악운을 유심히 지켜보다가 이내 히죽거리며 웃음을 머금었다.

"오호, 내 큰아들이로구나~! 잠도 안 자고 아비를 기다린 게야? 어디 한번 안아 보자!"

악정호는 뭐가 그리 신이 났는지 갑자기 달려오기 시작했다.

"넘어져요."

악운이 인상을 쓰며 걱정했다.

하지만 이미 늦었다.

쿠당탕!

걱정했던 대로 달려오다 말고 돌부리에 걸려 넘어져 들고 있던 술병과 함께 데굴데굴 굴러오는 악정호.

"으…… 우리 큰아드님은 괜찮으신가?"

악운은 이 와중에도 자신을 걱정하고 있는 아버지를 조용히 내려다봤다.

살아 있다는 죄책감 때문일까?

아버지는 늘 일이 끝나고 귀가할 때면 몸을 가누지 못할 정도로 술에 절어서 왔다.

"아들, 오늘 왜 이렇게 근엄해? 표정 좀 풀어."

악정호가 눈치 없이 히죽 웃었다.

이십일대(二十一代) 산동악가 가주, 악정호(岳正護).

악진명의 귀한 늦둥이 막내아들.

그래서일까?

악 노야는 천휘성의 뜻을 따르기 위해 이제 막 약관을 넘었던 악정호에게 세가의 안배를 맡기고 떠났다.

그러나 그 결과는…….

'좋지 않았지.'

직계, 방계 등 모든 혈족이 참여했던 일전(一戰)에서 산동악가는 고립무원의 처지가 된다.

　그곳에서 항전하던 대부분의 악가 일가가 하루아침에 몰살된 것이다.

　그때까지만 해도 악정호는 악가의 재건을 위해 소수의 가솔들과 함께 버텨 내려 했다.

　하지만 혈교는 지독한 자들이었다.

　그들을 괴롭혔던 산동악가를 뿌리 뽑기로 마음먹은 듯 공세를 멈추지 않았다.

　'제 욕심에 눈이 먼 자들은 방관하기만 했고.'

　그 과정에서 남은 가솔들 중 대부분이 동귀어진하거나, 뿔뿔이 흩어져 각자의 살길을 도모했다.

　악정호 역시……

　'아내를 잃었지.'

　휴전이 된 후 지금의 거처를 찾은 지 얼마 되지 않았을 때쯤, 막내인 제후를 낳고 그의 곁을 떠난 것이다.

　"후우."

　악운은 등에 업혀 잠꼬대를 하고 있는 악정호를 힐끗 쳐다봤다.

　사실 이 작은 체구로 배불뚝이 아버지를 업고 움직이는 게 쉬운 일은 아니다.

　무게중심을 흘리면서 걷는 요령이 없었다면 지금보다 더욱 고생했을 거다.

하지만 한때 괜히 무신이라 불린 게 아니다.

'이 정도쯤이야.'

악운은 야밤에 고생하게 만든 아버지 악정호에 대한 원망 대신 오히려 그를 기특하게(?) 생각하고 있었다.

'어려운 시기를 버티느라 참으로 고생하였소, 아버지.'

가족을 잃는다는 건 생살이 찢기고 갈리는 아픔이었을 일이고 악정호는 지난 삶 내내 그 아픔을 연거푸 겪어야만 했다.

그런데도 남은 세 명의 자식이라도 잘 건사하려고 오랜 시간을 동분서주했다.

무정한 세월 탓에 이젠 밤만 되면 술 나발을 부는 주정뱅이 망나니가 됐지만…….

그는 여전히 가족을 굶기지 않으려 고급 주루의 고된 노역을 자처하는 중이다.

"어찌 기특하지 않으랴."

달밤 아래를 걷고 있는 악운의 등은 그 어느 때보다 든든하게 악정호를 떠받치고 있었다.

"아, 아들. 우에엑! 소, 속이 안 좋아."

……그냥 버리고 갈까?

❧

드르렁!

악정호의 다리가 자고 있던 악제후의 얼굴 위로 올라갔다.

왁!

제후는 잠결에 아버지 종아리인 줄도 모르고 그걸 참 맛있게도 물고 늘어진다.

지켜보던 의지가 혀를 쯧쯧 찼다.

"누가 애고 누가 어른인지 모르겠네요."

"그러게 말이다. 그런데 의지야."

"네."

"너도 그래."

가끔 헷갈릴 지경이다.

의지가 열다섯인지, 성인이 된 아가씨인지.

환경이 조숙함을 이룬 게 아니라 태생부터 조숙했던 건 아닐까?

"열다섯이면 다 컸어요. 오라버니도 들어오셨으니 저도 이만 들어가서 잘게요."

악운은 피식 웃었다.

"그래, 어서 가서 자."

전생을 각성했다고 해서 가족에게 어색함 따위를 느끼는 건 아니었다.

천휘성의 기억이 그저 과거의 것처럼 자연스럽게 스며들게 됐을 뿐.

악운의 본질은 달라진 게 없었다.

"아, 그리고."

의지가 악운을 따라 하듯 피식 웃었다.

"오라버니랑 저랑 한 살 차이거든요? 오라버니처럼 체격만 크다고 큰 게 아니라고요."

하긴 열다섯이나 열여섯이나.

동감하는 악운이었다.

❦

모든 가족이 잠든 그날 밤.

악운은 뒷산에 올라 간단한 환영진법을 펼칠 적당한 장소를 골랐다.

옹기종기 모여 자란 나무들과 내공 실린 돌 몇 개 정도면 범부의 육안 정도는 가뿐히 속일 수 있으리라.

'이제 밖에서 안이 들여다보이진 않겠군…….'

수련에 방해될까 싶어 사람 혹은 동물의 접근을 방지한 것이다.

그 한가운데에 자리한 악운은 조용히 가부좌를 틀고 명상에 잠겼다.

수많은 생각이 스쳤다.

현재의 산동악가는 봉문 정도가 아니라 멸문 수준에 가깝다.

남은 가솔은 어디로 흩어졌는지 알 수 없고, 모든 재산과 전답 등은 산동을 담당하던 관(官)이 망하며 더 이상 산동악가의 것이 아니게 되었다.

이를 해결하기 위해선 모두가 함께 성장해 줘야 했다.

자신의 성장은 그 첫 단추일 뿐이다.

'산동악가의 심법을 통해 운기를 해 온 덕분에 그릇은 기초가 잘 갖춰져 있어. 다만……'

거기까지다.

명문세가 같은 경우 아들이 열 살이 넘으면 상승 심법을 익히는 게 태반인데 악운은 그러지 못했다.

기초 심법인 악가진경(岳家眞經)과 악련정호식(岳連正號式)만 전수받았다.

'나머지는 실전되었다고 말씀하셨지.'

하지만 천휘성의 기억이 되살아나며 현생의 잊고 있던 기억 또한 선명하게 되살아났다.

무의식 속에 잠재된 채 잊고 있었던 갓난아이였을 때의 기억까지 전부 떠오른 것이다.

'아버지는 상승 무공을 절정에 가깝게 익히고 있었어. 그런데 상승 무공이 실전되었다고 거짓말을 하셨지. 그럴 만한 이유는 하나밖에 없어.'

"차차 물어볼 일이겠지만."

어쨌든 괜찮다.

아버지가 알려 주든 알려 주지 않든, 악운은 악가의 절기들을 일부 기억하고 있었다.

한때 악 노야의 무공 수련을 직접 도왔던 천휘성의 기억 덕분이다.

더구나…….

'우선은 태양진경의 시작점인 태양신공을 익힐 테니.'

다만 문제가 하나 있다.

'나는 더 이상 하늘이 내린 천양지체(天陽之體)가 아니다.'

천양지체.

태양 빛이 강성할 시각에 수양을 하면 심법을 통해 단전에 쌓이는 내공이 웬만한 기재의 수십 배에 달하는 완전무결한 무재다.

'그럼에도 혈교 교주를 이기지 못했어. 놈은 대법과 마혼단을 통해 역대 모든 교주들이 남긴 유산을 손에 넣었으니.'

마혼단(魔魂丹).

새로운 교주를 위해 전대 교주가 스스로의 모든 힘을 쏟아 내 토해 내는 내단이다.

이 내단을 삼키면 새 교주는 내단 안에 잠들어 있는 역대 교주들의 내공과 그 심득을 모두 취할 수 있다.

놈의 몸은 하나이나 실상 따지고 보면 대를 이어 온 모든 교주들과 싸우고 있었던 셈이다.

'놈에게 중상을 입힌 것만 해도 기적이었지. 같은 방식으

로는 놈을 넘어설 수 없다. 아니, 이대로라면 이전의 천휘성
조차 넘어설 수 없어.'

천양지체였던 천휘성을 넘어설 수 있는 방법이 뭘까?

심득을 전해 줬던 후인들이 했던 고민을 본인 스스로 하게
된 셈이다.

하지만 그 누구도 모르는 게 하나 있었다.

천휘성이야말로 그 문제를 오랜 세월 고민해 왔다는 사실
이다.

'모두의 운명을 짊어졌다는 번민으로 인해 늘 내가 익힌
무공들을 참오하고 또 참오했지.'

언제부터인지는 모른다.

어느 순간 쌓고 지켜 온 걸 잃을지도 모른다는 두려움이
커졌다.

그로 인해 가진 바 무공이 '완전무결'해야 한다는 강박까지
생겼다.

문득 혈마의 목소리가 스쳤다.

-너의 실패다. 나를 쫓으려 한 중원의 등불이여.

그래, 인정한다.

천휘성은 어느 순간 놈을 쫓으려 집착했다.

놈이 '마혼단'을 통해 다양한 무공의 극의들을 수라혈천기

라는 혈교 최강의 절기에 보탰기 때문이다.

'태양진경으로도 그게 가능하리라 믿었지.'

하지만 닿지 못했다.

그렇게 모든 것을 잃고 나니 새삼 후회가 밀려들었다.

놈을 좇으려고 했던 시도 자체가 잘못됐다는 걸 깨달은 것이다.

'태양진경도, 수라혈천기도 모두 완벽한 것이 아니었다. 내가 믿은 완벽은 그저 강박이 만든 허상이었을 뿐이니.'

놈을 좇아 완벽해지는 것에만 집착하느라 새로운 길로 나아갈 수 있는 동력조차 잃어버렸다.

하지만 이젠 다르다.

막중한 책임의 무게를 내려놨으며, 실패한 길을 들여다보기까지 했다.

온몸을 짓눌렀던 번민이란 족쇄가 일거에 풀린 것이다.

씩.

악운의 입가에 미소가 스쳤다.

'하면 실패할 것이 두려워서 행하지 못했던 길을 가야겠지.'

새로운 차원의 무론(武論)을……!

❧

만류귀종.

만 개의 다른 길이 종내엔 하나로 이어진다는 깨달음이다.

하지만 그건 궁극에 이르렀을 때의 얘기다.

언젠가 하나로 이어진다고 해서 하나의 길로만 가다 보면 점점 깨달음을 향한 시야가 좁아진다.

편협해지기 때문이다.

그렇다고 만 개의 무공을 익히란 뜻은 아니다.

가능하다면 만 개의 길을 이해할 수 있게 경험하고, 알아 가는 것이 중요하다는 얘기다.

하지만 많은 무림인은 현실적 '한계' 때문에 이 깨달음을 실천하지 못한다.

'나 역시 그랬지.'

무림인에게 사문과 가문 등 일맥(一脈)은 정통성이자 명분이다.

검가 출신은 검에만 매진한다.

도가도 마찬가지다.

그들은 한목소리로 말해 왔다.

－한 가지만으로 무리의 끝을 보는 것도 평생 못 할 일이건만 어떻게 만 가지를 익히려느냐?

……라고.

하지만 천휘성은 그 모든 한계를 깬 존재를 보았다.

인정하고 싶진 않지만 그는 바로…….

'혈마.'

놈에게는 한계가 없어 보였다.

북해빙궁의 빙공이, 남월의 독장과 야수권 등이 날아왔다.

그리고 그 모든 극의들이 수라혈천기라는 반석 위에 존재했다.

'마혼단 덕분이었지.'

하지만 혈교는 마혼단의 제조를 위해 수백, 수천의 피를 뿌렸으니 그걸 그대로 답습해서는 안 되었다.

천휘성은 다른 길이 없을까 고심하다가 방장 스님과의 대화를 통해 '연기설'을 떠올렸다.

　

　－모든 존재는 이것이 생(生)하면 저것이 생하고 이것이

　멸(滅)하면 저것이 멸한다.

　

이 단서를 통해 역천이 가능하다면 순리를 통한 방법 또한 존재할 거라 생각한 것이다.

그때부터 천휘성은 끊임없이 자문자답하며 무론을 확장해 나갔다.

그러던 중 마침내 혼탁한 세상에서 하늘로 향하는 다리가 된다 해서 '혼세양천공(混世梁天功)'이란 기공을 창안했다.

'그럼에도 만약이란 두려움에 사로잡혀 나조차 사용할

수 없었지. 당연히 이 위험한 기공은 누구에게도 전할 수 없었고.'

당연한 일이다.

이 무론은 일반적인 무론과 궤가 다르기 때문에 모든 걸 잃어야 시작할 수 있다.

누가 가진 걸 포기하고 새로 시작하려 하겠나.

아무것도 가지지 못한 어린 후학은 어땠냐고?

애초에 깊은 심득이 없으면 시작조차 못 할 기공이다.

겨우 구결이나 외우는 후학이, 버리는 게 가능할 리 없었다.

'그런 이유들로 그저 타협점을 찾으려고만 했어.'

그것이 혈교 교주와 마지막 격돌할 때 사용했던 태양진경이다.

엄밀히 말하면 태양진경이란 반석 위에 다른 상승 무공을 녹여 냈다는 표현이 옳을 것이다.

'놈에게 닿지 못한 결정적 실수였어. 방법은 달랐어도 놈이 수라혈천기를 위해 모든 무공을 녹여 낸 것과 크게 다르지 않은 길이었으니, 그저 놈의 등만 보고 쫓아간 셈이지. 완벽히 다른 길이었어야 해. 혈마조차 닿지 못한 전혀 다른 길.'

진짜 만류를 녹여 낸 길 말이다.

오로지 악운만 가능했다.

천휘성이 만든 무론을 천휘성 이상으로 이해하고 신뢰할

수 있으며 죽음이라는 실패를 두려워하지 않을 존재가 필요
했기 때문이다.

"후우……."

악운은 호흡을 다스리며 점차 무아에 빠져 갔다.

천휘성이 마주 보고 앉아 있는 듯한 묘한 기분이 들었다.

  ─기(氣)는 형태가 없다.

  ─그럼 무엇으로 기(氣)의 존재 여부를 판단하는가.

  ─육신 안에 현상화시키기에 존재한다고 믿는가?

'그래.'

  ─하면 육신의 현상화는 어디서 비롯된 것인가? 바로 마
음[心]이다. 만물의 일부로써 태어난 육신의 시작은 작은
의식, 즉 마음을 통해서였으니…….

'마음이 일어 산을 무너트리고 바다를 가른다는 신화 속
얘기도 허풍만은 아닐 것이다.'

  ─육신은 기를 부르고 그 기는 마음의 궁전을 육신과 잇
는다.

  ─마음이 일면 육신은 검이 되고 산이 되며 바다가 된다.

-이것이 기존 무론의 궁극이다.
　-그러나 그 반대라면 어떠할까?

'심의(心意)가 기를 불러들여 육신을 현상화한다면 순리에
근접한 육신으로 탈바꿈하지 않을까? 그리된다면…….'

　-육신이 깨달음을 좇아 바뀌어 가는 게 아니라 완성된
육신 안에 깨달음을 채워 나가는 도(道)가 가능하지 않겠는
가? 신체적 한계에 부딪치지 않으니 정신의 깨달음이 받쳐
준다면 만류를 거치는 과정도 무리는 아니리라.

'혼세양천공은 그 반문에서 비롯된다.'

　-단전에 한계를 두지 마라.
　-의식을 단전으로 두어라.
　-의식이 일부이며 전체다.
　-탐욕스럽게 상상하라. 그 상상이 기를 일으켜, 그 기가
다시 현상화를 일으킬지니.
　-광활한 소우주로 나아가리라.

악운은 몸이 뜨거워지는 걸 느꼈다.
'길의 시작과 끝을 누가 정했는가? 끝이 시작이 될 수도,

시작이 끝이 될 수도 있는 것이니라.'

구결이 이어질수록 뜨거움의 정도를 지나 온몸이 활활 타오르는 고통이 전해졌다.

아찔해진 의식.

악운은 그럴수록 구결에 매달렸다.

시작과 끝이 혼재된 길 안에 무수히 많은 길이 있을지니.

두 개의 길이 네 개의 길을 걸으면 네 개의 길이 백 개, 천 개, 만 개의 길로 화하고…… 다시 길 위에 놓인 심의(心意)를 마주할 것이다.

두근.

심장의 울림이 느껴졌다.

그 울림은 사지백체를 타고 하나의 흐름이 되었다.

쩌저적- 화르르륵!

기의 흐름을 통해 피어오른 불꽃의 씨.

그 씨는 쭉 뻗은 세맥을 지나 새로운 길을 향해 나아갔다.

점점 크기를 키워 나가 온몸을 태워 나가는 불씨.

쌓아 온 모든 근간이 소실되며 허물어졌다.

찰나간.

'크흡!'

구공분혈이 시작됐다.

덜덜.

목전에 다가온 죽음.

그럼에도 악운은 구결에 매달렸다.

악운 안의 천휘성이 그를 흔들었다.

-두렵지 않으냐?

그래, 실패하면 기초 심법뿐인 악운이란 신체로는 다시는 무공을 익히지 못한다.

아니, 새로 얻은 귀한 삶을 잃을 것이다.

악운도 잘 알았다.

단 한 번도 가 본 적 없는 새로운 길의 위험성에 대해.

하지만 가 본 적 없기에, 닿지 못한 길이기에 악운은 그 어느 때보다 간절히 원했다.

'그럴 리가.'

실패와 두려움 그리고 후회로 빚어진 삶은 한 번이면 족하다.

쓸데없는 잡념 따위로 스스로의 발목을 잡지 않을 것이다.

하얗게 재가 되어 부서져도 늘, 더 나아지기를 갈망하며 이전보다 더 활활 타오를 것이다.

바람이 휘몰아쳐도, 눈이 내려도 꺼지지 않는 불이 되리라.

계속 더 거세게 몰아쳐 봐라. 그래 봤자…….

'나는 더욱 크게 타오를 테니!'

그 순간.

화르륵!

편견과 한계로 덮여 있던 어둠이 불꽃의 씨로 활활 타오르며 환하게 밝혀졌다.

ㅡ간절한 열망의 의지가 형태를 갖추노니.

잿더미가 된 길들이 흩어지지 않고 밑거름으로써 자리를 잡았다.

츠츠츠!

동시에 잿더미 안에서 모습을 드러낸 청염(靑炎)의 용.

그 용은 순식간에 악운의 내부를 가로질러 새로운 세맥을 구축하기 시작했다.

츠츠츠!

파괴의 불꽃이 지나간 자리에는 재생의 불꽃이 어느 때보다 강렬히 피어올랐다.

화르륵!

이건 시작에 불과했다.

놀랍게도 내부를 휘젓던 용이 정수리를 통해 빠져나오며 두 마리로 갈라지는 게 아닌가.

콰드드득!

악운의 신체를, 두 마리 용이 격렬하게 교차하며 살라 먹었다.

그렇게 허물어진 빈자리에 새로운 뼈와 살이 돋아났다.

웅— 웅—!

영약도 섭취하지 않고, 단 한 번의 벌모세수도 받지 않았음에도, 십 대 청년의 몸에서 기이한 환골탈태가 시작된 것이다.

무림 역사상 최초의 일이었다.

―비로소 혼세양천공의 주인이 눈을 뜨는구나.

번쩍!

악운의 부릅뜬 눈동자에 짙은 청염이 일렁였다.

"놀랍군. 아니, 놀라운 수준 정도가 아니야."

악운은 경악스러워 헛웃음이 흘러나왔다.

마음으로 일으킨 현상(現像)의 힘은 위대했다.

일평생 이룩한 그 어떤 업적보다 경이로운 일이 반나절도 안 되는 시간 동안 몸 안에서 일어난 것이다.

본래 하단전에서 중단전을 개방시키는 건 최절정 깨달음에 이르러야 가능하다고 얘기한다.

그만큼 오랜 시간이 걸린다.

하지만 악운의 몸은 그런 과정이 필요 없어졌다.

'단전의 경계가 없어졌어.'

그뿐만이 아니다.

운기행공을 하면 인체는 노폐물을 걸러 정순한 기를 단전에 축적시키는데 이때 기문(氣門)을 통과해야만 자기의 기운, 즉 내공이 된다.

인체의 기문은 단 하나뿐이며 무당의 양의심공 같은 특별한 기공이 아닌 이상 서로 다른 뿌리의 심법을 행공하여 기문을 통과시킬 수는 없다.

통과하는 중에 기운이 충돌하기 때문이다.

그런데…….

'기문에 자리 잡은 혼세양천공의 기운이 충돌을 막는 조화를 일으켜.'

놀라운 건 그뿐만이 아니었다.

기문과 연결된 곳에 '간(間)'이란 길들이 생겼다.

각 심법이 지나는 길이 한 간(間)이며, 내공을 담는 단전 역할까지 한다.

만류의 꿈도 더 이상 무리는 아닌 것이다.

혈교 교주나 천휘성처럼 한 무공의 완벽을 위해 다른 무공들을 사용하는 것이 아니라, 여러 무공이 서로를 보완하여 궁극을 위해 공생하는 것이다.

악운은 잠시 눈을 감고 간에 자리 잡은 혼세양천공을 운용해 봤다.

웅— 웅—!

기문이 심장처럼 쿵쿵 울리자 그 옆으로 이어진 다른 간
(間)이 존재감을 보였다.

'이 간에는 이제껏 익혀 온 악가진경이 자리를 잡았구나.'

악운은 악가진경이 혼세양천공과 공생하는 걸 느끼며 다
른 간들을 관조해 나갔다.

츠츠츠!

그렇게 얼마쯤 흘렀을까?

악운이 눈을 떴다.

'이런, 시작부터 난관이로군.'

방금 전 악가진경의 간을 지나 또 다른 간에 소림의 달마
세수경(達磨洗隨經)을 자리 잡게 하자…….

'기문의 영향력이 흐려졌어.'

이유는 분명했다.

'기의 가속.'

보통 기의 축기 속도는 상승 심법일수록 빠르다.

그런데 벌써 혼세양천공, 달마세수경, 악가진경까지 세 개
의 심법을 함께 운용했다.

'중재하기 힘든 가속에 이르자 기문, 즉 혼세양천공의 영
향력이 축소된 거야.'

엄밀히 말하면 기문에 자리 잡은 혼세양천공의 한계가 드

러난 셈이다.

'신체와 심상은 분리해서 봐야 한다, 이건가?'

신체는 혼세양천공의 대법을 통하여 궁극에 가까워졌다.

한계 따위는 없다.

단련을 통해 다음 단계로 나아갈 준비가 갖춰지면 자연히 더 나은 역량으로 빠르게 적응할 것이다.

단 하나, 혼세양천공의 기문만 빼고.

'기문은 정신의 영역이야.'

무작정 한계치까지 밀어붙인다고 될 일이 아니다.

자칫 잘못하면 기문이 찢어지며 구공분혈이 일어난다.

시간과 노력 그리고 차분한 기다림이 필요한 일이었다.

'이제 시작일 뿐이야. 성장 여지는 여전히 존재하니까.'

한 가지 다행인 것은 기문도 심법들을 수련할수록 성장한다는 사실이다.

세가나 문파에서 보통 기초 심법을 어느 정도 성취하게 한 다음에 상승 심법을 가르치는 이유다.

순차적인 성장을 통해 기문을 견고하게 다져 가는 것이다.

'결국 혼세양천공의 기문 또한 지속적인 심법 수련을 통해 차츰 견고해지게 될 터. 환경은 충분히 갖춰졌어.'

신체는 한계 없는 그릇이 되었고 정신과 영혼은 천휘성이라는 전생의 경험을 통해 자연히 축적될 것이다.

'성장은 시간문제일 뿐.'

악운은 이제 혼세양천공의 중재력을 높이는 경지 중 첫 번째를 '혼세일문(混世一門)'이라 부르기로 했다.

'혼세일문이 이문, 삼문으로 확장될수록 혼세양천공의 중재력도 강화될 테고, 무공과 내공 모든 면에서 다채로운 성장이 이뤄질 거야.'

그러다 그것이 완벽한 의미의 만류귀종이 되었을 때.

'과거의 모든 악연이 끊어지리라.'

악운의 눈빛이 얼음장처럼 차가워졌다.

밝은 대낮이 되어서야 집으로 돌아가게 된 악운은 산을 오를 때와 달리 봉두난발의 거지꼴이 되어 있었다.

그뿐인가?

'흐음, 좋지 않아.'

냄새도 지독했다.

환골탈태하며 체외로 빠져나온 노폐물이 전신에 딱지처럼 눌어붙어 있었던 것이다.

며칠은 박박 문질러야 냄새가 지워질 것 같긴 하다.

그나저나…….

'한 소리 듣겠군.'

아버지가 걱정하실 터였다.

예상대로 집안 분위기는 싸했다.

평소라면 아버지와 웃고 떠들고 있을 제후가 웬일인지 얌전하게 앉아 있었다.

때마침 부엌에서 나오던 의지와 눈이 마주쳤다.

의지가 아무 말 없이 양 검지를 머리 옆에 붙이며 표시했다.

아버지가 잔뜩 화가 났다는 얘기다.

"어디 갔던 게야! 대체 꼴은 그게 뭐고!"

악정호가 마당 쓸던 걸 멈추며 악운을 쳐다봤다.

의지가 눈치를 보며 재빨리 둘 사이에 끼어들었다.

"별일 없을 거라고 기다려 보자고 말씀드렸는데도 하루 종일 오라버니 걱정만 하셨어요."

악정호가 심술 난 듯 입술을 삐죽였다.

"내가 언제……!"

"에이, 그러셨잖아요."

의지 덕분에 냉랭했던 분위기가 조금이나마 환기됐다.

"심려 끼쳐 드려 송구합니다. 수련에 열중하다 보니 시간을 잊었어요."

"허, 수련? 못 말리겠구나."

한숨을 내쉰 악정호가 얼굴을 굳혔다.

"아들."

"예."

"이리 와서 앉아 봐."

악정호가 빗자루를 놓고 대청마루에 앉았다.

이어서 악운이 그 옆에 앉으려 하던 그때였다.

악정호의 표정이 와락 일그러졌다.

"어휴, 냄새! 딱 봐도 장 노야 서고를 다녀온 건 아닐 테고, 대체 어디 똥밭을 구르다 온 게야?"

악운은 침묵을 택했다.

'제가 전생에 무신인 걸 깨달아서 환골탈태를 했습니다.'라고 솔직히 말할 수 없었기 때문이다.

천휘성이라는 전생의 기억이 깨어났을 뿐, 여전히 자신은 악운이었다.

이를 발설하면 가족들이 겪어야 될 혼란은 그 이상일 거다.

굳이 그러고 싶지 않았다.

천휘성이라는 전생은 현생을 거들 뿐.

악운에게는 악운의 삶이 있다.

"말하기 싫다면 됐다. 보나 마나 신법 수련한답시고 뒷산을 헤집고 다녔겠지."

악정호가 혀를 찼다.

"아비가 네가 무공 수련하는 것에 대해 한 번이라도 꾸짖은 적이 있더냐?"

"없으셨죠."

"솔직히 말하마. 그건 네가 둔재였기 때문이야. 몇 년 고생하다 보면 자연히 열정도 식으리라 예상했지."

악정호가 인상을 썼다.

"네가 동네 무관 아이들과 싸우고 피멍이 든 얼굴로 돌아올 때도, 무서를 찾아본답시고 저자를 헤집다가 밤늦게까지 돌아오지 않을 때에도 애써 꾸짖지 않으려 참았다. 한데 그걸로는 부족했나 보구나."

악정호의 말대로였다.

악운은 멈추지 않았다.

가문을 되살리겠다는 원대한 꿈을 꾸며 설사 아버지에게 둔재라 평가받아도 멈추지 않고 노력해 왔다.

하지만 악정호는 그걸 탐탁지 않게 여겼나 보다.

"더 이상 쓸데없는 시간을 투자하는 너를 두고 보지 못하겠다. 앞으로는 무공 수련을 일다경 이상 하지 말거라. 자주 가던 장씨 할아버지네 서고도 그만 가고."

악운이 악정호를 빤히 바라봤다.

이 순간 의아한 게 하나 있었다.

"방금 전에 아버지께서는 제가 둔재라서 어떤 관여도 하지 않으셨다 말씀하셨지요?"

"그래. 그래서?"

"마치 아니었다면 무공 수련을 처음부터 막으셨을 것처럼 들립니다. 아닙니까?"

"욘석이 점점!"

악정호는 꽤나 당혹스러웠다.

운이는 한 번도 이렇게 대든 적이 없는 아들이었다.

응석 부리는 건 늘 막내 제후의 몫이었다.

"흑!"

때마침 제후가 울음을 터트렸다.

"혀, 형아, 싸우지 마! 아부지랑 싸우지 마아!"

악운이 익숙하게 제후를 끌어안고 달랬다.

"응, 안 싸워. 걱정하지 마."

"제가 데리고 있을게요."

의지가 눈치껏 운이의 손에서 제후를 데려갔다.

그제야 두 사람의 대화가 다시 시작됐다.

"운아."

"예."

악정호의 눈빛이 서글퍼졌다.

"아비가 이러는 게 서운하더냐?"

악운이 고개를 저었다.

"아뇨, 그저……."

계속 무공 수련을 해야 하는 이유 때문도 있었지만 가장
큰 이유는 아버지의 속내를 듣고 싶었기 때문이다.

"궁금했습니다. 아버지께서는 늘 산동악가인 걸 잊고 살
라고 하셨지요. 그리고 이젠 무공 수련도 반대하시고요."

"그래."

"더구나 기초공을 전수한 이후엔 제가 공부하는 무공에 대해 그 어떤 조언도 해 주지 않으셨어요."

"이 아비의 실력이 모자라서다."

"아뇨, 제가 아는 아버지는……."

악운은 눈을 감고 기억을 떠올렸다.

하얀 포대에 싸여 있는 자신의 모습과, 그런 자신을 끌어안은 채 갈대밭을 가로지르는 어머니.

그 갈대밭 사이로 창을 휘두르며 일갈하는 젊은 사내가 보인다.

─악가의 창은 부러질지언정 절대 굽히지 않는다!

그건 바로…….

'아버지.'

악운이 다시 눈을 떴다.

"강하세요."

"네 나이 때는 아비가 원래 태산처럼 커 보이지. 아비도 네 조부님을 뵈며 그랬다. 하지만 운아."

"예."

"네가 조숙하니 터놓고 말하마. 이 아비는 그리 대단한 사람이 못 된다."

악정호는 스스로의 실력을 부정하며 말을 이었다.

"게다가 가문의 상승 무공이 실전된 건 너 역시 잘 알고 있겠지?"

악운은 우선 아버지의 얘길 더 들어 보기 위해 고개를 끄덕였다.

"예."

"괜히 산동악가 사람이란 게 알려지면 퇴색된 명성을 짓밟으려는 사람도 있을 게야. 우리 가문은 더 이상 무림 세가가 아닌데도 말이지. 아비는 너희가 위험하길 바라지 않아."

그 순간 악운의 눈빛에 이채가 흘렀다.

'두려움이야.'

두려움은 다양한 형태를 띤다.

경외 섞인 두려움도 있고 절박한 두려움도 있으며 과거의 기억이 가져오는 두려움도 있다.

한때 천휘성으로 살아가며 다양한 두려움을 마주해 보았기에 누구보다 확실히 느낄 수 있었다.

"아버지."

"오냐."

"송구하지만 그 뜻, 따를 수 없을 거 같습니다."

"어찌 이리 아비 속을 썩이는 게야!"

"두려우신 거 잘 알아요."

"뭐?"

"조부님, 백부, 숙부, 그리고 어머니까지 가문이 무너지며 잃으셨고, 가문의 희생 같은 건 무림사에 잊혀 버린 시대가 됐죠. 저희가 무림인이 되는 걸 반대하시는 것도 그런 상처를 입지 않길 바라서가 아닌가요?"

"허어, 그만하지 못해? 기어코 매를 들어야 아비 말을 들을 모양이구나!"

악정호가 악운에게 이렇게까지 언성을 높인 건 처음 있는 일이었다.

그럼에도 악운은 담담히 말을 이어 나갔다.

"분이 풀릴 때까지 훈계하셔도 됩니다. 하지만 둔재라는 둥, 아버지 실력이 모자라서라는 둥, 그런 핑계들 말고 아버지께서 제 수련을 막는 진짜 이유를 듣고 싶습니다."

"오냐, 좋다!"

악정호가 씩씩거리며 소리쳤다.

"이 아비는 가문을 몰살시킨 네 조부님을 원망한다! 세상은 나아지지 않았어! 네 어미도 힘겨운 삶을 이어 가다 생을 마감했지!"

악정호가 핏발을 세우며 말을 이었다.

"하, 충의? 협의? 가문의 몰락은 모두 그따위 허상 때문이었다! 태양무신이 죽은 뒤 대체 뭐가 남았더냐? 결국 남은 건 그의 후계자들이 거들먹거리고 있는 혼란뿐이지!"

악운은 가슴이 쿵 내려앉는 기분이 들었다.

어느 정도 예상은 했지만 이제야 확실해졌다.

악정호가 어째서 열 살이 되도록 악가의 상승 심법을 전수하지 않았었는지.

당장 울음이 터져 나올 듯 눈이 붉게 충혈된 악정호.

그가 깊은 한숨을 들이켜고는 말했다.

"차라리…… 무림이라는 아비규환에 끼어들지 않고 물러나 있었다면 모두들 살아 있었을 게다. 아들아, 그러니 제발 부탁이다, 더는 무림의 일에 간섭하지 말자."

악정호의 눈빛은 간절했다.

악운은 그 눈을 마주하며 마음이 아팠다.

악정호의 말이 구구절절 옳았기 때문이다.

후인 양성도, 유산 전수도, 혈교 궤멸도, 모두 실패했다.

악진명의 실패라고 생각하진 않는다. 뒤를 고려하지 못한 천휘성이 실패한 것이다.

그러나…….

"한 번의 실패가 영원한 실패가 되진 않습니다. 무너진 가문은 다시 일으켜 세우면 됩니다. 그 과정에서 둔재인 것 역시 극복해 보이겠습니다."

"그 과정 속에 이 아비와 네 동생들이 죽을 수도 있어!"

악운은 악정호의 입장도 충분히 이해가 갔다.

그러나 지금은 아니다.

"평화로운 시대였다면 아버지 말씀을 따랐을지도 모릅니

다. 하지만 이 잠깐의 휴전이 얼마나 지속될 것 같으십니까?"

"뭐?"

"십 년, 어쩌면 오 년…… 아니, 그보다 더 짧을지도 모릅니다. 아버지 말씀대로 무신의 유산은 그 후인들을 분열시켜 반목하게 만들었죠. 그러나 혈교는 무너지지 않았습니다. 전란에 준비되지 않은 저희들이 과연 무사할 수 있을까요?"

"너희들은 이 아비가 지킬 게야!"

"아뇨, 안일한 대비로는 불가능합니다. 물론 남 일이 될 수도 있겠죠. 하지만 저희 일이 될 가능성도 배제하진 못해요."

"갈! 더는 못 참겠구나!"

악정호의 파르르 떨리는 손끝이 악운의 눈에 보였다.

악운은 그 떨림이 분노라기보다는 두려움이 터진 것으로 보였다.

과거의 상처를 대면하고 싶지 않은 두려움 말이다.

하지만 상처라는 건…….

아물기 전에는 늘 고통스럽기 마련이다.

"잃어버린 산동악가의 모든 것을 되찾고 싶습니다. 그 길에 조금이라도 해가 되는 게 있다면……."

악운이 무릎을 꿇으며 말했다.

"제가 아버지의 칼이 되어 드리겠습니다."

악운의 결연함을 느낀 것일까?

악정호는 이마를 짚으며 목소릴 낮췄다.

화를 내기보다 악운을 다독이는 게 나을 거 같아서였다.

"설사 그런 날이 오거든 그냥 도망치자꾸나. 이 아비가 앞 장서마. 어디로든……!"

하지만 악운의 그다음 반문이 악정호를 꿀 먹은 벙어리로 만들었다.

"대체…….

오랜 시간 전란을 겪어 온 악운도, 끊임없이 도망쳐 온 악 정호도 알고 있었으니까.

"어디로요?"

도망칠 수 있는 달콤한 무릉도원 따위는 세상에 존재하지 않는다는 걸.

노을이 지기 시작한 거리.

악정호는 일찍 집을 나와 도심 안쪽으로 향했다.

이 길을 아이 셋을 키우며 참 많이도 다녔다.

'부인, 어째서 운이 녀석이 이리도 나를 심란하게 하는지 모르겠소.'

오늘따라 아내가 더욱 그리웠다.

종전이 되고 터전을 잡게 된 동평에서의 생활.

아내의 빈자리를 채우고자 정말 최선을 다했다.

산동악가의 이름은 다신 쓰지 않겠다고 위패 앞에 다짐했으니 어디 도움받을 데도 없었다.

그러나 배운 게 도둑질이라 몸 쓰는 곳으로 찾아봐야 했다.

삼남매를 키워야 하니 돈 되는 일이라면 이리 구르고 저리 굴렀다.

그러다 아이들을 돌봐 주었던 유모를 통해 도시에서 가장 큰 기루에서 인력을 구한다는 소식을 듣게 됐다.

기뻤다.

막내 공자의 신분에서, 기녀들을 챙기고 기루의 온갖 노역을 대신하는 잡역꾼 노릇을 해야 하긴 했지만…….

어떤 일보다 삯을 많이 받았고, 그걸로 아이들에게 피비린내 안 맡고 번 것들을 챙겨 줄 수 있었다.

그거면 족하다고 생각했다.

그런데 운이의 말을 듣고 나니 문득 의구심이 들었다.

정말 운이 말대로 온 중원에 전운이 돈다면 그때 우리 가족은 어찌해야 하지?

고심만 늘어났다.

"하아, 그래도 운이 정도의 반항이면 감사하게 생각해야 하려나."

악정호는 한숨과 함께 철모르는 반항심으로 똘똘 뭉쳐 있던 자신의 지난날을 떠올렸다.

'아버지는 나를 키우느라 얼마나 힘드셨을꼬?'

급박히 돌아가는 중원의 사정도 모른 채 열일곱까지 사고만 쳐 댔던 스스로의 모습이 떠오르는 악정호였다.

그땐 망나니 소리까지 들었는데…….

거친 말다툼 이후 아버지는 평소보다 일찍 집을 떠나셨다.

물론 의지에게는 출근하는 기루에 할 일이 쌓여 있어서라고 하셨지만…….

"누가 믿겠어요, 당연히 마음이 불편하셔서 일찍 출근하신 거지."

의지가 악운 옆에 자리를 잡았다.

부자의 말다툼에 놀란 제후는 울다 지쳐 자는 중이었다.

"오라버니."

"응."

"이제 어쩌실 거예요?"

의지는 걱정스럽게 악운을 쳐다봤다.

사실 오라버니가 이렇게까지 강경하게 나올 줄은 몰랐다.

"아버지부터 설득해 봐야겠지."

"……그냥 무림인 안 하면 안 돼요?"

"왜?"

"어릴 때 아버지가 엄마 초상화를 끌어안고 우시는 걸 잠든 척하고 들은 적이 있어요."

"알아. 그때 네 옆에 나도 있었잖아."

"설마, 오라버니도 안 잤어요?"

"크게 우신 탓에 자다 깼어. 누구라도 깼을걸."

"맞아요, 그랬죠. 울어도 너무 크게 우셔서……."

의지의 굳어 있던 표정에 잠깐 웃음이 감돌았다.

하지만 그것도 잠시, 의지의 눈빛에 걱정이 감돌았다.

"그때 아버지는……."

"남은 우리마저 잃을까 봐 두려워하셨지. 그런데 의지야."

의지가 눈물이 그렁그렁한 채로 악운을 쳐다봤다.

"나도 두려워."

"뭐가……요?"

악운은 앉아 있던 대청마루에서 일어나 악정호가 사라진
길을 바라보았다.

"우리 가족을 잃는 거."

그래서 멈출 수가 없다.

아버지의 설득도, 수련도 모두.

악운은 다시 수련하기 위해 자리에서 일어났다.

"또 산에 가세요?"

"그래. 마음이 불편해도 수련은 계속해야지."

"휴, 오라버니 고집을 누가 이기겠어요."

악운이 쓰게 웃었다.

"너무 늦지는 않을게. 또 혼나기는 싫거든."

"오라버니."

"응?"

"오늘만 조금 일찍 끝내는 건 어때요?"

"그게 무슨 말이야?"

"오늘 아버지 안색이 너무 쓸쓸해 보여서요. 아버지 일하는 곳에 같이 야참이라도 들고 가는 건 어떨까 해서요……."

"갑자기?"

"사실 일하시는 곳이 기루라서 아버지께서 여태 한 번도 못 오게 하셨잖아요. 어린 우리가 올 데가 못 된다고. 이번 기회에 가 봐요. 금방 마음 푸실 거예요."

"아!"

악운은 잠깐 할 말을 잃었다.

한 번도 생각지 못했던 일이다.

사실 전과 비교도 안 되는 무공 성취가 이뤄지면 아버지를 설득할 수 있을 거라고만 생각했다.

하지만 그건 어디까지나…….

'내 생각일 뿐이야.'

오늘의 일로 인해 아버지가 떠올렸어야 할 과거의 상처들을 보듬어 줄 생각은 조금도 하지 못했다.

'아버지에게 필요한 사람은 무신이 아니라 악운이라는 아들이야.'

역시 삶이란 끊임없는 배움의 연속이라더니 그 말이 정말
딱 맞다.

악운이 의지의 머리를 쓰다듬었다.

"의지 네가 이 오라비보다 낫다."

"하긴 생긴 거 빼곤 대부분 제가 낫잖아요."

"너도 예뻐."

"알아요. 오라버니가 워낙 잘생겨서 그렇……."

말을 잇던 의지가 웃고 있는 악운을 유심히 들여다봤다.

"갑자기 왜 그래?"

악운의 반문에 의지가 아미를 찌푸렸다.

"아까부터 느낀 건데요."

"뭘?"

"원래 잘생긴 건 알았는데…… 씻고 나오니까 이젠 과할
지경인데요?"

"음?"

악운이 고개를 갸웃거렸다.

이건 또 무슨 소린지…….

"어째서 피부가 하얗다 못해 광채가 흐르는 거죠? 물광인
가? 피부가 왜 이렇게 매끈해졌어요?"

"무, 물광?"

"씻고 나오니까 더 자세히 보이네. 그러고 보니 전보다 신
장도 훨씬 커진 거 같아요. 원래도 말도 안 되게 크긴 했지

만. 아버지는 오라버니 체격이 할아버질 닮은 거라고 했잖아
요. 진짜인가 봐요."

"아, 그래?"

악운이 머쓱하게 반문했다.

사실 천휘성의 삶을 살 때 환골탈태를 해도 다들 변화한
골격에 관해서만 언급할 뿐, 용모에 대한 언급은 전무했다.

한데 이제 알겠다.

못생겨서 잘 몰랐구나.

문득 사부님이 했던 이야기가 스쳤다.

-너는 얼굴 빼고 다 돼.

……라는 말.

갑자기 옛 생각에 알 수 없는 울화(?)가 치밀어 오른 그때
였다.

"아무튼, 같이 가는 거예요!"

의지가 잔뜩 신이 나서는 말을 걸어왔다.

"그래, 그러자. 한 시진 안에 돌아올게."

"저는 그동안 아버지 드실 야참거리를 준비해 둘게요. 그
리고 제후는 힘 좋은 오라버니가 업고 가는 걸로?"

"응."

의지가 환한 웃음으로 화답하며 부엌으로 들어갔다.

"자, 나도 가 보실까!"

악운도 서둘러 자리에서 일어났다.

우선 산으로 뛰어가는 것부터가 수련의 일환이었다.

꿀렁

환골탈태를 했던 장소에 다시 도착한 악운은 가부좌를 틀고 하나둘씩 기운을 끌어냈다.

츠츠츠.

'우선 각 간마다 삼 년 이상의 내공을 쌓아야 한다.'

두 개의 간에 운기 가속도를 올렸다.

얼마쯤 흘렀을까?

츠츠츠.

다시 눈을 뜬 악운이 본격적으로 몸을 움직이기 시작했다.

세수경과 함께 익혀야 공능이 일어난다는 역근경이다.

뿌드득!

가벼운 물구나무로 시작한 악운의 허리가 차츰 꺾이며 종내엔 정수리와 닿을 듯 기형적으로 구부러졌다.

툭— 툭!

땀이 비 오듯 쏟아지는 가운데 악운의 동작이 쉼 없이 이루어졌다.

역근경은 신체의 움직임으로 내공을 쌓는 소림사 최상의

행공이었다.

한계 없는 악운의 신체를 갈고닦는 데 이만한 신공은 없었다.

이뿐이 아니다.

심법, 신법, 행공, 각법, 권법, 장법 등 알고 있는 모든 무학을 녹여 수련에 써야 한다.

다양한 수련을 통해 신체에 걸맞은 무공들이 체득되지 않으면 결과는 뻔했다.

'퇴행뿐.'

악운은 한 동작, 한 동작 사력을 다해 수행했다.

'나는 더 이상 만인을 아우르던 무신이 아니다. 이제 막 무공 수련에 접어든 수련생일 뿐이야.'

주제 파악이야말로 제대로 된 수련의 첫 시작이다.

⁂

"그래, 주제 파악부터 제대로 해야지. 내 말 한마디면, 어? 온 동평이 들썩거려! 알긴 알아?"

취객 하나가 빗자루를 쥐고 있는 악정호의 볼을 톡톡 기분 나쁘게 쳤다.

스치듯 눈이 마주친 게 화근이었다.

인사를 안 했다나……

웬만한 취객이라면 완력으로 끌어내겠지만 이자는 불가능했다.

황보세가 못지않게 세력을 키우고 있다는 동진검가(東震劍家)와 얽혀 있는 자였다.

사실 얽혀 있는 건지 아닌지도 모를 지경이다.

듣기로는 가주의 첫째 딸이 시집간 상단 단장의 아들놈과 연이 있는 장궤의 동생이라고 들었으니까.

아무튼 남이란 얘기.

'하, 씨…… 뭐가 그렇게 복잡한지.'

그래도 악정호는 고개를 숙였다.

여기 주인, 루주(樓主) 조 대인의 말로는 굳이 긁어 부스럼 만들 필요 없는 인물이란다.

안 좋은 일은 한꺼번에 온다더니.

일진이 사납다.

"그러니 앞으로 표정 관리 잘하란 말이야. 알았어?"

놈이 떠들어 대자 입에서 풍기는 술 냄새가 코끝에 강하게 맴돌았다.

"예, 나리. 새겨듣겠습니다."

악정호는 더 골치 아프기 전에 더욱 고개를 조아렸다.

솔직히 쪽팔렸다.

하지만 무림의 은원이 가져올 피비린내 대신 택한 삶이다.

이런 모진 굴욕쯤이야 참을 수 있다.

'그래, 애들만 모르면……'

그때였다.

"이게 끝이야?"

지말생이 몸까지 낮춰 악정호를 빤히 올려다보는 중이었다.

"정말로 송구합니다."

악정호가 얼른 무릎을 꿇고 바닥에 조아렸다.

기루의 다른 사람들은 그 모습을 외면하고 각자 자기 할 일에 몰두했다.

이런 일, 하루 이틀이 아니니까.

취객 지말생이 그제야 히죽 웃음 짓는다.

"그래, 그래야지. 딸꾹!"

"한 번만 용서해 주십시오."

악정호는 더욱 고개를 조아렸다.

더는 이 취객과 엮이고 싶지 않아서였다.

효과가 있었던 것일까?

놈이 돌아서는 것 같은 기척이 들려왔다.

그 기척에 맞춰 천천히 고개를 들던 찰나.

악정호의 눈에 작은 포대를 쥔 의지가 보였다.

눈물이 그렁그렁해진 딸의 모습.

악정호의 눈이 당혹스러움으로 물들었다.

아비로서 못 볼 꼴을 보였다는 생각에 쥐구멍에라도 들어가 숨고 싶었다.

이런 일…… 겪지 않길 바랐건만.

악정호가 손을 피가 나도록 으스러지게 쥐었다.

지나쳐 가던 지말생의 시선에 의지와 악정호가 한꺼번에 들어왔다.

"음?"

보나 마나 뻔했다.

"딸내미?"

지말생의 물음에 의지는 눈물을 뚝뚝 흘리며 아무 말이 없었다.

손등에 '육철(六鐵)'이라 문신된 호위가 대신 윽박을 질렀다.

"대인께서 묻지 않느냐! 빨리 대답 안 해?"

갑작스러운 호통에 의지가 깜짝 놀라 한발 물러나자.

지말생이 뭐가 그리 좋은지 킥킥거리며 말했다.

"아주 예쁘게 생겼구나. 어린 나이에 기녀라도 하려고?"

"아, 아니에요."

"아니긴. 딸꾹! 네 아비 일손이라도 도우러 온 것이 아니더냐? 일손 도울 거라곤 기루의 기녀가 되는 것 말곤 없을 터인데."

지말생이 히죽 웃었다.

"그럼 나를 따라가지 않겠느냐? 내 너를 떵떵거리면서 살게 해 주마. 어떠냐, 응?"

겁먹은 의지를 보며 호위들이 다 함께 조소했다.

"참으로 자비로우십니다, 대인."

"얼른 따라나서지 않고 뭐 하고 있느냐! 크하핫."

악정호는 치밀어 오르는 분노에 당장이라도 이성의 끈이 끊어질 거 같았다.

어째서 운이가 했던 말이 갑자기 생각나는 것일까?

남의 일이 아니라 우리 일이 될 수 있다는 그 말이…….

저벅.

옆에서 발걸음 소리가 났다.

"우리 가족이 평안하게 살 수 있다는 그 길이 고작 이런 답답한 현실입니까?"

"아들?"

악운은 악정호의 빗자루를 대신 들어 올리며 말했다.

"어릴 적에 종종 아버지에 관한 꿈을 꾸곤 했습니다. 갈대밭 사이, 저를 끌어안은 어머니를 지키던 아버지의 모습을요."

"갈대밭?"

"예. 처음엔 그저 꿈인 줄로만 알았습니다. 하지만 그 꿈이 무의식에 묻혀 있던 제 기억을 부르게 했죠."

"그건 네가 갓난아이 때인데……. 그때가 기억났다고?"

"갈대밭을 가로지르며 어머니의 활로를 지키던 아버지의 길을 따르고 싶었어요."

악운은 기억을 더듬어 악가의 상승 무공을 떠올려 냈다.

기억 속 아버지가 보여 주었던 창법과 천휘성의 기억에 남아 있는 악 노야의 창법, 그리고 현재 익히고 있는 악가의 기초공은 하나의 뿌리로 이어져 있고.

'나는 무신이었으니.'

기수식의 답은 나와 있는 것이나 마찬가지.

콰직!

악운이 쥐고 있던 빗자루의 비 부분을 부러트려 버린 후에 남은 자루를 가지고 한 가지 동작을 펼쳤다.

악정호는 경악했다.

"대체, 어떻게?"

그건 놀랍게도 악정호가 오랜 세월 자식들에게조차 감춰 왔던 묵뢰십삼참(墨雷十三斬)의 기수식이었다.

이 자리에 있는 이들 중 오로지 악정호만 알아볼 수 있는 귀한 초식이다.

악운을 통해 창을 들고 마인들 사이를 종횡무진했던 자신의 모습이 투영되었다.

"흑……."

그사이 의지가 울음을 터트리며 악운의 등 뒤로 숨었다.

"그깟 부러진 빗자루 가지고 뭘 하려고?"

"얘야, 아서라! 큭큭!"

지말생과 그 호위들이 악운을 비웃었다.

하지만 악운은 표정 하나 변하지 않고 악정호에게만 들리게끔 말했다.

"일어나세요. 악가의 창이 부러질지언정……."

악운이 악정호를 향해 웃어 줬다.

"휘어져서야 되겠습니까?"

악운이 더는 지체하지 않고 땅을 박찼다.

쾅!

묵뢰십삼참(墨雷十三斬).

환골탈태를 했다고 하더라도 몸에 체화되지 않았으니 아직은 무리였다.

그저 기수식의 형만 보였을 뿐…….

'그 대신.'

악련정호식(岳連正號式)을 기반으로 발전된 형태의 초식 구사는 지금도 충분히 가능하다.

웅! 웅!

악운의 막대기가 내부와 공명했다.

악가진경(岳家眞經)을 통해 모은 내공이 꿈틀거렸다.

치치칙!

여러 간에 자리 잡고 있던 내공들이 악가진경의 길을 따라 한데 모여들었다.

완벽한 상생.

혼세양천공의 신기(神奇)가 이것을 가능케 한다.

"커험!"

악련정호식의 초식을 뻗어 낸 막대기가 지말생의 호위에게 정확히 박혔다.

쐐액!

이어서 량문을 훑고 무릎 근처 혈해혈을 때렸다.

"크흑!"

다리가 풀린 호위가 다급히 칼을 뻗었다.

보통이라면 피해야 하는 찰나.

악운은 오히려 한 발을 더 깊이 뻗었다.

'보여.'

놈의 다음 움직임이 선명하게 들어왔다.

부족한 건 내공과 이를 토대로 체득해야 하는 무공 수련의 과정일 뿐.

머릿속은 경험을 기반으로 한 통찰력을 지녔고 신체의 감각과 용력은 무엇이든 받아들일 준비가 되어 있다.

그러니…….

'이건 시작일 뿐.'

파파파팟!

호위의 칼이 악운을 베지 못하고 옷깃만 베고 스쳤다.

서걱!

나풀거리는 천 조각 사이로 뻗힌 악운의 막대기.

그 간발의 차이는 극명한 결과로 나타났다.

퍼퍼퍼퍼퍽!

호위의 전신이 북 터지듯 두드려졌다.

"커헙."

입에 게거품을 물며 무릎을 꿇는 호위.

쿵!

자비는 없었다.

악운이 지체 없이 놈의 턱을 날려 버리며 지말생을 노려봤다.

"다음은 너다."

"이익!"

악운의 눈빛에 섬뜩해진 지말생이 남아 있는 호위를 채근했다.

"뭐, 뭐 하고 있느냐! 당장 저 대가리에 피도 안 마른 놈을 죽이란 말이다!"

"빌어먹을."

남아 있던 호위가 굳은 표정을 지으며 악운 앞으로 걸어 나왔다.

"이번엔 쉽지 않을 거다."

"요즘 무림인들은."

악운이 막대기를 고쳐 쥐며 덧붙였다.

"입으로만 싸우나?"

"건방진!"

남은 호위는 이를 갈면서도 쉽게 덤벼들지 못했다.

내심 경악하고 있었기 때문이다.

'말도 안 돼.'

동료를 아작 내 버린 막대기였음에도 피만 조금 묻어 있을 뿐 여전히 부러지지 않은 채 형태가 보존되어 있었던 것이다.

삼류 수준도 못 미치는 호위가 봐도 이건 평범한 수준이 아니었다.

'막대기가 부러지지 않게 초식의 완급 조절을 완벽하게 하고 있어. 저게 어린놈의 솜씨라고? 젠장, 반로환동이라도 한 건가?'

그때였다.

악정호가 팽팽한 긴장감을 깨며 악운의 머리를 쓰다듬었다.

"아들, 그 정도면 됐어."

그러고는 소리쳤다.

"내 아들은 더 이상의 분란을 원하지 않는다!"

"그래, 진작 그랬어야지! 밥벌이를 이리 쉽게 포기하면 쓰나! 당장 네 아들놈부터 무릎 꿇려라!"

자연히 잠잠해진 분위기.

악운을 마주하고 있던 호위 역시 내심 간담을 쓸어내리며 칼을 고쳐 쥐었다.

분위기를 보니 안 싸워도 될 것 같았다.

지말생이 상상의 나래를 펼쳤다.

"오만방자한 것들."

이제 남겨진 미래는 뻔했다.

부자는 무릎 꿇린 채 두드려 맞을 것이고, 잘못했다고 빌어 댈 것이다.

악운 역시 막대기를 늘어뜨렸다.

스륵.

모두가 안타까워하던 순간 악정호가 악운을 불렀다.

"아들."

"예."

"몰라보게 컸으니 이해하리라 믿고 하나 물으마. 앞으로 후회할지도 몰라. 커지는 힘에 따르는 부담은 네가 상상하는 것 이상일 게야. 그래도 우리가 굳이 이 길을 가야 할까?"

맞는 말이다.

하지만 삶을 살며 느낀 것 중 하나는 그 어떤 것도 확신할 수 없다는 것이다.

그러니 그럴 바엔…….

"설사 무너진다 해도 다시 하면 됩니다. 그렇게 계속해 보겠습니다."

악운이 다시 막대기를 고쳐 쥐려던 찰나.

"아서라."

악정호가 그 막대기를 대신 가져가며 말했다.

"원래 힘든 부담은 아비가 짊어지는 거야."

"분란을 원하지 않으신다면서요?"

"너라고 했지 아비라고 하진 않았어. 그러니 너는 그냥……."

악정호가 터벅터벅 걸어 나갔다.

"앞으로 이 아비만 잘 따라오면 된다. 그리고……."

"네."

"아니다, 이건 다녀와서 말하마. 동생들 잘 보살피고 있어."

의미심장한 얘기를 남기고 떠나는 아버지의 등은 갈대밭에서의 그 모습과 조금도 달라지지 않았다.

여전히 강해 보였다.

저벅– 저벅.

악정호가 다가가기 시작하자 호위의 표정이 급변했다.

"이, 이건……."

악정호가 내뿜는 기도가 완벽히 달라져 있었다.

방금 전 무릎을 꿇고 고개를 조아리던 비굴한 작자가 아니다.

'사, 살의!'

살의가 온몸을 저며들었다.

살의만으로 상대를 옭아맬 수 있는 게 증명하는 건 단 하나.

"이, 일류 고수……!"

느껴지는 이 기운은 급이 달랐다.

이상함을 느낀 지말생이 당혹스러운 표정을 지었다.

"이, 이놈이 왜 이래!"

살기를 정면에서 받아 내고 있는 호위는 대답도 못 하고 진땀만 뻘뻘 흘렸다.

더는 못 참겠는지 지말생이 호위에게서 칼을 빼앗아 들려던 그때.

쨍그랑!

"제, 제발 살려 주시오. 난 그저 시키는 대로 한 것뿐이오."

호위가 들고 있던 칼을 내려놓고 무릎을 꿇었다.

"주제를 알면 썩 꺼지거라. 내 자식들 앞에서 네놈의 목숨을 거두고 싶진 않다."

악정호가 살기를 거둔 후 호위를 지나치려 하자 지말생이 다급하게 소리쳤다.

"네가 받는 삯의 두 배를 주마! 아, 아니 세 배! 오냐! 여, 열 배를 한꺼번에 내주마!"

엎드려 있던 호위의 눈빛에 이채가 흘렀다.

'열 배라고?'

돈의 유혹에 두려움이 사라져 갔다.

악정호와는 반걸음도 채 안 되는 거리.

아무리 일류 고수라고 해도 이 정도 거리에서 등을 드러내면……!

"죽어!"

호위는 생각과 동시에 칼을 잡아 휘둘렀다.

쐐액!

정확히 베었다.

아니, 분명!

"베었다고 생각했겠지."

호위의 등 뒤로 악정호의 스산한 목소리가 들려왔다.

"주제 파악도 못 하고."

"제길!"

후회해 보지만 낙장불입.

호위는 이를 갈며 다시 칼을 휘둘렀다.

퍼억!

늦었다.

칼이 닿기도 전에 이미 악정호의 막대기가 호위의 코를 때
렸다.

"아악!"

주르륵.

반사적으로 코를 부여잡은 호위에게 악정호가 말했다.

"시작도 안 했어."

이어서 휘둘린 막대기가 이번에는 호위의 어깨와 팔목을
때렸다.

빠각!

호위가 손을 파르르 떨며 칼을 놓쳤다.

"끄아악!"

악정호는 놓치지 않고 호위의 하단을 휩쓸었다.

"열 배 더 받겠다고 하기에."

연격(連擊)에 호위의 양 무릎과 정강이가 완전히 박살 났다.

빠각!

몇 달을 족히 요양하면 다친 뼈는 낫겠지만 더는 칼 차는 일은 못 하고 살 것이다.

"열 배 더 얹었다."

비틀거리던 호위가 관자놀이를 맞고 쓰러졌다.

쿵!

다급해진 지말생이 주춤거리며 물러났다.

"젠장! 내 몸에 손 하나 까딱해 보아라. 동진검가가 움직일 것이야!"

악정호는 대꾸하지 않고 걸었다.

지말생과의 거리를 두 걸음도 채 안 남고 가까이 붙은 그때.

"이이익!"

초조해진 지말생이 참지 못하고 손을 뻗었다.

하지만 그의 손이 닿기도 전에 악정호의 손이 먼저 닿았다.

짝!

지말생의 고개가 획 꺾이고 입안에서 피가 섞인 이 몇 개가 튀어 올랐다.

"끄아악! 가, 감히!"

악정호는 대답 대신 또 한 번 뺨을 때렸다.

짝!

반대편 볼이 벌겋다 못해 퍼렇게 부어오른다.

지말생은 따끔한 아픔에 반사적으로 잔걸음을 치며 물러
났다.

짝! 짝! 짝!

악정호는 그 앞을 쫓아가며 뺨을 때렸다.

혼절 직전까지 얻어맞은 지말생이 퉁퉁 부은 눈으로 비틀
거렸다.

결코 힘이 모자란 게 아니라 일부러 지말생을 몰아붙이고
있었던 것이다.

지말생은 그것도 모르고 발악했다.

"내 반드시 이 연놈들을 전부 다……!"

"죽이겠다고? 어디 할 수 있는 만큼 해 봐. 그럼 나는…….."

악정호가 본격적으로 살기를 일으키자 지말생은 압도적인
기세에 짓눌려 아무 말도 못 했다.

"네놈과 네 형이란 작자의 목을 베어 저자에 매달고 네놈
과 안면을 튼 자들까지 모조리 베어 주마."

지말생은 바지춤이 노랗게 젖어 가는 것도 느끼지 못한 채
똑같은 말만 더듬거렸다.

"다, 당신! 나, 나를 건드리면 동진검가가……!"

"힘이 대우받는 시대야. 너 같은 쓰레기 따위와 은거하는 일류 고수, 너 같으면 누굴 택하겠나? 내가 동진검가라면 나를 고용하고 네놈의 일가족을 몰살하라고 허락하겠지."

그제야 지말생의 눈이 세차게 흔들렸다.

덜덜!

악정호는 조소했다.

"무림의 은원은……."

말을 이은 악정호가 손바닥으로 지말생의 옆구리를 가격했다.

"허어억……!"

숨이 멎을 것 같더니 오장육부가 찢어지는 고통이 지말생을 덮쳤다.

"끄아악!"

악정호가 울부짖는 지말생을 내려다보며 덧붙였다.

"네놈보다 내가 더 잘 알아."

그것들이 가져온 생지옥에서 살아왔으니까.

재건의 불씨

악운이 만신창이가 된 채 기절한 지말생을 내려다봤다.

"대화로는 쉽지 않을 겁니다."

뻔하다.

여긴 동평에서 제일 비싼 고급 기루.

당연히 기루의 고된 노역을 담당하는 잡역부 말고도 칼을 쓰는 호위들도 고용한다.

"나름 돈 씀씀이가 큰 손님이라고 하더군요. 그런 손님을 잃게 됐으니 우리에게 그 배상을 묻겠죠. 힘을 사용할 수도 있고요."

"그런 건 누가 가르쳐 준 게야?"

"전자는 누구나 예상할 수 있는 부분일 테고 후자는 제후를 부탁했던 여인을 통해 이곳에 칼을 쓰는 이들이 많다는 걸 들어서 예상해 본 겁니다."

악운이 제후를 데리고 있는 기녀를 쳐다봤다.

덩달아 악정호도 그 시선을 좇아갔다.

기녀와 눈이 마주친 악운은 고맙다는 듯 가볍게 고개를 끄덕였고, 젊은 기녀는 야릇한 시선을 운이에게 보내는 중이었다.

악정호는 혀를 쯧 찼다.

운이는 저 눈빛이 뭘 의미하는지 전혀 모르는 눈치.

그러고 보니 운이 이 녀석, 무공을 열심히 수련해서 그런가 날이 갈수록 얼굴이 헌앙해졌다.

하지만 그것도 밑바탕이 있어야 하는 법.

"피는 못 속인다더니…… 후후."

"예? 무슨 말씀이신지요?"

악운은 악정호의 표정을 보며 고개를 갸웃거렸다.

아버지가 이런 상황에 어째서 저렇게 자부심 가득한 표정을 짓고 있는지 모르겠다.

게다가…….

'제후를 맡아 준 저 여인도 이상해.'

어디가 불편한 걸까?

눈이 마주칠 때마다 입꼬리를 씰룩쌜룩하며 한쪽 눈을 깜빡거린다.

지난 삶에서는 겪지 못했던 일인지라 잘 모르겠다.

악운은 크게 의미를 두지 않기로 했다.

지금은 그보다 먼저 처리해야 할 일들이 있다.

"오는군요."

속속들이 등장하는 기루의 호위들.

그리고 그 사이로 노인 한 명이 걸어 나왔다.

저벅저벅.

저자가 기루의 주인인가 보다.

"저분입니까?"

"그래, 조 대인이라고…… 덕이 두터우신 분이다. 하지만 이 일은 그냥 넘어가시지 않겠지."

"대화로 하시겠다는 말씀이죠?"

"그래, 온석아. 칼이면 다 되는 시대라 해도 그렇지 않은 사람은 어디에든 있는 법이야."

티격태격하는 사이 기루의 호위들이 악가의 사람들을 물 샐틈없이 포위했다.

하지만 그들과 마주 선 악가의 사람들은 조금도 두려워하는 기색이 아니었다.

악운이 일으킨 순수한 열의가 잠자고 있던 산동악가의 호랑이를 깨웠기 때문이다.

악정호가 그 어느 때보다 활력 넘치고 당당한 눈빛으로 악운을 스쳐 지나갔다.

"고맙다, 아들. 평화로운 말년을 끝내 줘서."

악운이 그 옆으로 나란히 걸으며 말했다.

"각오하셔야 할 겁니다."

악가 앞을 가로막는 현실의 벽 따위, 사정없이 몰아칠 테니까.

악정호가 악운과 함께 조 대인 앞에 섰다.

"조 대인, 자세한 설명을 드릴 기회를 주시겠습니까?"

"아니. 여러 말 할 것 없네."

"예."

"오면서 사정 얘긴 다 들었네. 아들놈이 혈기왕성하다고? 조금만 참으면 될 것을, 아들이 이런 사고를 치는 데에 동조하면 어떡하나?"

조 대인의 시선이 악운에게 향했다.

"필요한 곳에 힘을 썼을 뿐입니다."

악운은 조금도 주눅 들지 않고 당당했다.

피는 물보다 진하다더니.

악정호는 슬며시 미소 지었다.

"송구하나 제 아들놈 말이 맞습니다. 사리분별 확실하게 하도록 키웠습니다. 충분히 자랑스럽고요."

"똑같구먼, 자네나 그 아들이나."

혀를 찬 조 대인이 쓰러져 있는 지말생을 쳐다봤다.

몇 달은 피똥 쌀 만큼 아주 곤죽이 됐다.

"만만한 게 죄라고, 저 친구 형님 되는 장궤가 우리 쪽에 배상금을 요구할 걸세. 사람을 저리 만들어 놨으니 가만히 있지만은 않겠지."

조 대인의 시선이 악운을 향했다.

'이런.'

악정호가 머리를 긁적였다.

운이 녀석에게 대화로 해결하겠다고 큰소리 뻥뻥 쳤는데 아무래도 안 될 거 같았다.

악정호가 조 대인 어깨 너머의 호위들을 쳐다봤다.

나름 편하게 지냈던 익숙한 얼굴들이다.

하지만 가족을 지키기 위해선 어쩔 수 없이 손을 써야…….

그때 조 대인이 다시 입을 열었다.

"하지만 칼잡이를 살의로 주저앉힐 만한 일류 수준의 은거 기인을 건드린 거라면 얘기가 다를 테지."

"아!"

악정호는 그제야 조 대인의 의중이 이해가 됐다.

지말생을 압박하며 꺼냈던 이야기와도 비슷한 얘기다.

직접 얘길 꺼내 놓고도 어째서 이 생각을 못 했을까?

"은거하던 고수에게 어떤 배경이 있을지도 모르는 판국에

괜히 잘못 건드려 봤자 깊은 은원이 생길 뿐이겠지요. 그 뒤에 어떤 큰 세력이 있을지도 모르고요."

"맞네."

"하지만 그 얘길 꺼내도 기루가 곤란한 건 마찬가지일 텐데요. 괜찮으시겠습니까?"

옆에 있던 악운이 끼어들었다.

"괜찮을 거예요."

"왜?"

"여긴 시와 금음이 존재하는 고급 홍루(紅樓)입니다. 수준 있는 단골 귀빈이 마음에 드는 기루가 망하게끔 그냥 두겠습니까? 보는 이가 이리 많으니 명분도 이쪽에 있고요."

가장 큰 기루의 귀빈이 어디 한둘뿐이겠나.

명분도 있으니 제아무리 끈이 있는 장궤라 할지라도 쉽게 나서기 힘들 것이다.

듣고 있던 조 대인이 껄껄 웃었다.

"아드님이 참으로 영리하구먼."

악정호는 부정하지 않았다.

"네, 절 닮았습니다."

방금 전의 일로 그를 잠시 낯설게 느꼈던 수많은 사람들이 그제야 웃음을 터트렸다.

화기애애해진 분위기 속에 조 대인이 말을 이었다.

"어쨌든 이 정도면 마무리될 일이고 저 친구는 근처 의원에게 데려다주게. 워낙 진상이라 나 역시 벼르던 친구인데 속이 다 시원하군."

호위들이 지말생을 옮기는 사이 조 대인이 계속 입을 열었다.

"이제 남은 얘기를 정리하세."

악정호는 대강 뒷말을 예상했다.

"예, 떠나겠습니다."

"그게 무슨 소린가?"

"예?"

"사실 나는 오히려 자네에게 이곳에 계속 남아 달라 제안을 하려 했다네. 자네의 정체 같은 건 궁금해하지도 않겠네. 봉급도 수준에 맞게 대우해 주지."

악정호는 깜짝 놀랐다.

예상과는 전혀 다른 전개였다.

어쩌면 이곳에서는 꿈꿨던 평화로운 일상이 가능할지도 모른다.

조 대인이 악정호를 계속 설득했다.

"어지러운 세상일세. 어디에든 힘이 있어야 하지. 괜히 여러 사업장들이 각종 문파에 이권을 나누면서까지 호위들을 청하는 줄 아나?"

악정호는 고개를 끄덕였다.

하긴, 조 대인은 자기 사업장에 그 어떤 문파의 호위도 청하지 않는 희귀한 유형이었다.

이곳 기루의 호위 무사 역시 웬만한 중소 무관은 감히 덤비지도 못한다.

"일류 고수를 보유했단 소문이 나면 사업장이 더 안전해 보이겠지. 하면 사업장을 확충하는 데에도 도움이 될 게야."

악정호가 뭐라 할 새도 없이 조 대인이 말을 이었다.

"부족하다면 다른 호위들의 무공을 봐주는 조건하에 일부 이권도 나눠 줌세."

점점 늘어나는 제안.

악정호가 장고 끝에 말했다.

"감사합니다, 조 대인."

조 대인의 얼굴이 밝아졌다.

"그럼 내 제안을 받아들일 텐가?"

"하오나……."

악정호의 말은 끝난 게 아니었다.

"이미 아들에게 약조했습니다."

악정호가 악운의 머리를 쓰다듬으며 쓰게 웃었다.

"아들이 그러더군요. 마냥 피하기만 한다고 도망칠 수 있는 곳은 없다고."

물론 아직도 과거의 기억이 머릿속을 헤집었다.

하지만 아들의 말이 옳았다.

악가의 창은 부러질지언정 휘진 않아야 한다.

과거는 과거일 뿐이다.

자식들에게 더 나은 미래를 줘야 한다.

악정호의 눈에 패기가 흘렀다.

"더는 도망치지 않고 살려고 합니다."

"이곳에 머무는 것이 도망치는 것이던가?"

그 반문에 대한 대답은 악운이 대신 했다.

"예. 저희 아버지께서는……."

악운이 조 대인에게 포권지례를 취했다.

"더 큰 꿈을 꾸셔야 합니다. 그럴 자격이 있는 분입니다."

장내에 정적이 감돌았다.

악정호 역시 잠깐 눈시울이 붉어졌다.

이토록 진심을 다해 자신을 존경해 온 아들의 마음이 고마웠으며 미안했다.

이 일이 끝나면 방금 전 못다 한 그 말…… 반드시 해야겠다는 생각이 스쳤다.

"어쩔 수 없군그래."

이쯤 되자 조 대인은 순순히 물러났다.

악운의 눈빛만 봐도 두 부자의 결의가 돈 몇 푼에 쉽게 꺾일 거 같진 않았다.

"그러면 내 이쯤에서 제안은 접도록 하겠네. 한데."

그래, 동등한 입장에서의 제안은 끝났다.

하지만…….

"자네 아들 말일세."

"예."

"후원자가 필요하진 않겠나?"

이전의 제안보다 훨씬 특별한 제안이었다.

아무리 일류 고수와 깊은 연을 맺기가 쉽지 않다고는 하나 구체적인 조건에 대한 약조도 없이 후원자가 되겠다고 하는 건 분명 흔치 않은 일이었다.

"괜찮겠나?"

"글쎄요. 그건 제 아들 녀석이 결정할 문제일 거 같습니다. 제가 아닌 제 아들의 미래에 투자하시려는 것 아닙니까?"

자연히 모든 시선이 악운에게 쏠렸다.

동시에 악운이 단호히 말했다.

"송구하나…… 그 제안은 거두어 주십시오."

"어찌하여? 네 집안에도 좋은 일일 터인데? 먹고사는 문제에 대한 고민 없이 수련에 임할 수 있을 게야."

"그러니 거절하는 것입니다. 빚이니까요. 동등한 입장의 투자라면 모를까요."

조 대인의 눈에 이채가 흘렀다.

이건 또 무슨 소리일까?

"투자?"

"예, 투자요."

고작 열여섯 미소년의 입에서 흘러나올 말이 아니었다.

하지만 이제까지 보인 악운의 조숙함은 그게 당연한 것처럼 느끼게 했다.

"말씀하신 대로 수련을 하기 위해서는 먹고사는 문제가 해결되어야 합니다. 하지만 그건 제 미래와 바꾸는 거래이지요."

"해서?"

"조 대인께서 우리 가족에게 기대하시는 만큼의 금액을 융통받길 원합니다. 정확한 계약하에 그 금액 그대로 돌려드리겠습니다."

"그리되면 내가 건질 것이 하나도 없지 않겠느냐?"

악운이 손가락 세 개를 들었다.

"세 배."

"음?"

조 대인이 눈을 번쩍 떴다.

"빌려주신 금액의 세 배를 십 년 안에 갚겠습니다. 돈에서 돈으로. 그것이……."

악운이 조 대인을 똑바로 마주했다.

"제가 원하는 동등한 입장을 토대로 한 거래입니다."

미래를 내민 빚은 가문의 발목을 잡는다.

악운은 그러길 원치 않았다.

"허어!"

이쯤 되자 조 대인은 할 말을 잃고 헛웃음을 지었다.

어떤 가치가 중요한지 아는 노회한 사람을 상대하는 기분이다.

"오냐, 그러자꾸나. 지금 당장 우경전장이 발행한 어음을 써서 내주마. 약조는 틀림없겠지?"

악운이 미소 지었다.

"암요."

지켜보던 악정호 역시 아무 말도 못 하고 혀만 내둘렀다.

동시에 제후가 의지의 손을 잡아당겼다.

"누나."

"응?"

"이상해."

"뭐가?"

"저 누나가 형을 이상하게 쳐다봐."

의지는 깜짝 놀랐다. 악운의 부탁을 듣고 제후를 맡아 주었던 기녀가 계속해서 뜨거운 시선을 보였던 것이다.

아니, 뜨겁다 못해 펄펄 끓었다.

"맙소사……."

어린 의지도 느낄 만큼 노골적인 눈치였다.

오라버니를 데리고 얼른 도망쳐야겠다.

❧

"허어, 출발할 땐 두 발로 갔는데 돌아올 땐 마차라니. 이런 호사가 다 있나? 거봐라, 아비가 뭐라 했느냐. 조 대인은 좋은 분이라고 했지?"

마차에 탄 악정호가 창을 열어 밖을 내다보았다.

조 대인이 집에 돌아가는 마차까지 내준 것이다.

오랜만에 마차를 타니 흥이 난다. 벌써 가문을 재건한 기분이랄까.

악정호가 콧노래를 흥얼거렸다. 악운은 엷게 미소 지었다.

하여튼 단순하시다니까.

아버지에게서 시선을 돌리자 덩달아 신이 난 제후의 모습도 같이 보인다.

"우와!"

그럴 만도 했다.

팔걸이에 놓여 있는 작은 원통 목갑이 여러 개 있었는데 여는 것마다 처음 보는 간식들이 수두룩했던 것이다.

"그리 좋으냐."

"응! 형아, 이거 너무 맛있어! 형아도 하나 먹어."

애들이 자기가 먹고 싶은 걸 하나 준다는 건 정말 사랑한다는 의미도 포함된다.

악운이 제후를 쓰다듬으며 말했다.

"고마워, 제후."

"응! 우와! 가만히 있어도 몸이 흔들리네?"

제후가 제자리에서 콩콩 뛰었다.

"오, 정말 그러네."

악운이 후에게 장단을 맞춰 주던 사이 의지는 진중한 눈빛으로 창밖을 내다보고 있었다.

오늘 일 때문에 심경의 변화가 있는 것일까?

"무슨 고민……."

악운이 입을 막 떼려던 그때였다.

의지가 촉촉해진 눈가를 들었다.

"오라버니."

"그래."

"나 어때요?"

"뭐가?"

"꼭 사연 있는 공녀 같지 않아요? 어떡해, 너무 감동이야. 이 마차 너무 느낌 있잖아."

"아…… 그래?"

늘 조숙해서 잊고 있었다.

의지도 이제 열다섯 살 소녀라는 걸.

악운은 잔잔한 미소를 지으며 마차 의자에 등을 파묻었다.

편하긴 편하네.

집에 도착한 이후 의지와 제후는 너무 피곤했는지 지쳐 곯

아떨어졌고 악운은 아버지의 제안으로 다른 방에서 술자리를 했다.

"관둔다고 하니 주방의 장 씨가 아쉽다고 몇 가지 찬이랑 다과 좀 싸 줬다."

"술은요?"

악운이 작은 탁자에 차려진 술병을 가리켰다.

"손님이 남긴 것 좀 가져왔어."

아버지가 퇴근할 때 매번 어디서 술을 마셨나 했더니 손님들이 남긴 술들을 모아서 드셨나 보다.

"이제 조 대인이 투자한 돈도 있으니 정 드시고 싶으면……."

"아니다. 아비가 괜히 네게 그런 약조를 했겠느냐? 이참에 술도 끊을……."

"가능하시겠어요?"

"그래, 오늘까지만 마시자. 아들 앞에서 주정도 그만 부려야지. 그런 의미에서……."

악정호가 악운의 앞에 놓인 잔에 술을 채웠다.

"아들의 첫 술은 아비가 따라 주고 싶구나. 설마 몰래 첫 술을 이미 마셔 버린 건 아니겠지?"

"그럴 리가요."

고개를 저은 악운이 조용히 술병을 바라봤다.

술이라.

과거, 사부의 모습과 아버지의 모습이 투영되었다.

　-한 잔 마시면 고꾸라지는 사내놈은 처음 본다.
　-편견입니다. 사내라고 무조건 주도에 능하라는 법이
어디 있습니까?
　-못 마시면 못 마시는 거지, 왜 이렇게 혓바닥이 길어?
　-말이 많은 게 아니라 맞는 말씀을 드리는 겁니다. 인간
적으로 사부님은 술을 너무 많이 드시는 거예요. 매일 사부
님 주사 때문에 죽을 맛입니다.
　-혹시 술에 취해 있으면 너무 예뻐 보여서 참기가 힘드
나? 네놈도 사내놈이긴 한가 보구나, 쯧쯧!
　-예?
　-아서라, 사부 나이 많아. 못 믿냐? 반로환동했다니까?
　-……취하셨어요?
　-맞는 말 듣기 싫으니까 술이나 따라라.

피식.
"욘석이 왜 술을 떠 놓고 웃고 있기만 해?"
"좋아서요."
"아비도 그래. 자, 건배다."
　악운은 아버지와 술잔을 부딪치면서 한 잔 시원하게 들이
켰다.

새로운 삶을 살아서 그런가.

술이 달았다.

악정호가 의심스럽게 악운을 쳐다봤다.

"아들."

"예."

"정말 첫 술 맞아? 왜 이렇게 잘 마시는 게야?"

"맞는데요."

"그래, 그렇다 치자."

이어서 악정호가 악운이 다 들리게 중얼거렸다.

"아들은 아비 따라간다더니, 술 좋아하는 것도 날 닮았나? 뭐, 좋은 게 좋은 거지. 자, 건배!"

악정호는 이 술로 해묵은 족쇄를 털기로 했다.

그때부터 악운과 악정호가 권커니 잣거니 하며 술이 금방 동났다.

악정호는 기분이 좋았는지 유독 속도를 내서 더 많은 술을 마셨다.

"크으, 좋구나."

얼큰하게 취한 악정호가 운을 뗐다.

"아들."

"예."

"왜, 먼저 물어보지 않는 게야?"

"먼저 말씀해 주시길 기다렸어요. 왠지 그래야 할 것 같아서요."

"네가 생각이 깊은 건 이 아비가 아니라 네 어미를 닮은
게 확실해."

"고집도요?"

"암, 그렇고말고."

미소 지은 악정호가 술기운을 토해 내며 말했다.

"아비는 오늘 정말 놀랐다. 오랜 시간 나는 네게 제대로
된 조언을 주지 못했어. 한데 너는 보란 듯이 큰 성취를 보여
주었지."

반쯤 눈이 풀린 악정호가 혀를 내둘렀다.

"게다가 상대의 실력을 가늠한 것 같은 움직임을 보였어.
대체 어찌한 게야? 상대의 실력을 가늠하려면 네 실력부터
가늠했어야 할 텐데."

아비조차 외면한 운이에게 누가 그런 걸 가르쳤겠나.

스스로 터득한 게 분명해 보였다.

"없었다고 생각하세요?"

"응?"

"저는 항상 제 실력을 돌아보며 가늠할 수 있는 목표가 있
었어요. 제 기억 속에요."

악정호의 눈에 이채가 흘렀다.

운이의 말을 듣고 곰곰이 생각해 보니…….

"아."

운이에게는 비교할 대상이 있었다.

"아비로구나."

"예, 저는 아버지가 보이셨던 모습에 가까워지려고 많은 노력을 해 왔거든요."

악운은 기억을 더듬었다.

"처음에는 무관을 다니는 아이들과 대련을 했죠. 하지만 아이들이 보이는 대부분의 동작은 우리 가문의 기초공보다 못했어요. 더는 큰 도움이 되지 못했죠."

"그때부터 저자를 다닌 게야. 그렇지?"

"예."

"그게 무공에 어떤 도움이 됐는지 궁금하구나."

"사실 크게 도움이 되진 못했어요. 장씨 할아버지네 서고에서는 무공보다는 학식에 더 치중했죠."

"하면?"

"오히려 저자의 길거리가 더 도움이 됐어요."

"의외로구나."

"종종 갈등을 빚으며 충돌하는 무림인들이 많았거든요. 파락호에 가깝긴 하지만 무공은 저보다 한 수 위인 이들이었어요. 그들을 세심히 관찰해 나갔죠."

악정호는 더 듣지 않아도 알 수 있었다.

"그들을 통해 네 실력을 가늠하는 데 큰 도움이 됐겠어."

"네, 제가 어디에 서 있는지 대략이나마 알 수 있었죠. 그런 사람들이 아버지와 얼마나 큰 격차를 가지고 있는지 역시도요."

갈등을 빚으며 싸워 대는 무림인들이야 어느 동네를 가든 널려 있다.

'그런 이들을 통해 배움을 얻었다라……'

악정호는 아들이 특별하다는 걸 새삼 느꼈다.

그동안 악운의 말이 계속됐다.

"병장기를 쥐고 기수식에 이르기까지의 움직임과 호흡 등이 그 사람의 실력을 대략이나마 짐작하게 하잖아요."

악정호는 눈을 부릅떴다.

아들이 일류 고수의 입에서 나올 법한 가르침을 운운하고 있었다.

"널 둔재라며 성급하게 판단했던 아비를 용서하거라. 오늘 보니 네가 둔재였던 것이 아니라 이 아비가 널 둔재로 만들고 싶었던 것이었어."

악정호는 지난날을 회상했다.

운이에게 처음 무공을 전수할 때만 해도 운이의 느린 진도에 안도하면서 골격만 좋은 둔재라 확신했다.

일말의 가능성도 들여다보지 않고 속단한 것이다.

하지만 운이는 끊임없이 성장해 주었고 변화를 이끌어 냈다.

'운석의 그릇이 이리도 컸건만 아비랍시고 나는 자식의 발

목만 잡고 있었구나.'

악정호가 속으로 자책하던 그때.

악운이 그 마음을 들여다보듯 말했다.

"아버지, 미안해하지 마세요."

"녀석, 귀신같긴. 그래도 이 아비는 지난날을 반성하게 되는구나. 내 아들인데도 이제야 이런 변화들을 느끼게 되다니. 내가 너무 무심했다. 미안해."

"곁에 계셔 주신 것만으로도 큰 힘이 돼요. 정말이에요."

"됐다. 아비가 네 성장에 한 게 뭐가 있다고."

"아뇨, 진심이에요. 오늘 보여 드린 모습은 아버지가 계시지 않았다면 불가능했을 거예요."

악운이 악정호의 술잔에 술을 채우며 말을 이었다.

"제 판단이 얼마든지 틀려도 괜찮다는 확신이 있었어요. 위험해지면 아버지께서 제 곁을 지켜 주실 테니까요."

듣고 있던 악정호는 기가 찼다.

"욘석아, 어찌 이리 무모해!"

"현명한 거죠. 부모님을 못 믿으면 누굴 믿겠습니까?"

"그래도 다음엔 그러지 마라. 무모하다 싶으면 한 발자국 물러나. 패기가 만용이 되면 가장 소중한 걸 잃게 되는 게야."

"목숨이겠지요?"

"그래, 늘 목숨을 소중히 여겨야 한다. 널 위해서가 아니야."

악정호가 악운이 따라 준 술잔을 내려다봤다.

"남겨질 이 아비와 네 동생들을 위해서 그리하란 얘기다. 그러니 기댈 건 기대고 무서우면 아비 등 뒤로 도망쳐도 돼. 그게……."

악정호가 술잔에 남은 술을 악운에게 나눠 따랐다.

"가족이지 않으냐."

악운은 술상을 대강 치운 후 잠든 아버지 위로 이불을 덮어 주었다.

아버지는 무슨 좋은 꿈을 꾸는지 엷은 미소를 띤 채 잠들어 있었다.

하지만 오늘의 이야기가 전부 진실만은 아니라는 건 꿈에서조차 모르시리라.

'전 둔재였어요.'

각성 전에는 분명 그랬다.

처음에는 아버지가 한 얘기를 믿지 못했다.

그저…….

'나를 말리려고 그러시는 줄 알았지.'

아니었다.

아버지 말이 옳았다.

무관을 다니는 아이들과의 대련에서 단 한 번도 이겨 본 적이 없다.

같은 아이와 수차례 싸워도 어떤 초식으로 대응해야 할지 조금도 가늠이 안 됐다.

아이들에게 배울 것이 없어 무관에서 시선을 돌린 게 아니다.

사실 상대해 주기 귀찮아진 아이들이 떠난 것이다.

'하긴, 내가 늘 지기만 했으니.'

골격은 타고났지만, 무론을 이해하는 데 어려움을 겪었다.

그때부터 둔재라는 걸 확실히 느끼며 스스로 대련을 접었다.

대신 온갖 서점을 뒤지고 다녔다.

일정 수준이 될 때까지 스스로 활로를 찾아보려 한 것이다.

그 와중에 저자에서의 대련을 통해 무공의 활로를 찾았다?

'그럴 리가 있나.'

아버지가 잘못 본 게 아니었다.

오랫동안 무인으로서의 삶을 떠나 있던 아버지이지만 갈고닦아 온 통찰력은 사라지지 않았다.

'내가 그랬듯이.'

아버지는 그저 오랫동안 관심을 두지 않았던 미안함과 무관심으로 인해 더 깊이 들여다보지 못했을 뿐이다.

차라리 다행이다.

앞으로 천휘성의 재능을 통해 달라질 변화가 크게 낯설게 느껴지지 않을 테니…….

'새로운 기회야.'

보잘것없던 재능이 만개한 꽃처럼 활짝 피게 되리라.

악운은 수련을 위해 다시 방을 나섰다.

아버지가 취할 정도인데 취기는 조금도 오르지 않았다.

이번 삶은 주당으로 살려나 보다.

사부, 보고 있소?

⁂

늘 오르던 산을 달렸다.

"후우, 후우."

숨이 빠르게 벅차오른다.

하지만 이건 잠깐의 과정일 뿐.

오히려 달리고 있는 다리는 더욱 탄력 있게 땅을 박찼다.

정말이지 놀라운 신체 변화다.

'신체가 눈 깜짝할 새 내가 하는 수련에 적응하고 있어.'

완성된 그릇이라는 것을 의미하듯이 신체는 단련이 주는 그 어떤 충격에도 금세 익숙해져 간다.

마치…….

'신체의 능력이 단련에 의해 하나씩 해금(解禁)되어 가고 있

는 기분이군.'

흥이 난다.

'시작해 보자고.'

악운은 경사진 산길을 달리며 본격적으로 눈을 빛냈다.

머릿속에 있는 무학서들이 마치 커다란 서재처럼 드넓게 펼쳐져 있는 기분이다.

하지만 그중 달마세수경과 합이 맞는 절예가 떠올랐다.

'금강부동신법(金剛不動身法).'

수만 가지 동작의 묘리를 깊게 이해하는 것만 수십 년이 걸린다는 소림칠십이절예(少林七十二絕藝) 중의 하나인 신법이다.

악운은 자신 있게 한 발을 내디뎠다.

그 순간.

쾅당!

악운이 달리던 그대로 나무와 충돌했다.

쿵- 쾌드득!

고목이 옆으로 기울며 부러지는 기이한 광경이 벌어졌다.

그러나 악운은 생채기 하나 없이 일어났다.

몸이 굉장히 단단해진 모양이다.

악운은 새로운 신체 변화를 자각하며 방금 전 신법의 실패에 대해 고민을 이어 갔다.

'아직은 뒷받침할 내공이 부족한 건가.'

아쉽지만 금강부동신법 대신 소림의 '성혜도약법(成慧跳躍

法)'을 꺼내야 할 것 같다.

파악!

악운이 다시 땅을 박찬 순간.

아까보다 반 박자 더 빠르게 움직였을 뿐만 아니라.

쐐애액!

반보 정도 더 빨라졌다.

당장 다리가 터질 것처럼 아파 온다.

"후욱!"

하지만 멈추지 않았다.

방금 전 숨이 벅찰 때와 같다.

당장 죽을 거 같아도 이 고비만 넘어가면.

'금방 적응한다!'

궁극에 이른 신체에 성장 한계 따위는 존재하지 않는다.

그저 신체가 다음 단계로 나아갈 수 있는 준비가 갖춰졌느냐 갖춰지지 못했느냐의 차이일 뿐이다.

그렇게 끊임없이 한계의 한계를 깬다.

콰직!

당장 쓰러질 것같이 지쳐 있던 악운이 방금 전보다 더 빠르게 나아갔다.

쐐애애액!

바람 소리가 점점 더 거세게 느껴지고 저 멀리 우거져 있는 고목들이 보였다.

장애물로 쓰기엔 안성맞춤.

악운은 고목이 자리 잡은 더 험한 산길을 따라 움직였다.

타타탁.

기울어진 고목들은 위사처럼 진로를 방해하고 있었다.

아랑곳하지 않고 속도를 더욱 높였다.

마침내 고목과 부딪칠 듯 가까워진 찰나.

'지금.'

악운의 무릎이 바닥에 닿을 듯 굽혀졌다.

반쯤 누워 있는 위태로운 형세였지만, 균형은 흐트러질 듯 흐트러지지 않았다.

쐐애액!

충돌할 것 같았던 나뭇가지 밑으로 정수리가 스쳐 지나갔다.

누군가 보았다면 경악했으리라.

산길을 따라 파인 발자국의 깊이와 너비가 길을 따라 달릴수록 커져 가고 있었으니까!

악운의 탄력성과 균형감이 달리면서 증강되고 있었던 것이다.

'일각 정도 걸리던 산길을 절반으로 줄였어.'

수련한 일자에 비하면 정말 터무니없는 성장 속도다.

"누가 예상이나 할까."

하지만 이 정도 성과에 마냥 만족할 수가 없었다.

둔재였던 지난 시절.

늘 노력이 비례가 되는 삶을 살고 싶다고 기도했다.

그리고 이제 이 신체는 정확히 노력이 비례가 되는 그릇이
되었다.

'머릿속에 있는 걸 꾸준히 해 나가면 될 일이야.'

악운은 본래 수련했던 공터로 향했다.

온몸의 근육이 활시위처럼 팽팽히 부풀어 있다.

외공을 펼치기 좋은 상태였다.

'악련정호식.'

악운의 두 팔이 허공을 빠르게 갈랐다.

하지만 어느 순간 초식이 전보다 부드러워졌다.

그러나.

부웅!

강맹함의 정도는 더욱 증강됐다.

악련정호식 위에 '달마역근경'의 묘리가 깃든 덕분이었다.

머릿속에 방장 스님에게 소림의 절예를 사사하던 천휘성
의 모습이 스쳐 지나간다.

　-잘 들으시게나. 세간에서는 소림의 '세수경'과 '역근경'

을 다른 절예로 본다네. 시주도 그러했지.

　―예, 스님.

　―하나 아닐세. 세수경이 안을 닦는 것이라면 역근경은
밖을 닦는 것이라네.

　―아, 하면.

　―음양의 조화를 어디 따로 본다 하던가? 하여…….

　'그 진의를 아는 소림은 이를 본래 달마진경이라 부르니.'

　역근경과 악련정호식이 따로, 또는 같이 악운의 보보마다
함께 어우러져 갔다.

　악운은 흥이 났다.

　각파의 묘리를 억지로 합치려고만 했지, 뿌리가 다른 외공
이 서로 공생하는 경험은 처음이었다.

　'매번 태양진경과 비교만 하려 했을 뿐이었다. 참된 묘리
를 들여다보려 하지 않았음이야.'

　다섯 걸음이 순식간에 열 걸음이 되고, 쉰 걸음이 되어 간
다.

　'천 걸음이 될 때까지 지치지 않아야 한다.'

　이를 악물고 호흡과 움직임을 유지하는 데 공을 들였다.

　온몸이 터질 것같이 아팠다.

　천휘성의 경험? 그따위 건 아무 도움도 되지 않는다.

　고통은 그저 고통이다.

그럼에도 포기하지 못하는 건 한계를 넘어섰을 때의…….

'희열!'

동시에 기문이 강하게 고동쳤다.

혼세양천공이 강렬한 기파를 일으키며 가장 적합하고 완벽한 형태의 조화를 찾았다.

이에 호응되는 일 권.

'오랜만이군.'

이번에는 태양진경의 기초공 양혼지무(陽魂支舞)가 뻗어 나왔다. 혼세양천공의 근간은 태양진경이었으니 당연한 일이다.

 −신체는 양(陽)이며 혼(魂)은 음(陰)이다. 다른 것이 아니다. 양이 살찌면 혼 역시 강건해진다.

 −한낮의 태양이 세상의 어둠을 깨우듯 끊임없이 양(陽)을 길러[養] 지닌 것들을 살찌우라.

우우웅!

내공의 가속도가 비정상적으로 빨라졌다.

하지만 악운은 갈기갈기 찢어지는 고통을 잊어 갈 만큼 무아지경에 빠져들고 있었다.

'태양진경은 모든 무공의 근본이 아니다. 태양진경 역시 조화를 이루고자 하는 하나의 길이었을 뿐이야.'

사지가 번뇌를 털어 내듯 격렬히 흔들렸다.

쐐액, 쐐액!

천휘성의 시작과는 다르다.

악운은 그걸 온몸으로 느꼈다.

'그럼에도 태양진경의 틀에만 맞춰서 달마진경을 공부하려 했고 세수경 대신 역근경의 필요성만을 느꼈지. 잘못된 선택이었다.'

왜 몰랐던가.

그 생각의 변화가 진정한 순리로 나아가는 첫걸음이었던 것을.

'모든 것은······.'

쿠앙!

고목 한가운데, 주먹의 열 배 되는 구멍이 뚫렸다.

"존재의 이유가 있는 것을."

혼세일문(混世一門)이 확장되는 순간이었다.

❧

아침 수련을 모두 마치고 산에서 내려오던 차에 한 번도 못 봤던 풍경이 보였다.

아버지가 동생들을 가르치고 있었던 것이다.

"기초공은 단순히 기초로만 끝나지 않는단다. 그럼 기초를 잘 닦기 위해서 가장 중요한 게 무엇일까?"

제후가 재빨리 소리쳤다.

"밥!"

"오! 잘했다, 우리 아들! 하지만 정답은 아니야."

악정호가 제후를 기특해한 후 의지를 바라봤다.

"내공일 것 같아요. 고수들의 초인적인 힘은 내공량에 의해 크게 갈린다고 배웠어요."

"어디서?"

"책에서요."

"장 노야께 이 아비가 나중에 큰 선물이라도 하나 해야겠다. 너희들 배움에 아비보다 그분이 더 큰일을 하셨어."

"정답이에요?"

"아니."

"기대했는데."

"그럼, 네 오라비에게 물어볼까?"

악정호가 걸어오고 있는 악운을 쳐다봤다.

"형아다!"

제후가 제일 먼저 안기고 의지가 재빨리 그 뒤를 쫓아왔다.

"오라버니, 방금 아버지께서 내신 문제 들었어요?"

"들었지."

"정답이 뭐예요?"

"정답?"

악운은 순간 얼굴이 굳었다.

기초에 필요한 것은 한두 가지가 아닐 것이다.

'방금 전까지만 해도 다양한 기초를 수련했으니.'

그렇다면 역시 이것이겠군.

"기초란 기초이면서 동시에 뿌리야. 뿌리란 역시 마음을 닦는 일이지. 수양(修養)은 비단 몸으로만 하는 게 아니야. 몸을 닦으면서 케케묵은 마음의 번뇌를……."

말을 잇던 악운은 잠시 가족들의 눈치를 살폈다.

아버지는 조금 멍한 눈빛을 보였고, 의지는 고개를 갸웃거리는 중이었다.

마지막으로 제후가 하품을 했다.

"아부지, 형아 말을 들으니까 이상하게 졸려."

악정호가 헛웃음을 흘렸다.

"아직은 어, 어려워서 그래. 그치?"

그의 반문에 악운도 머리를 긁적였다.

"예, 아무래도 그랬나 봅니다."

쉽게 풀어서 말한 건데…….

악운의 내심은 그랬지만 동생들 반응이 썩 탐탁지 않다.

이쯤 되자 악정호가 나섰다.

"정답은 체력이다. 제후야, 형을 봐. 땀을 흠뻑 흘렸지? 제후도 저렇게 흠뻑 땀이 흐를 때까지 움직이는 거야. 알았어?"

"응! 알았어!"

의지가 제후를 째려봤다.

제후의 훈육 담당은 의지 차지다.

"알겠습니다, 아버지 해야지."

"알겠습니다, 아부지."

제후가 의지의 눈치를 보며 재빨리 진중한 표정을 지었다.

지켜보던 악운은 너털웃음이 나왔다.

볼도 빵빵한 것이 귀여워 죽겠다.

악정호 역시 그랬는지 껄껄 웃음을 터트리며 말했다.

"어이구, 내 새끼들! 자, 둘 모두 이 아비를 따라 해 보거라. 큰아들은……."

악정호가 땀에 젖은 악운을 위아래 살펴보더니 피식 웃었다.

"수련은 끝난 거 같으니, 씻고 밥 좀 하고."

악운은 기분 좋게 고개를 끄덕였다.

"예."

"참, 조 대인이 준 고기 좀 볶아라. 무공 수련할 땐 잘 먹어야 되거든."

제후가 제일 신이 났다.

"체력에 좋으니까!"

"맛있기도 하고?"

"응!"

악운은 제후의 머리를 쓰다듬어 준 뒤 돌아섰다.

그래, 이래야 진짜…….

'무가(武家)지.'

악운이 시원한 미소를 지었다.

❧

제후와 의지는 제대로 된 수련을 지도받는 게 처음이라 그
런지, 늦은 아침을 먹자마자 코를 골며 대자로 뻗었다.

악정호가 상을 치우고 말했다.

"피곤했나 보다."

"무공과는 담 쌓고 살아 왔으니까요. 체력적으로 힘들 겁니
다. 그래도 다들 이해가 빠르네요. 둘 다 기재인 것 같아요."

"아비가 봐도 그래. 네 동생들이기는 한가 보다. 많이 지
쳤느냐?"

"아뇨. 씻고 식사까지 마치니 오히려 개운하고 힘이 나
네요."

"아서라. 수련도 좋지만 잘 쉬는 것도 수련의 일환이야."

"그럼, 그냥 쉴 순 없죠."

"음?"

"오랜만에……."

악운이 눈을 빛냈다.

"아버지께서 펼치는 연무를 견식하고 싶은데요? 어차피
아버지 개인 연무도 시작하셔야 하잖아요."

"그래, 그래야지."

악정호는 문득 악운이 조 대인에게 했던 제안이 떠올랐다.

조 대인은 정말 대형 전장 어음을 써 줬다.

그것도……

'금자 스무 냥이라니.'

금자 한 냥이 은자 스무 냥.

은자 한 냥은 동 이백 문에 달한다.

기루에서 일하며 매달 은자 한 냥을 벌었던 걸로 따져 보면 어마어마한 액수다.

'도대체 이게 몇 배야? 그런데 여기에 추가로 세 배라니!'

그 정도면 갚아야 할 빚이 제남 중심가에 작은 장원 하나 구입할 수 있는 수준이다.

아니, 사고도 남는다.

'녀석, 담도 크지.'

사실 말리고 싶기도 했다.

하지만 아들의 선택을 존중한다고 말했고 실제로도 그러고 싶었다.

스스로의 가치를 노력으로 증명해 보인 아들의 약속이다.

그걸 무시하는 건 아비로서 할 일이 아니다.

오히려 그 약조가 이뤄질 수 있게 힘을 실어 주는 게 더 옳다.

그러기 위해서라도 가문을 다시 세워야 한다.

"그럼 잘 보거라. 네 수련에도 도움이 될 게야."

"꿈과 마주하는 순간이네요."

"녀석, 듣기 좋으라고 하는 소리겠지만 듣기 좋구나!"

악정호가 껄껄 웃었다.

"그런데……."

마당 앞으로 당당하게 걸어 나가던 악정호가 머리를 긁적이며 악운을 쳐다봤다.

"창이 없네?"

악운은 헛웃음이 나왔다.

이건 생각도 못 했다.

독문병기가 없는 가주라니.

"설마 사당 밑에 숨겨 두신 건 아니죠?"

"……아들."

"예."

악정호가 놀란 표정으로 물었다.

"어떻게 알았어?"

대놓고 삐걱거리는데 모를 리가 있나.

꿀

아이들이 낮잠을 자는 사이, 악운은 악정호와 함께 사당에 올랐다.

"혼자 여기 올라온 적이 많지?"

악정호가 사당 문으로 다가가며 물었다.

악운은 고개를 끄덕였다.

"가끔요. 가문이 건재했으면 어땠을까 하면서요."

"네가 아비보다 낫구나. 나는 참 오랜만에 온다. 안 좋은 기억만 떠올랐거든."

악정호가 먼지 낀 문을 열며 사당 안으로 들어섰다.

이후 두 사람은 예의를 갖춰 위패에 참배한 후 나란히 무릎을 꿇고 앉았다.

"네가 이리 기특히 장성한 것을 보면 조부께서 얼마나 좋아하셨을까 싶다."

"할아버님께서 아버지를 유독 예뻐하셔서요?"

"그래, 당시 이 아비는 가문 모두의 사랑을 독차지하고 있었거든. 당연히 이 아비 자식인 너도 좋아들 하셨겠지."

"왜요?"

"인물이 좋아서."

잠시 침묵이 돌았다.

"진짜야."

"예."

"네 인물이 뛰어난 건 다 아비 닮아서다."

"속일 생각 마시죠. 어머니 눈, 코, 입 다 기억납니다."

"다시 기억해 보거라. 너는 날 쏙 빼닮았어."

"예, 그렇다 치지요."

"네 조부께서도 그러셨지, 내가 당신 얼굴을 쏙 빼닮았다고. 그 시절에는 이 아비도 안 닮았다고 생난리를 쳤었어. 근데 세월이 들수록 그 말씀이 맞더라고."

악정호는 웃음을 터트린 후 아버지의 위패를 응시했다.

'아버지, 이 못난 막내 놈이 이제야 귀한 자식들 덕에 두려움을 떨쳐 보려 합니다. 험난할 길을 잘 헤쳐 나갈 수 있게 잘 좀 살펴 주십시오.'

악정호는 진심을 담아 위패 앞에 다시 한 번 절을 올렸다.

얼마쯤 흘렀을까?

한참 동안 위패를 바라보던 악정호가 천천히 자리에서 일어나며 말했다.

"이제 어른들께 인사도 마쳤으니 슬슬 독문병기부터 꺼내 보자."

"예."

두 사람은 힘을 합쳐 삐걱거리는 겹쳐져 있는 목판들을 하나씩 걷어 냈다.

그러자 피어오르는 먼지와 함께 창이 들어 있는 커다란 목갑이 보였다.

스륵.

악정호가 미끄러지듯 내려가 목갑을 열어젖혔다.

"참으로 오랜만이로구나."

오래 묵은 먼지와 함께 창 한 자루가 모습을 드러냈다.

악정호가 그 창을 들어 올리자 나풀거리는 먼지가 사방으로 피어올랐다.

'과연.'

악운은 그 창의 존재감을 단번에 느끼고는 속으로 감탄했다.

관리되지 않는데도 여전히 예기를 뿜어냈다.

'산동악가에서 대대로 내려온 악가의 신물(神物).'

명장 수준의 대장장이가 아니라면 담금질조차 힘들다는 '운철(隕鐵)'을 통해 제작된 악가의 신창(神槍)이다.

"뇌공(雷公)."

악정호가 창신의 먼지를 쓸어내리며 새겨져 있는 글씨를 어루만졌다.

"이게 무슨 뜻인지 아느냐?"

가벼웠던 아버지의 목소리가 무겁게 가라앉았다.

"인간을 고뇌에서 꺼내 주는 뇌공이란 신이지요."

"그래, 맞다. 혹은 지옥에서 꺼내 준다고도 하지. 우리 가문의 시작은 지옥 같은 세상에서 뇌공 같은 뜻을 이루는 것이었다. 그리고……."

악정호의 눈빛이 세차게 흔들렸다.

"이곳이 그 헌신의 결과지."

악운은 자연스레 사당의 위패를 돌아보게 됐다.

그래, 아버지가 보기에 가문의 헌신은 아무도 알아주지 못했다.

하지만 아니다.

하늘이 알고 천휘성이 안다.

악운은 악정호의 손을 꽉 잡았다.

"조부께서 우리가 가는 길을 지켜 주실 거예요."

"암, 그렇고말고."

악운은 애써 웃음 짓는 악정호에게서 시선을 돌려 악진명의 위패를 뜨거운 눈으로 바라보았다.

그렇게 창을 회수한 직후.

부자는 다시 집으로 돌아와 마당 앞에 자리를 잡았다.

본격적으로 악정호가 연무를 선보일 차례.

"후우……."

악정호는 때 묻은 창을 고쳐 쥐며 어느 때보다 진지한 눈빛을 보였다.

"오랜만에 아들 앞에서 선보이려니 이상하게 긴장되는구나."

"기루에서 보니 여전히 현역 무림인이시던데요."

"욘석, 그냥 아비를 대놓고 놀려라."

히죽 웃은 악정호가 다시 진지한 표정으로 돌변했다.

저벅.

내뻗은 일 보(一步)와 함께 악정호가 담담하게 말했다.

"창으로 마음의 벽을 동시에 꿰뚫으라. 일관심(一貫心)."

기다렸다는 듯 뇌공의 창신이 무형의 창경을 일으켰다.

악운 역시 보자마자 이 첫 보의 시작이 어떤 창법인지 정확하게 알아보았다.

'비화심창(飛火心槍).'

이류에 올라야 완성할 수 있는 창법이자…….

"네가 아비에게 보인 묵뢰십삼참의 기수식은 비화심창의 연환식에서 비롯되느니라."

뇌공이 비화심창의 연계식으로 나아갔다.

악운은 점점 악정호의 동작에 빠져들었다.

'오랜만에 견식하는구나.'

악가의 창은 매섭다.

기의 수발, 초식의 연계, 움직임 하나하나에 투혼이 스며 있다.

점층적인 움직임을 통해 더 거세지고 더 빨라진다.

마치…….

'불처럼.'

몸집을 키워 나가는 불길처럼 악정호의 창 역시 점점 더 쾌속해져 갔다.

웅- 웅!

뇌공과 악정호의 공명(共鳴)이 본격적으로 시작됐다.

악정호의 눈빛 또한 어느새 무아지경에 휩싸여 창을 휘두르고 있었다.

실전적인 동작들과 달리 창이 가진 다양한 궤도는 기품과 아름다움을 지녔다.

실용과 화려한 아름다움.

어울리지 않는 두 단어를 모두 포함한 무공이랄까.

츠츠츠!

점점 창의 기운이 고조되면서 비화심창의 연계식이 묵뢰십삼참(墨雷+三斬)으로 자연스레 바뀌어 갔다.

지켜보는 악운의 눈에 악정호와 과거, 악진명의 모습이 교차되어 투영되었다.

'악가의 창로(槍路)는 빠르다. 벼락같은 움직임으로 상대를 제압하고 집어삼킨다. 패도(覇道)의 정점에 서야 한다. 그것이 악가를 관통하는 정수다.'

악운이 그러한 초식을 기대하던 순간.

후웅!

어째서인지 뇌공의 공명이 잦아들면서 악정호의 움직임이 유연하게 전환되었다.

궤적에 아름다움이 깃들어서가 아니다.

본질을 피한 것이다.

'아니야.'

악운이 눈살을 찌푸렸다.

추구하는 초식의 방향성이 올바르지 않았다.

틀린 길을 자기에게 맞게 바꾸려 하니…….

'몰입이 깨지겠지.'

기다렸다는 듯 악정호가 창끝을 선회하며 땅을 콱, 내려찍었다.

예상대로 악정호의 연무가 끝이 난 것이다.

"후우, 후우!"

악정호는 오랜만의 연무라서 그런지 어렵게 숨을 골랐다.

확실히 꾸준히 수련하지 않아 금방 지치긴 했지만.

'나쁘지 않았어.'

운이를 가르치기 위해 선보이고 싶었던 비화심창은 전부 쏟아 내 보여 주었으니 그거면 충분했다.

악운을 등지고 있던 악정호가 돌아서며 피식 웃었다.

'녀석…… 얼마나 입이 찢어지게 감탄하고 있을까?'

그렇게 악운을 향해 돌아선 그때였다.

'웅?'

악정호는 당혹스러웠다.

악운이 놀라기는커녕 무미건조한 눈빛으로 자신을 쳐다보고 있었기 때문이다.

"아들?"

"예."

"잘 봤지?"

"예."

"그래……."

악정호는 악운의 표정이 석연찮았지만, 악운이 처음 보는 비화심창을 고민하고 있다고 생각했다.

"너무 어려워할 거 없다. 어차피 아비가 방금 보인 동작을 순차적으로 나눠서 가르쳐 줄 생각……."

"저, 아버지."

"그래."

"솔직히 말씀드려도 될까요?"

"그럼! 궁금한 건 얼마든지 물어봐도 좋다."

"음, 제가 잘은 모르지만."

"그래."

"기억 속에서 봤던 아버지의 창법은 이런 느낌이 아니었던 것 같아요. 제가 잘못 본 건지도 모르지만……."

그래, 이게 좋겠다.

악운은 모른 척 고개를 갸웃거리며 말했다.

"처음에는 시원했는데 마지막에는 답답한 느낌이 들었어요. 마치……."

때로는 어린아이의 시선이 직관적일 수도 있다.

"아버지 앞에 두려운 짐승이라도 있는 것처럼요."

"뭐?"

예상 못 한 얘기에 악정호의 눈빛이 미묘하게 흔들렸다.

"두려운 게 앞에 있는 것처럼 보였다고?"

"네."

악운은 고민 없이 고개를 끄덕였다.

전생의 언급은 하지 않기로 마음먹은 지금.

무신으로서의 완벽한 조언은 불가능하다.

하나…….

'단초는 줄 수 있어.'

물론 그저 흘려들을 수도 있다.

하지만 악운이 아는 악정호는 그럴 사람이 아니었다.

얼마 전 기루의 일도 그렇다.

아버지는 자신의 의견을 충분히 존중해 줬다.

"마지막 초식이 두려운 짐승 앞에서 물러나듯 시원하게 뻗히지 않았다라……. 그리 보였단 말이지."

악정호는 조용히 뇌공의 창신을 들여다보았다.

자신의 실력을 쫓으려면 한참 먼 아들의 말이었다.

하지만 그냥 흘려들을 수가 없었다.

'놀랍구나. 아무리 느낌이라 할지라도 어찌……?'

운이가 지적한 게 하필 악정호 역시 오랜 시간 고민해 왔던 부분이었기 때문이다.

'녀석, 날이 갈수록 혜안이 깊어지는구나. 가문의 홍복이

야!'

악정호는 새삼 악운을 묘한 눈길로 바라보게 되었다.

"아들."

"예."

"조언 고맙구나. 잘 새겨들으마."

"아니에요. 제 느낌은 그저 추상적인 느낌에 불과할 뿐인걸요. 사실 아버지께 쓸데없는 말씀을 드린 건 아닌가 걱정했어요."

"그런 걱정은 마라. 아비에게 네 얘기는 그 어떤 성현의 말씀보다 주옥같아. 그러니 언제든 주눅 들지 말고 얘기해. 알겠지?"

"정말요?"

"그럼, 당연하지."

악운은 기다렸다는 듯 흔쾌히 고개를 끄덕였다.

오호, 그렇단 말이지?

악운은 오늘 이후로 아버지에게 여과 없이 직언을 해야겠다고 다짐했다.

이런 심중이 전해진 걸까?

악정호가 몸을 잘게 떨었다.

"갑자기 오한이 드네."

"글쎄요. 날씨 좋은데요?"

"그러게 말이다. 오랜만에 땀을 흘려서 그런가."

참 희한한 일이다.

악정호는 괜히 땀에 젖은 옷을 힐끗 내려다본 후에 다시 악운을 쳐다보았다.

운이는 이미 마당 앞에 서서 악정호의 가르침을 기다리는 중이었다.

녀석, 급하기는…….

악정호는 강한 열의를 보이는 악운을 기특하게 바라보며 뇌공을 들고 다가갔다.

"이제 시작해 보자."

"하면 악련정호식부터 펼쳐 볼까요?"

"아니다. 악련정호식은 이제까지 하던 대로 꾸준히 수련하면 돼. 이젠 그보다……."

악정호가 방금 전 보여 주었던 비화심창의 기수식을 보였다.

"비화심창의 형을 익힐 차례다."

"그렇군요."

"악련정호식의 성취가 있다 하여 금방 익힐 수 있을 거라고 생각하면 오산일 게야."

"겉보기엔 그리 어려워 보이진 않던걸요."

"녀석, 아비니까 그리 쉽게 펼치는 듯 보이는 게야. 각 초식이 스물네 개의 동작으로 나뉘어 있고 그런 초식이 무려 여덟 번이나 연계되어야 하거든."

"아……."

"녀석, 놀라고 있을 시간이 어디 있어. 그럴 시간에 직접 체감해 봐야 알지. 모름지기 백문이 불여일견이라 하지 않더냐."

"예, 한번 해 보겠습니다."

악운이 대답과 함께 악정호가 쥐고 있는 뇌공을 빤히 바라봤다.

"응? 달라고?"

"창법이니까요."

"아서라. 뇌공이 아무리 가벼운 운철로 만들어졌다 해도 일 장 칠 척의 장창이야. 보기에만 가벼워 보일 뿐 다루기 힘들 게다."

악정호는 고개를 저었다.

"이제 막 비화심창의 형(形)을 익히려는 네게 뇌공같이 다루기 힘든 병장기는 옳지 않아. 균형을 흩트릴 뿐이거든. 조만간 아비가 네게 맞는 철창을 제작해 주마."

악정호의 말에 악운은 고개를 끄덕이면서도 못내 뇌공에서 시선을 거두지 못했다.

'귀엽기는.'

매 순간 어른보다 조숙해 보여도 아직 감정을 못 감추는 걸 보니 애는 애인가 보다.

"아들, 그래도 들어 볼래?"

"예. 한번 들어 보고 싶어요."

악정호는 악운의 마음이 이해도 됐다.

'하긴.'

늘 가문을 부정하며 살아온 시간을 끝내고 마침내 가문 대대로 내려오는 창을 처음 마주하게 됐으니 아마 무척이나 기쁠 것이다.

악정호는 미소 지으며 악운에게 창을 넘겨줬다.

아직은 꽤나 무거워서 휘두르자마자 휘청거릴…….

후웅!

예상과 달리 뇌공이 강맹한 기세를 일으키며 휘둘렸다.

한 번이 아니었다.

쐐액, 쐐액!

이번엔 바람을 가르며 앞으로 쇄도했다 회수됐다.

말이 공격과 회수지 이 정도 속도의 공방 일체가 되려면 꽤 오랫동안 뇌공의 무게에 익숙해져야 한다.

아니, 뇌공을 들고 초식을 운용한다는 것부터 수련의 일환 중 하나였다.

한데…….

"이게 어찌 된 일이지?"

너무 경악스러워 말문마저 막힌 그때.

쿵!

"무겁긴 한데…….."

악운이 뇌공을 땅에 찍듯이 내려놓으며 악정호를 돌아봤다.

"할 만한데요?"

"그게 돼?"

"예, 되네요."

악정호는 이 순간 인정해야만 했다.

운이를 일반적인 수준에 맞춰서 수련시키는 것부터가 말도 안 되는 일이었음을.

'대체 이게 어떻게 된 일일까?'

악정호는 악운을 멍하니 바라봤다.

이제까지의 변화야 노력이 뒷받침되어서 그렇다 쳐도, 지금 본 이 일은 단순히 노력 여하의 문제가 아니었다.

'이 정도 용력이면······.'

악정호는 문득 지난날 아버지의 모습을 떠올렸다.

'아버님께서도 수십 근에 달하는 언월도를 쉽게 휘두르곤 하셨지.'

산동악가의 후손들은 대대로 팔다리가 길어 창을 휘두르기 적합한 신체를 타고났다.

이러한 신체에 선천적인 용력까지 타고난 인물이 그의 부친인 악진명이었는데······.

'운이가 그런 아버지의 재능을 물려받은 건가?'

단순히 체격만 쏙 빼닮은 게 아니었던 모양이다.

돌연 악정호의 표정이 진지해졌다.

"아들."

"예."

"뇌공을 내려놓고 아비와 내공을 제외한 순수한 힘으로만 대련해 보는 게 어때?"

"좋습니다."

대답을 듣자마자 악정호는 소매를 걷어붙인 후 악운과 한 걸음 정도의 간격을 벌리고 마주 섰다.

"선공을 잡거라. 초식은 서로 악련정호식에 한해서만 펼치자꾸나. 단, 반보 이상으로 물러나면 그만하는 것으로 하자. 근접전에서의 용력을 살펴보고 싶구나."

악정호는 악운을 어느 정도 수준에서 수련시켜야 하는지 확실히 해 두고 싶었다.

악운은 사양하지 않고 두 손을 가벼이 말아 쥐었다.

"갑니다."

"오냐."

말이 끝나기 무섭게 악운의 두 소매가 펄럭였다.

촤라락!

그리고 일자로 쫙 뻗히는 악운의 일 권.

쐐액!

눈속임 없는 정권이었다.

악정호가 기다렸다는 듯 악운의 일 권을 손등으로 비끼듯 쳐 내고 반격했다.

파파파파팟!

눈 깜짝할 새 두 사람의 공방전이 공기를 갈랐다.

그럴수록 악정호의 눈이 세차게 떨렸다.

'맙소사!'

처음이야 운이의 용력이 어느 정도 되는지 시험해 볼 참이었다.

하지만 주고받는 운이의 공수가 예사롭지 않았다.

'아무리 내공을 쓰지 않는다지만.'

일류 수준의 무인이 펼치는 악련정호식과 이제 이류를 바라보고 있는 열여섯 소년의 악련정호식은 분명 좁힐 수 없는 이해도의 격차가 있다.

그렇기에 운이의 일 장 일 권을 쳐 내고 비끼는 건 삼 할의 힘으로도 충분했으나, 문제는…….

'그 차이를 지닌 바 용력으로 메워 가고 있어. 게다가.'

쐐액!

합이 늘어날수록 운이가 자신의 움직임에 적응해 가고 있었다.

일 초, 이 초, 삼 초.

자신이 펼쳐 가는 악련정호식의 요결을 빠르게 이해해 가며 날아오는 일 장 일 권이 점점 더 강해졌다.

악정호는 점점 힘을 올렸다.

삼 할에서 오 할로, 오 할에서 칠 할로!

그 순간.

쐐액!

비스듬히 쳐 낸 일 권에 부딪친 악운이 그 반탄력을 반대편 주먹의 가속으로 치환했다.

'이건!'

악정호가 눈을 부릅떴다.

악련정호식을 완벽히 이해해야 펼칠 수 있는 탄(彈)의 요결, 즉 탄첩(彈疊)이 분명했다.

산동악가의 무공을 이해하는 기초이자 뿌리.

부딪치며 파생되는 탄성력을 치환해 증폭된 힘을 일으킨다.

쐐액!

동시에 방금 전보다 배가된 주먹이 악정호의 턱으로 날아왔다.

예상을 넘은 것도 모자라 생각 이상으로 빠르다.

하지만 방어하지 못할 정도는 아니었다.

'이것이 운이의 최선이겠지.'

악정호는 입을 꽉 다물고 운이의 주먹을 향해 손을 뻗었다.

쐐액!

서로의 주먹이 맞부딪치던 찰나.

악운의 주먹이 쫙 펴지며 악정호의 주먹을 비끼듯 밀어냈다.

예상의 예상을 넘어 간격을 좁힌 것이다.

저벅.

악정호가 눈을 동그랗게 떴다.

설마 더 확실한 기회를 기다렸을 줄이야!

'이런!'

일 권의 회수는 늦었다.

그 대신.

타닥!

악정호가 악운의 어깨를 타고 빙글 회전하여 방향을 바꿨다.

펑!

간발의 차이로 악운의 주먹이 악정호를 스치지 못하고 허공을 갈랐다.

"후우, 후우!"

동시에 악운이 거친 숨결을 토해 냈다.

악정호는 그런 악운의 옆모습을 바라보다 이내 자기 발밑을 내려다보았다.

반보를 움직이면 패배라고 했으니…….

'겼어.'

악정호는 아들의 성취에 기쁘면서도 헛웃음이 나왔다.

방금 전 그 움직임에 대해 아들의 입을 통해 직접 듣고 싶었다.

"아들, 방금 그 일 권은 어찌 해낸 게야?"

악운이 환한 미소를 머금으며 악정호를 돌아보았다.

"아버지께서 제게 가지실 방심이 한 번의 기회를 만들어 줄 거라 생각했습니다. 이를 통해 아버지를 일 보라도 물러서게 하는 게 제 목적이었고요. 아버지께 내공 제약이 없었다면……."

"아니."

악정호는 단호히 고개를 저었다.

"최선을 다한 내 손을 보거라."

악정호가 내미는 두 손은 꽤나 붉어져 있었다.

"물론 제약이 있긴 했지. 하지만 그건 핑계일 뿐이야. 운이 너 역시 제약이 있었지 않으냐."

악정호는 진심을 다해 악운의 머리를 쓰다듬었다.

"너는 아비를 일 보나 물러서게 했다. 용력을 기반으로 아비를 심리적으로 흔들었고 공수를 진행하는 과정 속에 탄첩의 요결까지 완벽하게 체득해 버렸어. 두말할 거 없이 아비가 완벽히 진 게야. 그러니."

악운은 악정호의 뜨거운 눈을 마주봤다.

"충분히 자랑스러워해라."

악운은 말없이 악정호의 붉어진 손을 잡았다.

가슴이…… 두근거렸다.

악정호가 악운의 손을 쥐고 이끌었다.

"자, 이제 비화심창의 형을 익힐 차례다. 네 수준도 알았으니 아비의 수련이 혹독하다 원망하지 말고. 알았지?"

"네."

악운이 기분 좋게 웃었다.

바라던 바였다.

～

그날부터 악운의 연공은 늘 반복의 연속이었다.

새벽에는 일문을 확장하며 가능하게 된 새로운 심법과 무공 연마를 반복했다.

예상했던 수순이었다.

혼세양천공의 중재력이 강해지자 새로운 간 하나를 추가로 사용할 수 있게 된 것이다.

그렇게 개인 수련을 마친 후엔 아버지와 대련을 이어 나갔다.

하루가 다르게 실력이 성장하는 악운을 악정호는 매일 놀라워했다.

그게 자극이 된 것일까?

악정호는 악운 못지않게 개인 연공에도 집중했다.

악운은 그럴 때면 악정호 대신 동생들의 수련을 가르치며 그의 빈자리를 채워 줬다.

그러면서 꽤나 의외의 모습을 발견했다.

의지야 기루의 일이 무공 수련에 집중하는 데 큰 계기가 되었다고는 하나.

제후가 의지를 따라 열심히 무공을 수련할 줄은 아무도 예상 못 했던 것이다.

심지어 가끔은 강한 의지를 보이기도 했다.

참으로 기특한 일이었다.

그러길 보름이나 되었을까?

악운은 문득 그게 궁금해져서 제후에게 직접 물어봤다.

"제후야."

"응, 형아."

"무공 수련 재미없지?"

"응, 재미없어. 형아는 재미있어?"

별거 아닌 질문이었지만 악운은 회상에 젖으며 하늘을 쳐다보았다.

그래, 그랬던 것 같다.

아주 예전에는 가문을 되살리는 등의 목적을 이루기 위해서만 무공을 수련하지는 않았다.

사부와 함께했던 지난날은 무공 수련만으로도 분명히 즐거웠으니까.

"그래, 형은 정말 재미있어서 하는 거야."

"그렇구나."

"제후는 재미도 없는 걸 왜 해? 아버지가 시키셔서?"

"아니."

"그럼?"

"당과 주는 예쁜 누나랑 놀기 전에 아버지랑 누나가 우는 걸 봤어. 제후도 무서웠어."

악운은 무척 놀랐다.

제후가 말하는 건 기루 때의 일이 분명했다.

설마 제후가 전부 보고 있었단 건가?

"다…… 보고 있었어?"

"응. 나도 누나를 지켜 준 형아처럼 될 거야. 그래서 다신 아무도 안 울게 할 거야. 그러려면."

제후가 악운을 올려다보았다.

"노력해야 돼. 그래야 형아처럼 될 수 있다고 아버지가 그랬어. 그 말 맞지?"

반문하는 제후를 악운이 꽉 끌어안으며 속삭였다.

"당연하지. 나중에는 물 위도 달릴 수 있을걸."

"정말?"

"응, 형이 봤어."

강해져야 할 이유가 어제보다 많이 늘어난 것 같다.

"얼른 모여. 밥 다 됐다!"

때마침 악정호가 의지와 함께 부엌에서 나오고 있었다.

쏴아아!

바람이 불자 악운이 돌 위에서 눈을 떴다.

"일류 초입이 머지않은 건가."

내공이 고작 한 달 만에 삼류에서 이류 수준까지 올라섰다.

어떤 지원 없이 한 달 만에 이룬 성과라고 보면 분명 전인 미답이라 부를 만한 성과다.

'하나 내가 상대할 자들을 고려한다면 아직 한참 모자라다.'

악운이 노력해야 할 이유는 분명했다.

스륵.

가부좌를 풀며 뇌공을 집어 들었다.

아버지가 수행을 위해 언제든 사용하라고 허락한 것이다.

쐐액!

그동안 아버지께 전수받은 상승 심법 '일관심법(一貫心法)'이 악가진경과 함께 같은 간에 자리 잡았다.

맥에 모이는 내공량이 가문의 기초 심법, 악가진경과는 비교도 안 된다.

하나 성장한 건 내공뿐만이 아니었다.

신체 역시…….

'일관심(一貫心).'

비화심창의 요결을 무리 없이 펼칠 수 있게 무지막지하게 성장했다.

사아아아!

창영(槍影)이 겹쳐지듯 빠른 속도로 창이 앞으로 연달아 찔렸다.

전진할 때 쓰이는 보법은 최근 아버지로부터 익힌 산동악가의 '일첨보(一尖步)'.

덕분에 창은 힘을 잃지 않았다.

오히려 '탄첩'의 요결이 깃들어 첫 번째 일격이 다음 일격을 더 강화시켰다.

화아악!

마치 번져 오르는 화염같이.

"하압!"

나아가는 악운의 눈에 악정호의 모습이 서렸다.

자연히 비화심창의 요결에서 묵뢰십삼참의 동작이 물 흐르듯 전환되어 갔다.

그저 본 것만으로 악정호보다 더 완벽하게 묵뢰십참삼의 형(形)을 구현해 가고 있었던 것이다.

아니, 그보다 발전된 형태였다. 태양진경에 속한 보법 '태신보(太晨步)'와 '성혜도약법(成慧跳躍法)'이 묵뢰십삼참과 어우러졌다.

더 빠르고, 더 강하게.

쐐액!

'패도는 멈추지 않는 것에 있다.'

하여…….

지친다 하여 전력을 쏟지 않으면 안 된다.

　-본 가는 모든 초식 하나하나가 전력을 다한 일 초여야 하지요. 간절할수록…….

'강해지니까.'

악운은 악 노야가 남겼던 말을 곱씹으며 창끝을 멈춰 세웠다.

뇌공이 강렬함을 잊지 못한 듯 사시나무처럼 잘게 떨린다.

아쉽지만 여기까지다.

'조금 흥분했어.'

여기서 자칫 묵뢰십삼참을 더 진행했다가는 뒷받침할 내공 부족으로 인해 심신의 조화가 깨진다.

아직 실전에서는 완벽히 다루는 비화심창을 펼치는 게 유리하다.

하지만 아쉬울 건 없었다.

'성과는 확실하다.'

성취가 늘어나자 혼세양천공의 중재력 강화가 이뤄지고 있다.

그로 인해 원하는 순간 원하는 무공이 펼쳐지게끔 몸이 빠른 속도로 적응해 가고 있다.

점점 다양한 무공의 전환이 물 흐르듯 자연스러워지고 있
는 것이다.

"과연, 신공은 신공이구나."

악운의 눈빛이 깊어졌다.

꿍

낮이 되고서야 집으로 돌아오니 아버지가 기다렸다는 듯
이 자리에서 일어났다.

"왜 이리 늦어?"

"수련이 좀 오래 걸……."

악정호가 악운의 말을 다 듣기도 전에 말했다.

"제후야, 형아 얼른 씻고 옷 갈아입으라고 해."

제후가 헐레벌떡 뛰어왔다.

"형아! 얼른 씻어! 시간이 없어!"

근 한 달 사이의 수련이 효과가 있었는지 네 살짜리치고
몸이 무척 날쌔다.

"응?"

그러고 보니.

'평소와 다르네?'

악운은 고개를 갸웃거리며 집안사람들의 면면을 살폈다.

평소 아낀답시고 꿰매 입던 옷들이 아니라……

"새 옷이네요?"

악운의 반문에 제후가 신이 나서 뛰어왔다.

"형아! 형아도 빨리 옷 갈아입어!"

푸른색의 편복을 입은 제후는 귀한 집안 자제같이 귀티가
났다.

눈썹이 점점 짙어지며 점점 아버지의 얼굴이 보인다.

의지도 평소와 다르게 보이긴 마찬가지였다.

분홍 저고리와 배합이 맞는 푸른 꽃문양의 치마가 의지의
미모를 더욱 빛나게 했다.

"그래요, 오라버니. 어서요. 아버지께서 일찍부터 포목점
에서 옷을 사 오셨거든요."

"왜?"

"윤석아, 왜긴 왜야. 오늘이 의지 생일이잖아!"

아, 맞다.

악운은 둔기로 맞은 양 눈을 크게 떴다.

"축하해. 그리고 미안."

"괜찮아요. 생일이 뭐 대수인가요."

"아니야. 오라비가 챙겼어야 했는데 정말 미안하다. 그보
다……."

악운이 의지를 빤히 바라봤다.

"참, 곱구나."

눈에 넣어도 아프지 않을 동생이라서 그런 것만은 아니다.

명문가에서 서둘러 혼담을 청하고도 남을 만큼 단아해 보여서 그런다.

"늦었어, 인마. 칭찬은 이미 아비가 질릴 만큼 했다."

"그렇습니까?"

머쓱해하는 악운과 함께 의지가 배시시 웃었다.

"그래도 고마워요."

악운이 의지에게 씩 웃어 보인 뒤 악정호를 쳐다봤다.

그건 그렇고…….

"의지 생일인데 의지만 차려입으면 되지. 무엇 하러 온 가족이 옷을 차려입습니까?"

악정호가 히죽, 웃음 지었다.

"눈치 없긴. 기분 전환 삼아 나들이 가려면 의상은 필수지. 땀 냄새 풀풀 내면서 같이 다닐래? 지금 몰골로 가면 객잔에서도 쫓겨날 게다."

악운은 그제야 고개를 끄덕였다.

꿀

대낮인 이 시간대에 도심의 번화가를 온 가족이 함께 걷는 건 정말 오랜만이었다.

'혼자서 외곽에 있는 장씨 할아버지네 아니면 무관이나 몇

곳 기웃거리고 다녔을 뿐이니까.'

굶을 만큼 궁굽하진 않아도 그렇다고 온 가족이 저자에 자주 나올 만큼 넉넉한 형편도 아니었다.

하나 이제 상황이 조금씩 나아지고 있다.

앞장선 아버지가 제후에게 목말을 태워 주며 행복하게 웃고 있는 게 보였고, 의지도 또래 소녀처럼 예쁜 옷과 가락지를 구경하고 있었다.

놓고 싶지 않은 평화로운 일상이었다.

그런데 문득.

길목 곳곳에 붙어 있는 벽보들이 보인다.

'현상 수배자의 용모파기인가.'

상단, 문파, 가문, 무관 등등 이곳에 머무는 여러 집단들이 잡고자 하는 인물의 초상화와 신상을 적은 게 용모파기다.

이 중 악명 높은 몇 명만 붙잡아도 조 대인의 빚을 갚을 수 있으리라 보였다.

막 그 생각이 들려던 찰나.

악운의 시선 끝에 선명한 낙서가 보였다.

―우리 아버지는 도망가지 않았어. 황제도 탐냈던 숙수라고!

―아버지는 아무 무공도 훔치지 않았어! 휘경문이 거짓말을 치고 있는 거야!

"이게 뭐지?"

낙서는 전부 다 일정한 용모파기 위에 쓰여 있었다.

자연히 악운의 시선이 그 용모파기에 머물렀다.

유독 각진 사각 턱에 귀가 만두를 닮았다.

용모파기만 봤을 뿐인데도 악운의 머릿속에는 그의 체형이 자연히 상상됐다.

'안성운(顔星雲). 출신지는 하남성 정주에 나이는 마흔이고 새로 생긴 윤평객잔의 숙수라…….'

낙서 말고 특별할 건 없어 보이나 악운의 눈엔 몇 가지 특별한 것들이 보였다.

'그와 닮았어. 아주 많이.'

-나는 단순해서 그런 거 모른다. 적아 확실히 구분해서 한번 정하면 끝을 봐야지.

무식하리만치 한번 마음을 정하면 끝을 봤던 사내를 안다.

이 용모파기의 사내는 그 사내와 인상이 무척 닮아 있다.

그리고 절묘하게도…….

'안(顔)에는 언(彦)이란 의미도 들어 있다. 마치 의도적으로 성을 바꾼 것처럼.'

충분히 흥미로운 일이다.

하나 용모파기가 걸린 일들은 신중히 결정해야 한다.

'어떤 일이든 쉽게 끼어들 일은 아니야. 단순히 현상금 문제뿐 아니라 그로 인한 은원 역시 생겨나니까.'

당장 현상금을 추적해 그를 잡아 온다고 한들.

과연 가족들이 감당할 수 있을까?

악운이 시선을 돌려 제후와 웃고 있는 아버지의 모습을 보았다.

세련된 청색 장포를 걸쳐 입은 아버지는 이미 우람한 체격만 봐도 예전의 탄탄했던 몸으로 돌아가고 있는 중이었다.

사실 아버지는 걱정할 거 없다.

'초식의 움직임마저 성장하고 있으니.'

얼마 전 아버지의 묵뢰십삼참을 멀리서 견식한 적이 있다.

아버지는 단초를 드린 이후부터 묘하게 동작이 달라져 가고 있었다.

몇 마디 조언으로도 단번에 초식을 수정하는 무공의 통찰력이 있는 것이다.

악운이 볼 때 아버지는 뛰어난 잠재력을 품고 있었다.

그에 반해 동생들은 이제 막 무인으로서 적응해 가고 있다.

목적이 중하다고 해서 쓸데없이 동생들을 채근하고 싶지 않다.

'그건 성장하는 데 오히려 독이 될 테니.'

되려 악운은 가문을 동생들의 미래가 성장할 수 있는 환경으로 만들어 주고 싶었다.

어떤 일이건.

'가문의 책무는 아버지와 나의 몫이다.'

그러려면 가문이 어느 정도 구색을 갖춰 가야 한다.

이를테면…….

'객식구가 필요하겠어.'

한 손으로 열 손을 막기는 힘들다.

가문의 구색을 갖춰 갈 추가적인 인재 모집이 필요한 것이다.

마음 같아서는 천하를 떠돌며, 무신 시절 가지고 있던 경험과 능력을 기반으로 인재를 고용하고 싶다.

'하나 아직은 안 돼.'

수련에 애쓰고 있는 지금 굳이 불안전한 환경에 뛰어들 필요는 없다.

당분간은 동평 근방에서 가문의 기틀을 다지며 실력을 갖추는 게 먼저다.

"오라버니, 뭐 해요?"

고민하는 표정을 읽은 것일까?

악운이 고개를 돌리자 의지가 얼굴을 빤히 바라보고 있었다.

"응?"

"아버지께서 부르세요."

의지 말대로 악정호가 저 멀리서 손을 흔들고 있었다.

"얼른 와라!"

아이같이 신난 아버지를 보며 의지가 픽 웃음을 터트렸다.

"어서 가요."

의지가 악운의 손을 이끌었다.

"그래, 가자."

복잡한 심경을 내색하지 않고 의지와 함께 걸음을 옮겼다.

고민들은 잠시라도 미뤄 두자.

오늘은 동생, 의지의 생일이니까.

"여기다."

악정호는 아이들을 데리고 기분 좋게 완평객잔 앞에 섰다.

점심시간대라 그런지 객잔 앞에는 손님들이 길게 줄을 서 있었다.

의지가 객잔 이름이 쓰인 현판을 보자마자 깜짝 놀랐다.

"아버지!"

"응?"

"여기 휘경문 소유 객잔 중에 제일 비싼 데잖아요!"

악운은 말없이 현판을 쳐다봤다.

하긴 이 일대에서 완평객잔을 모르면 타지에서 온 게 분명

할 만큼 완평객잔은 도시 안에서 유명했다.

'저 현판도 휘경문 문주가 직접 써 줬다지.'

게다가 하루 종일 입맛 없다고 하시는 장씨 할아버지도 종종 비싸서 못 먹지, 맛있다고 말씀하실 정도였으니.

비싼데도 사람이 들끓는 데에는 이유가 있는 것이다.

악정호가 기분 좋게 웃었다.

"그걸 아비가 모를까 봐?"

"하지만 조 대인이 주신 돈은 가문을 위해 쓰여야 하잖아요."

의지의 기특한 얘기에 악정호는 기쁘기보다 마음이 씁쓸했다.

"아무리 봐도 너무 커 버렸네. 하지만 딸."

"네."

"이거 아비 은퇴 자금이야. 너희들 시집, 장가보내려고 한 푼 두 푼 모아 뒀었거든. 포목점 들르면서 전장에서 같이 찾았지. 앞으로의 미래 설계야 조 대인이 주신 돈으로 충분하니까."

"아무리 그래도 아버지가 힘들게 벌었던 돈인데……."

걱정하는 의지의 머리를 악정호가 슥슥 쓰다듬어 주었다.

"너희들 생일 한번 제대로 못 챙겨 준 아비다. 오랜만에 아비 노릇 좀 해 보려는 거니까 오늘만 모른 척해 주렴. 알았지? 남은 돈은 아껴 두마."

옆에 있던 제후가 의지 옆에 매달렸다.

"누나, 울지 마. 나도 슬프단 말이야."

덩달아 그렁그렁한 제후 눈을 보며 악운은 귀여워서 웃음이 났다.

녀석, 넌 또 왜 울어.

"자, 오늘은 특별한 날이니 아비가 통 크게 사마! 객잔의 귀빈실까지 빌려 보자꾸나!"

악정호가 잔뜩 신이 난 목소리로 외쳤다.

이쯤 되니 누구 생일인지 모르겠다.

그렇게 가족은 한참을 줄 서서 완평객잔에 들어섰다.

한데…….

"꽉 찼습니다만……."

코 밑에 왕점이 있는 점소이가 곤란한 내색을 보였다.

"안 된단 말이오?"

"예."

"그럼 어쩔 수 없지. 창문과 가까운 이 층 자리라도 주시오."

점소이가 대답 대신 난간을 바라봤다.

난간 역시 사람이 꽉 차 있다.

"밥 한번 먹는 게 난관이로구먼."

"그만 나가 주시지요. 아님 기다리실래요?"

"그럼 어쩔 수 없구려. 기다려야지, 뭐."

"하아, 기다리신다고요?"

또다시 이유를 만들어서라도 내보낼 작정인가 보다.

악정호가 기어코 심통을 냈다.

"또 뭐!"

～

악정호는 돌아서는 점소이를 바라보며 중얼거렸다.

"빌어먹을."

오랫동안 줄까지 서 가면서 기다렸건만.

의지가 악정호를 위로했다.

"어쩌겠어요. 하필 우리 앞에서 음식 재료가 소진되었다는데……."

그때였다.

입구에서 쩌렁쩌렁한 목소리가 울려 퍼졌다.

"휘경문의 대공자이시다! 다들 옆으로 비켜서라!"

식사를 마치고 나가는 사람들을 밀어내는 무림인들.

그들 사이로 한 청년이 '휘(麾)'라고 새겨진 섭선을 살랑이면서 걸음을 옮기고 있었다.

'휘(麾)라……?'

이 인근에 저런 글씨를 사용할 만한 곳이라면 하나밖에 없다.

'휘경문(麾炅門).'

나란히 서서 지켜보던 악정호가 헛웃음을 흘렸다.

"재료가 다 소진됐다는 말은 거짓말인 것 같구나. 하기야, 완평객잔의 주인이 휘경문이니까."

아버지 말대로였다.

그들에게 축객령을 내렸던 점소이가 대놓고 귀빈실이 있다며 안내를 시작했기 때문이다.

악운은 문득 벽보에서 봤던 글씨가 스쳐 지나갔다.

'휘경문이 거짓말 치는 거라고 쓰여 있었지.'

아까부터 그랬지만 점점 묘하게 거슬리는 건 왜인지.

추격

휘경문.

처음엔 동평의 작은 표국에서 시작한 동평제일문이다.

어린 시절, 무관에 다니던 몇몇 애들이 언젠가 휘경문의 제자가 되고 싶다고 말했던 걸 들은 적이 있다.

그 외에는…….

'아는 게 없군.'

천휘성의 기억을 통해서도 그렇다.

천휘성은 소위 말해 지난 시대 거물이었다.

모든 문파들을 전부 다 기억할 수는 없었다.

"그래도 우리 딸내미 생일인데……."

악정호는 방금 전까지 신이 났던 얼굴과 달리 어깨가 땅에 닿을 듯 축 늘어져 있었다. 지켜보던 제후도 악정호의 분위기를 느꼈는지 작은 손을 뻗어 악정호의 손가락 끝을 잡았다.

"아부지, 슬퍼?"

"아냐, 슬프기는 무슨. 네 누나 생일이니 아쉬워서 그러지."

"저는 괜찮아요."

동시에 제후의 배에서 우렁찬 소리가 났다.

꼬르륵!

의지가 피식 웃음을 터트렸다.

"배고파?"

"응! 우리 이제 밥 못 먹어?"

"못 먹긴 왜 못 먹어! 아비만 따라와. 아비가 여기보다 더 좋은 데 데려다줄게! 내가 다신 오나 봐라!"

악정호가 제후를 얼른 안아 들더니 성큼성큼 객잔 반대편으로 걸음을 옮겼다.

악운이 의지를 다독였다.

"자, 우리도 어서 가자. 아버지 말씀대로 객잔이야 주변에 많잖아."

"네, 오라버니."

얼마쯤 흘렀을까?

온 가족이 헛웃음을 흘리며 조양객잔을 빠져나왔다.

벌써 다섯 번째.

눈에 보이는 객잔은 전부 들어가 봤다.

동평은 고급 홍루도 두 개밖에 되지 않는 중소 규모 도시.

대도시가 될 만큼 부지는 크지만 특별히 교역할 만한 시장
이 없어서 객잔도 몇 개 되지 않았다.

악운이 가장 먼저 걸어 나오며 의지에게 말했다.

"어째 내가 실언을 한 것 같다."

"그러게요. 객잔이 타지인들로 꽉 차 있을 줄이야……."

배가 많이 고픈지 제후가 슬슬 심통을 부린다.

"아부지! 나 뱃가죽이 눌어붙은 거 같아. 배고파 죽겠어!"

"예끼! 뱃가죽이 눌어붙었다는 그런 거친 말은 어디서 배
웠어?"

제후가 말없이 악정호를 쳐다봤다.

"크흠, 아비냐?"

"응."

악정호가 당혹스러워하며 다시 객잔을 돌아봤다.

모처럼 큰마음 먹고 가족 나들이를 나왔는데 이게 뭐람.

"오늘따라 왜 이리 타지 사람이 많이 보이는 겐지."

아쉬워하는 악정호를 악운이 다독였다.

못 보던 사람들이 너무 많다.

"너무 아쉬워하지 마세요. 아버지께서 신경 써 주신 덕분

에 가족끼리 오랜만에 함께 나들이도 왔잖아요."

악운의 위로를 의지가 거들었다.

"맞아요. 오랜만에 진짜 재미있었어요. 오는 길에 입고 있는 옷 말고도 복사꽃 그려진 편복까지 사 주셨잖아요. 충분해요!"

악정호의 표정이 그제야 조금 풀렸다.

"녀석들, 어찌 그리 말도 예쁘게 해 주는지."

이쯤 되니 악운은 제안하고 싶은 게 생겼다.

"아버지, 윤평객잔이라고 혹시 들어 보셨어요?"

"윤평객잔? 아! 그곳?"

"낮에 봤던 벽보에서 발견한 곳이거든요. 처음 들어 본 객잔인데 아버지께서는 들어 보셨을 것 같아서요."

몇 년간 기루에서 일을 했으니 아버지야 이 일대에 모르는 게 없을 것 같았다.

"그래, 잘 알지."

"어떤 곳인데요?"

"아부지, 나 배고파!"

악정호가 배고프다고 칭얼대는 제후를 번쩍 안아 들었다.

"다들 배고플 테니 우선 운이 네 말대로 윤평객잔으로 이동하며 얘기하자꾸나."

"네."

악정호가 걸음을 옮기며 계속 말했다.

"생긴 지 얼마 안 된 곳이니 네가 모르는 것도 당연할 게다. 아비는 너희들이 눈에 밟혀서 못 먹어 봤다만."

"맛있다는 소문이 있었나 봅니다."

"황궁 출신 숙수의 감탄까지 얻어 냈다고 하더라. 하긴 그러니 번화가에서 조금 떨어진 곳에 있는데도 장사가 그리 잘됐지."

악운은 이쯤 되니 궁금해졌다.

"혹시 그 숙수 이름이 안성운인가요?"

"오, 맞다. 한데 그걸 네가 어찌 알아?"

"벽에 붙은 용모파기를 봤거든요."

"그랬구나. 참 안타까운 일이지."

악정호의 눈빛이 씁쓸해졌다.

"강호의 도의가 땅에 떨어졌다고는 하나, 은거하던 기인이 요리사로 둔갑해 남의 문파 비급을 훔치려 할지 누가 알았겠느냐."

아버지 말대로 용모파기에는 휘경문의 비급을 그 요리사가 훔쳐서 도망갔다고 되어 있었다.

"혹시 그 사람에게도 자식이 있었나요?"

"그것까진 용모파기에 안 나와 있을 터인데?"

"아버지가 억울하다는 내용의 낙서가 용모파기 위에 몇 개 적혀 있었거든요."

"그래, 아들 하나가 있다고 들었다. 의지랑 비슷한 또래일 텐데, 아마. 그나저나…….”

악정호가 잠시 멈춰 서서 악운을 빤히 바라봤다.

“남 일 같지 않은가 보구나.”

악운은 대답 대신 그냥 웃기만 했다.

“아무리 세상이 차가워져도 동정은 당연한 덕목이다. 이런 세상일수록 당연한 것들이 당연하지 않게 되니까.”

악정호가 어느새 자신과 신장이 점점 비슷해져 가는 아들의 어깨를 탁탁, 두드렸다.

“네가 오늘따라 더 기특하구나.”

“별말씀을 다 하십니다.”

“아니다. 네가 이리 말하니 나 역시 윤평객잔에 더욱 가보고 싶구나. 뭐라도 도울 수 있지 않겠느냐. 죄는 죄고, 애는 애지. 정 안쓰러우면 가족 하나 더 늘리면 되지!”

“네!”

악운은 아버지의 심성에 덩달아 마음이 따뜻해졌다.

“듣자 하니 객잔 주인이 그 아이를 점소이로 아직 데리고 있다고 하니 아마 도착하면 만나 볼 수 있을 게야.”

악정호가 앞장을 섰다.

윙, 윙.

파리가 날아다녔다.

악정호가 귀찮게 하는 파리를 휘휘 걷어 내며 객잔 안으로 들어섰다.

악운은 잠시 밖에서 현판을 바라보고 있다가 객잔 안의 대들보까지 둘러봤다.

일 층 대들보는 낡았지만 이 층 대들보는 최근 보수한 것처럼 외관이 깨끗했다.

하지만 그럼 뭐 하나.

'파리만 날리는군.'

타지인으로 가득 찬 번화가의 객잔들과 달리 윤평객잔은 몇몇 손님을 제외하고는 딱히 손님이 없었다.

그나마 주인과 안면이 있는 몇몇 단골들만 자리에 앉아 식사를 하고 있을 뿐이다.

"어서 오세요!"

한 소년이 가쁜 숨을 몰아쉬며 악운 앞에 섰다.

굳이 묻지 않아도 알 것 같았다.

'그자와 닮았어.'

아마도 낙서의 주인공이 이 아이인 것 같았다.

악정호도 아이를 유심히 보며 말했다.

"오, 그래. 식사를 좀 하려고 하니 괜찮은 자리 하나 내주거라."

"네! 이쪽에 앉으세요."

아이가 악정호의 가족이 앉을 자리를 안내하고 주문을 받으려 하던 그때.

"비켜. 이제 부엌일은 됐으니 뒷간에 가서 시킨 일이나 해. 다 끝날 때까진 나오지 말고."

얼굴 기름이 번들거리는 두꺼비 상의 객잔 주인이 아이를 잡아다 거칠게 밀어냈다.

"아, 네……."

힘에 밀려 한차례 휘청거린 소년은 앞치마를 벗으며 가게 밖으로 사라졌다.

자식이 있는 입장이라 그런 것일까?

악정호의 표정이 썩 좋지 못했다.

"아이에게 조금 더 따뜻하게 대해 주지 그러시오?"

"소문 못 들으셨습니까? 저놈 아비가 제 객잔을 망하게 만들었습죠."

"아무리 그래도……."

"타지에서 오셨습니까?"

"아니오."

"그럼 잘 아실 텐데요. 저놈 아비가 휘경문에서 무공을 훔치려다 발각되어서 아들놈도 버리고 도망갔습죠."

"그건 알고 있소만, 그게 저 아이가 저런 대우를 받을 이유는 아니지 않소."

"허허, 모르는 소리 마십시오. 저놈 아비를 고용한 이유 하

나만으로 제가 세운 객잔이 도둑놈 소굴인 양 소문이 퍼졌습
니다. 들어오는 돈이 없어서 숙수, 점소이 전부 잘랐지요."

확실히 주인 말대로 점소이라고 할 만한 사람은 한 명도
보이지 않았다.

"요즘 늘어나고 있는 타지 사람들도 그 소문을 들었는지
저희 객잔은 얼씬도 안 합니다."

"아, 그렇구려."

"보십시오. 자주 오던 단골이나 겨우 받는 판국인 것을.
쯧쯧!"

"그런데도 데리고 있는 것이오?"

"예, 부모도 버린 놈이니 자비심으로 키워 주고 있습죠."

듣고 있던 악운은 눈썹을 꿈틀거렸다.

사실 썩 신뢰성이 있는 말 같지는 않다.

방금 전의 그 손길이 대놓고 너무 우악스러웠기 때문이다.

하지만 악정호는 질문을 더 잇지 못했다.

조금 더 하기엔…….

"아부지, 나 배고파."

제후는 이미 물 잔이라도 먹을 기세였다.

아침은커녕 점심때도 한참 늦었으니 그러고도 남았다.

"그래, 너희들 말이 맞다. 어서 음식부터 시키자꾸나."

악정호는 어쩔 수 없이 음식부터 주문했다.

주인이 추천하고 만든 요리들은 생각보다 나쁘지 않았다.

내장 요리와 생선 요리, 부드러운 돼지 갈빗살 요리까지 충분히 호화로웠다.

제후는 젓가락도 내팽개치고 손가락을 쪽쪽 빨면서 음식 삼매경에 빠졌다.

"제후야, 젓가락으로 먹어야지."

"싫어. 불편해. 그냥 먹을래."

악운은 의지가 제후에게 정신 팔려 있는 사이, 뼈를 발라 낸 생선 살을 의지의 그릇에 올려 주었다.

그러자 악정호가 악운의 그릇 위에 발라낸 갈빗살을 얹어 주면서 말했다.

"동생들만 챙기지 말고, 운이 너도 많이 먹어라. 수련도 잘 먹어야 성취가 높아지는 게야."

"예, 그러고 있어요. 아버지도 많이 드세요. 수련은 저만 하는 게 아니잖아요."

"오냐, 근데 솔직히 말할까?"

"네."

"아비는 좋은 음식에 술을 안 곁들이니 그냥 그래."

"좋은 날인데 한잔하지 그러세요."

"됐다, 아들과 약조한 것 정도는 지켜야지."

손사래를 친 악정호가 주인이 멀리 떨어져 있는 걸 살피고
는 악운에게 나지막이 속삭였다.

"한데…… 뭔가 이상했지?"

"네, 아버지도 느끼셨습니까?"

"그래. 꼭 노예 부리듯 대하는 것 같더구나."

"게다가 장사가 잘 안된다고 하는데…… 썩 궁핍해 보이지
도 않았거든요."

"어떤 면에서?"

"조금 더 정확해지면 말씀드릴게요."

"뭔가 발견한 게로구나."

"네. 우선은 그 아이부터 만나 볼 생각이에요. 또래니까요."

"그래. 이 아비가 다가가는 것보다야 훨씬 경계심이 덜 하
겠지. 그럼 그 후엔?"

악정호의 반문에 악운이 곰곰이 생각하다 말했다.

"생각 중입니다. 상황에 따라 선택도 변해야 하니까요."

악운의 대답에 악정호는 내심 놀랐다.

'내 아들이지만 어찌 이리 현명한 건지.'

사실 악정호는 악운이 무림 문파와 얽혀 있는 일에 관심을
보이기 시작한 시점부터 말리고 싶은 마음이 컸다.

하지만 갖은 애를 써 한계를 뛰어넘은 것도 모자라, 가문
을 통째로 변화시킨 큰아들이었다.

'말린다고 될 일도 아니지.'

이제까지 봐 온 운이는 늘 현명하게 행동했다.

어떤 선택을 하건 믿었다.

"틈이 나면 한번 가 보거라. 그 전에 밥부터 좀 먹고."

"예, 그럴게요."

악운은 조금 더 가족들과 여유롭게 시간을 보내다가 천천히 자리에서 일어났다.

그 아이에게 몇 가지 물어보고 싶은 게 있었다.

◈

저벅저벅.

아이는 뒷간에 없었다.

대신 뒷간 옆에 난 작은 창고에서 슥슥, 칼 가는 소리가 들려왔다.

끼익!

그 소리에 이끌려 문을 열고 들어서자 비쩍 마른 아이가 한가득 쌓인 요리 도구들을 손질하고 있는 게 보였다.

협소한 입구만큼 딱 한 사람만 들어가 겨우 앉을 수 있는 공간이었다.

'뒷간의 냄새가 나는 건 둘째치고 저 아이가 제대로 눕지도 못하게 작은 창고야. 길바닥보다 못하겠어.'

악운이 인상을 썼다.

"여기 사는 거야?"

칼을 갈던 아이가 움직임을 멈추고 천천히 악운을 돌아봤다. 아이의 눈빛에는 경계심이 가득했다.

"네, 왜요?"

"하나 물어보려고 들어왔어."

아이는 대답 없이 인상만 썼다.

악운은 아랑곳하지 않고 재차 말했다.

"용모파기 옆에 쓰인 낙서들을 봤거든. 아니, 낙서라기보단 아버지의 누명을 벗기기 위해 할 수 있는 건 다 하려는 것 같았어."

"잘못 보셨어요."

돌아서는 아이에게 악운의 말이 이어졌다.

"그래? 그럼 혹시나 싶어 묻는 것인데 네 본래 성이 안이 아니라 언(彦)이며, 그 언(彦)은……."

악운의 눈빛이 잠시 과거의 천휘성과 겹쳐졌다.

"진주언가의 언(彦)이 아니더냐?"

아이가 다시 악운을 돌아봤다.

"아저씨…… 누구야."

"썩 누굴 속일 재주는 없어 보이는구나. 그저 떠봤을 뿐인데 친절히 대답도 해 주고."

"내, 내가 언제!"

"네 행동, 눈빛 모든 게 네가 진주언가의 혈족임을 말해 주고 있지 않으냐? 그리고…….”

악운이 엷게 미소 지었다.

“나, 아저씨 아니다. 열여섯밖에 안 됐어.”

“거짓말하지 마요!”

악운은 공간이 좁아 잔뜩 구겨져 있는 자기 몸을 내려다보았다.

‘하긴.’

얼굴만 솜털이 조금 남아 있을 뿐 몸은 이미 다 자란 성인 수준 아니, 성인보다 크다.

“그렇게 볼 수도 있겠구나.”

악운은 머쓱하게 볼을 긁적였다.

“그럼 편할 대로 받아들여. 그게 중요한 게 아니니까.”

악운이 열악한 환경을 둘러봤다.

“나는 네가 무엇 때문에 여기 있는지 대략 감을 잡았다. 아마 이곳 객잔 주인에게서 뭔가를 얻어 내려는 것이겠지.”

“대체 무슨 말을 하는 거예요?”

“글쎄. 네가 더 잘 알 것 같다만.”

“이상한 얘기 좀 그만 떠들어요!”

“계속 잡아떼기만 하니 굳이 이유를 언급하자면.”

악운이 담담히 말을 이었다.

“휘경문이 내건 용모파기에 대놓고 아버지의 억울함을 써 댈 만큼 강단이 있는 녀석이 객잔 주인에게는 고분고분하더구나."

"낙서는 현실을 몰랐을 때의 이야기예요! 지금은 그딴 짓 안 해요. 길거리 노숙보다 이곳 생활이 훨씬 낫다고요. 호의호식하는 주제에 뭘 안다고!"

"여기가?"

악운이 주변을 둘러보았다.

절대 아니다.

"고된 노역을 선택하고 이 정도 환경이라면 누가 봐도 길거리가 나아. 차라리 다른 곳에서 빌어먹고 살든지."

논리적으로 막히기 시작해서일까?

소년이 식칼을 손에 쥐고 위협했다.

"더 이상 참견하면 당신부터 확 그어 버릴 거예요."

"그럴 땐 차라리 반말을 해. '요' 붙이지 말고. 그게 더 위협적으로 보이겠어."

"진짜야! 죽여 버린다!"

"그래, 훨씬 낫구나. 하지만……."

악운은 오히려 소년에게 한 발짝 더욱 다가갔다.

"그러지 않는 게 좋을 거다. 넌 지금 네 아버지의 누명을 벗겨 줄 수 있는 유일한 사람을 마주하고 있는 것이니까."

칼을 쥔 소년의 손끝이 잘게 떨렸다.

'실은 무서웠던 게지.'

악운이 쓰게 미소 지었다.

"완평객잔의 현판 글씨와 이곳 객잔의 현판 글씨가 묘하게 흡사했다. 희한한 일이지. 오히려 휘경문을 싫어해야 할 객잔 주인이 휘경문과 연관 있어 보이는 현판을 버젓이 달아 놓았다니, 이상하지 않으냐."

글씨에는 많은 정보가 있다.

검법 흔적이 몸에 남으면 그 검법에 대해 유추가 가능하듯.

글씨 역시 힘 조절부터 붓을 잡는 지점까지 전부 그 글자에 녹아나기 마련이다.

그건 아주 미묘한 '느낌'인지라 검과 서예에 모두 능통한 이가 아니라면 알아내기 힘든 일이었다.

"그걸 당신이 어떻게 알아요?"

"믿든 말든 그건 자유다만. 방금 말했다시피 나는 널 돕고 싶다."

"대체 왜요?"

"네 부친을 뵙고 싶어."

"만나서 어쩌려고요."

"흐음……."

악운의 눈빛이 복잡해졌다.

거창한 걸 위해 언가의 후손을 찾은 건 아니다.

그저.

"언가는 이런 대우를 받을 곳이 아니라고 말씀드릴 생각이

야. 동시에 지금보다 나은 대우를 드리겠다고 제안도 드려야
겠지."

소년이 눈가를 일그러트렸다.

"아저씨가 뭐라도 돼요?"

"글쎄, 그건 차차 생각해 봐야지, 내가 뭐가 될지는. 하지
만 지금 당장 뭐가 될지는 정확히 알겠다."

악운의 미소가 짙어졌다.

"널 도울 거야."

열 살이 조금 넘은 소년에게는 그 어떤 말보다 가장 듣고
싶었던 말이었을 것이다.

쨍그랑.

마침내 소년이 쥐고 있던 식칼을 손에서 떨어트렸다.

"나가자. 여기는 네게 너무 좁을 것 같구나."

악운이 소년에게 손을 뻗었다.

잡으라고.

✧

"제 이름은 언예랑이에요."

악운을 따라 밖으로 나온 소년이 말했다.

"그렇구나."

"왜, 안씨 성을 쓰고 있는지 안 물어보세요?"

"이유야 많겠지. 그거야 네 아버지 누명부터 벗긴 후에 차차 서로 얘기할 날이 있을 거야. 그보다……"

악운이 말끝을 흐리며 뒷문 쪽을 쳐다봤다.

"혹시 그놈이 손님을 귀찮게 하기라도 했습니까?"

객잔 주인이 눈을 뒤룩뒤룩 굴리며 걸어왔다.

언예랑이 뒷간에서 나온 악운을 뒤쫓아 나온 것으로 생각하는 모양이었다.

"손님 그만 귀찮게 하고 썩 꺼지지 못해? 네놈도 네 아비처럼 내 장사 망치려고 작정했냐?"

언예랑이 주먹을 불끈 쥔 채 악운을 쳐다봤다.

"날 도운다고 했던 말이 진짜라면."

"그래."

"내 말도 믿을 거라고 생각할게요."

언예랑이 분노로 몸을 파르르 떨었다.

"저자 때문이에요. 저 개자식이 아버지가 휘경문의 무공을 훔치려 했다고 떠들고 다녔어요. 아닌 걸 뻔히 알면서!"

"자세히 설명해 봐."

"휘경문의 대공자가 아버지를 찾아왔을 때 객잔 주인도 전부 알고 있었어요! 그 후에 아버지가 실종됐다고요!"

객잔 주인이 헛웃음을 흘렸다.

"허, 꿈도 야무지다. 휘경문 대공자가 미쳤다고 숙수인 네놈 아비를 찾아와? 꿈이라도 꾼 게야? 손님, 이놈 헛소리 새겨듣지 마십시오."

"웃기지 마! 휘경문 무인에게 전표 다발을 받았잖아! 내가 똑똑히 다 봤다고! 대체 우리 아버지를 왜 데려간 거야!"

언예랑이 객잔 주인의 눈치를 보면서도 곁에서 빌어먹고 있었던 이유였다.

하지만 객잔 주인은 무슨 소리인지 모르겠다는 듯 억울한 표정을 지었다.

"나와 네놈 부자가 대체 전생에 무슨 악연이 있기에 이러는지 모르겠구나! 이제껏 마음이 아파 거둬 줬건만! 은혜를 원수로 갚아?"

눈에 핏발까지 세운 객잔 주인은 정말 억울해 보였다.

"은혜를 원수로 갚았구나."

악운이 언예랑을 내려다보았다.

"아, 아니에요! 내가 거짓말한 게 아니야!"

의심을 시작한 것 같은 악운의 모습.

"날 믿는다면서요!"

언예랑은 지금껏 자기에게 보인 사람들의 시선이 겹쳐져 보였다.

모두가 그랬다.

이번에는 다를 거라 생각했지만 아니었나 보다.

언예랑은 포기한 듯 고개를 떨어트렸다.

"당신도 똑같아……!"

객잔 주인도 속 시원하다는 양 말했다.

"역시 현명하십니다. 저 소악귀 놈의 말은 믿지 않는 게……."

그 순간 악운이 객잔 주인을 냉대했다.

"그대를 말하는 것이야."

"예?"

반문하는 객잔 주인의 표정이 보기 좋게 일그러졌다.

이제 시작일 뿐인데, 벌써부터 그러면 쓰나.

"이 아이 부친의 솜씨가 좋으니 장사가 잘 됐겠지. 벌어들인 돈도 제법 됐을 테고. 그럼 그것으로 멈춰야지, 더 큰 것을 바라면 쓰나."

"저는 도통 무슨 말씀을 하시는 건지……."

"새로 올린 대들보."

상황이 바뀌자 예랑의 눈빛이 잘게 떨렸다.

믿기지 않는 일이 벌어지고 있었다.

"그건 언제 올린 것이지?"

머뭇거리는 객잔 주인보다 예랑이 한발 먼저 소리쳤다.

"얼마 전이에요! 휘경문에 받은 돈으로 올린 게 틀림없다고요!"

악운이 고개를 끄덕인 후 객잔 주인을 추궁했다.

"그럼 이 객잔도 약속된 시일 내에 휘경문에 팔아넘기기로 했겠지. 휘경문은 무공을 훔치려다 실패한 도둑이 일했던 객

잔까지 인수해 주는 덕망 높은 문파가 되겠군. 실은 다른 목
적이 있었을 텐데 말이야."

이를테면 언가의 가보 혹은 절기라든지 하는.

"도통 무, 무슨 말씀이신 건지……!"

악운은 객잔 주인을 무시한 채 언예랑에게 물어봤다.

"네가 이 모든 걸 알고도 어째서 침묵한 건지 궁금하구
나."

"말해 봤자."

언예랑의 핏발 선 눈가에 눈물이 맺혔다.

"일가친척 하나 없이 멸문한 가문을 대체 누가 도와줄 수
있었겠어요?"

"설사 그렇다 하더라도."

악운이 언예랑의 머리를 꾹 눌렀다.

"묵묵히 나아가는 무소처럼 눈물을 감춰라. 언가의 혈손
은…….'

악운이 언예랑의 머리에서 손을 떼고 객잔 주인에게 걸어
갔다.

"마땅히 그래야 한다."

─그것이 내가 지켜 온 언가다, 아우야.

함께하다 너무 일찍 스러져 버린…….

'언판호권(彦判號拳) 언중헌.'

나의 형제여.

'너무 늦었소, 형님.'

악운의 손은 어느새 객잔 주인의 목젖을 움켜쥐고 있었다.

"커헙!"

"살고 싶다면 네가 뭘 내놓을 수 있는지 증명해 봐라."

혼절할 듯 흰자위가 보이는 객잔 주인.

악운이 쥐고 있던 목덜미를 옆으로 내팽개쳤다.

쿠당탕!

사납게 바닥을 구른 객잔 주인이 토악질을 하며 벌벌 떨었
다.

"소, 소인은 아무것도 모릅니다!"

"살고 싶지 않은가 보군."

"빌어먹을."

더 이상 시미치 떼는 게 불가능하다고 느낀 것일까?

일순간 객잔 주인의 눈빛이 돌변했다.

"어디서 나타난 잡놈의 새끼인진 모르겠지만……!"

슬며시 일어난 객잔 주인이 품속에 있던 나무 호각을 불었
다.

삐이이익!

"오늘 네놈들은 전부 뒈질 줄 알아라!"

그 소리와 함께 객잔 안쪽에서 우당탕, 하고 기척이 들려

왔다.

"보나 마나 뻔하겠지."

악운은 단골손님이라는 작자들을 떠올렸다.

피식.

그자들이 동료인가 보군.

"웃어? 그래, 그 오만한 낯짝이 얼마나 가나 보자."

이어서 뒷문이 벌컥 열리며 십수 명의 칼잡이들이 튀어나
왔다.

"네놈들은 벌집을 건든 게야."

동시에 객잔 주인이 상의의 양쪽 소매를 단번에 찢어 버렸
다.

그러자 어깻죽지에 드러나는 선명한 문신.

육철(六鐵).

"유, 육철방? 말도 안 돼! 그럼 여기가……!"

"그래, 네놈들이 뭘 건드렸는지 이제야 알겠더냐? 네놈들은
하필 본 방의 자금이 모이는 가장 은밀한 곳을 습격한 게야."

"아, 그래서?"

객잔 주인으로 위장하여 생활했던 것은 그 정체를 감추기
위해서였던 것이다.

"육철방이라……."

나직이 중얼거리던 악운이 이내 고개를 갸웃거렸다.

"그게 뭔데?"

예랑이 경악했다.

"육철방을 몰라요?"

아버지는 알지 몰라도 악운이 도시에 내려와 들렀던 곳은 몇몇 무관 혹은 장씨 할아버지네 서고 정도였다.

자세한 사정을 알 리가 없었다.

"이 일대에서 장사하는 사람들은 대부분 알아요. 염왕채를 운영하는 파락호들인데 돈만 주면 뭐든 하는 이들이라고요! 심지어 방주의 얼굴은 아무도 본 적이 없대요!"

"왜?"

언예랑이 하얗게 질렸다.

"그가 나서면 살아남은 사람 없이 다 죽어서……."

"그래. 하늘도 무심하시구나."

말만 겁먹었지, 표정이 이렇게 무덤덤할 수가 없었다.

"아저씨, 얼른 도망쳐요! 빨리요!"

"늦었다."

"그, 그럼 그냥 날 넘겨요. 지금까지 믿어 준 것만으로도 정말 고마웠어요. 나만 넘기고 살려 달라고 빌면 아저씨는……."

"쓸데없는 소리 말고 잠깐 창고 안에 들어가 있어."

"예?"

악운이 언예랑에게서 육철방의 파락호들로 시선을 돌렸다.

자세히는 몰라도 '육철'이란 문신은 전에도 본 적이 있다.

"실은 구면인 악연이거든."

쾅!

악운이 지체 없이 땅을 박찬 순간 객잔 주인이 고함을 터트렸다.

"저 새끼, 사지를 갈가리 다 찢어 버려!"

타타타탁!

육철방의 무리가 한꺼번에 악운에게 달려왔다.

쏟아지는 십 수 자루의 칼날.

이를 보는 악운의 눈빛은 어느 때보다 고요했다.

쐐애액!

달리면서 미끄러지듯 허리를 눕힌 악운.

놈들 중 하나가 경악했다.

"처, 철판교(鐵板橋)!"

늦었다.

코끝 위로 칼날들이 일제히 스쳐 지나간 찰나.

타닥.

악운이 방향을 전환하면서 튕기듯 몸을 일으켰다.

등을 보인 놈들의 허점이 훤하게 보인다.

쿵!

첫 진각에 균형을 잡고 양혼지무를 펼쳤다.

퍼버버벅!

두 명이 경추를 두드려 맞고 허물어졌다.

"뒤, 뒤야!"

"젠장! 너무 빨라!"

당혹스러워하는 적들의 외침을 뚫고 두 번째 진각을 밟았다.

펑, 펑, 펑!

적들의 도신을 쳐 내며 생긴 반탄력이 증강된 탄첩(彈疊)을 일으키고, 이번에는 악련정호식이 탄첩의 묘리 안에 녹아든다.

콰악— 쩌저적!

악운의 장, 권, 각에 부딪친 적들의 온몸이 마치 철이 구겨지는 것 같은 소리를 냈다.

콰드드드득!

턱이 부서지고 그 안에 있던 이빨이 흩날리며 팔과 다리뼈가 살가죽 안쪽에서 산산조각 났다.

"커헉!"

신음이 이어져 갈수록 악운의 발치에 쌓여 가는 사람의 숫자도 늘어났다.

새로 익힌 무공을 펼칠 필요조차 없었다.

"크르르……."

대부분이 고통을 못 이기고 그대로 혼절했다.

악운은 순식간에 추풍낙엽처럼 쓰러트린 적들을 지나 객

잔 주인의 팔뼈까지 뽑아 돌렸다.

쩽그랑.

의기양양했던 객잔 주인이 악을 썼다.

"으아아악!"

악운은 아랑곳하지 않은 채 반대쪽 발을 발바닥으로 내리
찍었다.

콱!

발목뼈가 으스러진 객잔 주인이 파닥거리며 뒤로 쓰러졌
다.

"크으으윽, 이 개새끼! 네놈이 이런다고 뭐가 바뀔 것 같
아! 상대는 휘경문이야, 휘경문!"

객잔 주인이 뒤로 기어가며 악운을 향해 악을 질렀다.

"상관없다."

악운은 사신처럼 그 뒤를 쫓아가 놈의 반대쪽 발을 향해
발바닥을 들어 올렸다.

"지금 나를 죽이면! 저 안에 있던 네놈 가족들도 영영 생
이별할 줄 알아라! 알겠냐! 크흐흐!"

순간 악운이 동작을 멈추고 반문했다.

"다시 말해 봐. 뭐라고?"

"네놈 가족들까지 전부 죽여 버리겠다고!"

"선 넘었군."

"뭐……?"

"얼마 전 기루에 갔었던 네 동료가 얘기 안 해 줬나? 저 안에는……."

악운이 이를 드러내며 씨익 웃었다.

"족쇄 풀린 산동의 호랑이가 있다고."

그 말이 끝나기 무섭게.

쾅!

뒷문이 박살 나며 사람 하나가 데굴데굴 굴러왔다.

동시에 객잔 주인의 표정이 와락 일그러졌다.

거봐라.

선 넘었다니까.

"미, 미친……!"

의기양양하던 객잔 주인의 눈이 당혹스러움으로 물들었다.

대체 산동의 호랑이가 무엇을 뜻하는 건진 모르겠지만 확실한 게 하나 있었다.

문을 박살 내고 튀어나온 게 그의 동료란 사실이었다.

쏴아아!

강한 살의가 안쪽에서 피어올랐다.

"내 자식들 건드린 게……."

악정호의 서슬 퍼런 눈빛이 객잔 주인을 향했다.

"너냐?"

악운도 기다렸다는 듯 손가락을 들어 객잔 주인을 가리켰다.

"예, 아버지. 이자가 저를 죽이려고 들었습니다. 이 아이도요."

"예? 아, 그게…… 맞긴 한데……."

"말했잖아, 나도 아직 한창 보호받아야 할 또래라고."

언예랑은 할 말을 잃었다.

'고자질이라니.'

방금까지의 그 근엄했던 아저씨…… 아니, 형이 순식간에 사라진 것 같다.

아니, 그보다…….

"정말 열여섯이라고요?"

"그래."

"대체 뭘 먹어야 이렇게 커요?"

"할아버지 닮아서 그래."

한마디로 일축한 악운이 악정호의 어깨 너머로 객잔 주인을 응시했다.

이런 상황은 예상 못 했겠지.

"다친 덴 없고?"

악운이 쓰러져 있는 사람들을 돌아봤다.

"예, 아버지. 저희는 안 다쳤어요."

"대체 어떻게 된 게야?"

악운은 언예랑의 어깨 위에 손을 올렸다.

"진주언가의 후손이 핍박당하고 있는 걸 알게 됐습니다.

배후에는 휘경문이 있다고 하네요."

악운은 이어서 악정호에게 방금 전의 일을 간략히 설명했다.

"진주언가의 후손과 휘경문이라고?"

깜짝 놀란 악정호에게 객잔 주인이 악을 질렀다.

"그래! 날 건드리면 휘경문을 건드리는 거다! 알아?"

"알지. 아는데……."

악정호가 인상을 쓰며 객잔 주인에게 뚜벅뚜벅 걸어갔다.

"우리 가족 건드린 놈들은……."

"휘, 휘경문이라니까!"

악정호는 아랑곳하지 않고 객잔 주인의 부러진 발등을 또한 번 콱 밟았다.

"끄아아악!"

"무림맹이 와도 그냥 안 놔둬."

이쯤 되자 객잔 주인 용철은 오만 가지 생각이 다 들었다.

'이거 완전 미친놈들이 아닌가!'

휘경문이란 이름을 들었으면서도 아비나 자식 놈이나, 옆집 똥개 이름을 듣는 것처럼 아무 반응이 없다.

이대론 휘경문에 죽는 것보다 이놈들에게 먼저 불구가 되게 생겼다.

"마, 말하겠소! 전부 다 털어놓겠다 이 말이오!"

"필요 없다."

악정호가 다시 발을 들어 올린 그때였다.

"잠시만요, 아버지."

악운이 악정호를 말리며 나란히 섰다.

"말리지 마. 아비 오늘 화 많이 났다. 딸 생일에 좋은 객잔을 못 데려간 것도 열 받아 죽겠는데……. 이 개잡놈들이 내 자식들을 죽이려고 들어?"

"아직 물어볼 게 남았어요."

"흐음."

악정호가 탐탁지 않은 눈빛으로 객잔 주인을 노려봤다.

"알았다."

악운이 서둘러 용철을 채근했다.

"빨리 말해라. 여기서 더 역정 내시면 나 역시 말릴 도리가 없어."

"그, 그러리다!"

이미 만신창이가 된 용철은 제대로 서지도 못하는 다리를 질질 끌며 눈물을 흘렸다.

"나도 자세한 건 모르지만 저, 저놈 말이 맞소. 애초에 저놈 아비에게 관심을 보인 건 휘경문 쪽이었소."

"그 와중에 육철방은?"

"그것이……."

악정호가 으르렁거렸다.

"빌어먹을 놈이 왜 말을 빙빙 돌려. 쉽게 해! 쉽게!"

"하, 하잖소!"

용철이 식은땀을 흘리며 서둘러 말을 이어 나갔다.

"본래 객잔을 팔고 터를 옮길 작정이었소. 그런데 휘경문 측의 일을 돕는 대신 더 비싸게 팔 수 있었지. 저놈 아비의 요리 솜씨가 객잔의 명성을 올려 준 것도 한몫했고."

용철이 애써 울음을 참고 있는 언예랑을 향했다.

"조건은 당연히 저놈 아비를 도둑놈으로 모는 것이었소. 한데 내가 알기론……."

용철에게 악정호가 눈을 치켜떴다.

"머리 굴리지 마라."

꿀꺽!

마른침을 삼킨 용철이 재빨리 말했다.

"사실 먼저 휘경문과 접촉한 건 저놈 아비라고 들은 바가 있소. 무슨 갈등인지는 모르겠지만 시작은 저놈 아비가 한 셈이지."

"거짓말하지 마!"

용철이 끼어든 예랑을 이글거리는 눈빛으로 노려봤다.

"눈 안 깔아? 한 번 더 밟아 주라?"

악정호의 위협에 용철이 다시 눈을 내리깔았다.

"방금 그 얘기에 대해 조금 더 확인해 봐야겠다. 육철방 방주는 어디 있느냐?"

용철이 잠시 헛웃음을 지었다.

"뭐요? 다 알고 온 거 아니었소?"

"이게 어디서 눈을 부라려!"

"내가 육철방주라 이 말이오!"

잠시 정적이 흘렀다.

"크흠, 네놈 상이 방주 상이 아니어서 몰라봤다."

악정호가 한차례 헛기침을 하는 사이 악운이 나직이 말했다.

"더 아는 게 없으면 휘경문에서 받았다는 전표의 소재부터 말해."

"전표가 아니었소. 휘경문에서 써 준 우경전장의 어음이었지. 내 방 아랫목에 숨겨 놨으니 다 가져가시오! 이제 됐소?"

쐐액!

그 순간 악정호가 갑자기 주먹을 날렸다.

쿠당탕탕!

얼굴이 곤죽이 된 용철이 바닥을 뒹굴며 그 자리에서 혼절했다.

"아비는 참을 만큼 참았다. 저놈 더럽게 얄밉게 생겼어. 혹여 더 물어볼 게 있었더냐?"

"아뇨, 필요한 건 충분히 다 물어봤어요. 아마 더 물어봤자 이 아이 부친의 소재에 대해서는 아는 것이 없었을 겁니다."

"어째서 그리 생각하느냐?"

"동평제일문이라고 자부하는 자들입니다. 중요한 정보를

파락호들과 공유하려 하진 않았겠지요."

"그래, 그럴 수도 있겠구나."

그 순간 언예랑이 깜짝 놀라 악운에게 물어봤다.

"그럼 우리 아버지는요? 못 찾는 건가요?"

"아니. 찾을 수 있어."

"어떻게요?"

언예랑의 반문에 악운이 먼 산을 보듯 고개를 돌렸다.

"호랑이를 잡으려면 호랑이 굴에 들어가야지."

악정호가 악운의 심중을 들여다본 듯 말했다.

"이미 결정했구나."

악운이 고개를 끄덕였다.

"상황에 따라 선택해야 한다고 말씀드렸지요?"

"그로 인한 결정이더냐?"

"예, 이 일에 끼어들기로 마음먹었습니다. 휘경문에 직접 찾아가 확인해 볼 생각입니다."

"찾아간다고 무작정 네 말에 따라 주겠느냐? 설사 휘경문의 어음으로 거래를 제안해도 그들이 핑계를 대고 부정하면 그만인 게야. 동평에서는 그럴 만한 힘이 있는 자들이다. 하지만……."

걱정하던 악정호의 눈빛이 차츰 단단하게 바뀌었다.

"이미 엎질러진 물이니 운이 네 말대로 상황에 따라 선택 또한 변해야겠지."

"나서지 않는 것이 옳았을까요?"

악운의 반문에 악정호는 곁에 선 언예랑을 돌아보았다.

'그래, 그럴지도 모르겠다.'

한 가족을 돌보는 것조차 힘겨운 일인데, 다른 가족의 사정까지 돌보기 위해 위험을 자처한다는 건 분명히 득이 되는 일은 아니었다.

"오히려 우리 가족이 위험해질 수도 있는 선택이긴 했다."

"그런데 어째서 꾸짖지 않으세요?"

"혼자 행한 게 아니지 않으냐? 이 아비의 뜻도 포함하여 움직인 것이니까, 함께 선택한 길인 게지. 또한……."

악정호가 악운을 따뜻한 눈길로 바라봤다.

"당연한 일을 당연하게 행하려는 너를 말리는 건 예전의 일들만으로도 족하다."

악정호는 악운의 선택과 행동이 자랑스러웠다.

"이제는 아비로서 그리고 한 가문의 가주로서 이 아비가 견뎌야 할 응당한 책무들을 행해야겠지."

악운은 일전을 각오한 악정호의 눈빛을 보며 가슴이 뜨거워졌다.

천휘성이 말년에 그리워했던 건 바로 이러한 패기를 나눌 동료였다.

아버지가 고마웠고 든든했다.

그때였다.

"절 받으세요."

언예랑이 자세를 고치며 두 사람 앞에 무릎을 꿇었다.

갈 곳 없던 예랑의 한 맺힌 눈빛에 희망이 깃들었다.

"진주언가의 이십일대 후손 언예랑! 오늘의 일을 가슴에 새기고 결코 잊지 않을 것입니다! 은인들께서 주신 이 은혜……."

"아가."

"예?"

악정호가 몸을 낮춰 예랑과 마주했다.

"너는 아직 마음의 빚 같은 건 몰라도 돼."

"하지만……."

"아이를 돕는 건 어른이 해야 할 일이다. 그러니까 우리 큰아들처럼……."

악정호가 귀엽다는 듯 언예랑의 볼을 가볍게 꼬집었다.

"너무 빨리 크지 마라."

"아."

언예랑은 잠시 아무 말도 하지 못하고 눈물을 글썽였다.

언예랑이 처음으로 만난 진짜 '어른'의 품이었다.

❧

잠시 후 악정호와 함께 객잔 안으로 들어선 악운은 동생들과 다시 조우했다.

객잔은 그야말로 엉망이었다.

들어왔던 손님들도 눈치를 보며 다시 나갔다.

"무섭진 않았어?"

"응! 아부지가 붕 날아서 저 사람을 걷어차니까 저기 벽으로 날아갔어! 아부지가 가르쳐 주는 거 수련하면 제후도 그렇게 될 수 있는 거야?"

걱정했던 악운의 마음과 달리 제후는 무척이나 흥분한 상태였다.

반면 의지는…….

"이 쓰레기 같은 놈들은 왜 우리 가족을 노린 거예요?"

악운이 걱정했던 것들이 무색하리만치 잔뜩 화가 나 있었다.

누가 수많은 시대를 풍미한 가문의 후손들 아니랄까 봐.

떡잎부터 남다르다.

"거봐라, 네 동생들도 운이 널 닮아서 웬만한 일엔 눈 하나 깜짝 안 한다니까."

"그러게요. 울고 있진 않을지 걱정됐었는데 말이죠."

악운이 헛웃음을 흘린 후 가족들과 인사를 나누기 시작한 예랑을 쳐다봤다.

"몇 살이야?"

예랑은 적극적인 의지의 질문 공세에 꽤나 당황한 기색이 역력했다.

"어, 나, 나는…… 열세 살."

"내가 누나네. 난 열다섯 살이야."

"아…… 네."

이어서 제후가 수줍어하는 예랑 곁을 맴돌았다.

"예랑 형아다, 형아! 제후는 네 살이야!"

"반가워."

서로 인사를 나누는 아이들을 악정호가 흐뭇하게 바라봤다.

"아들."

"네."

악운이 악정호의 부름에 고개를 돌렸다.

"휘경문에 찾아가서 담판 짓는 건 이 아비에게 맡겨 두고 이만 동생들 데리고 집에 가 있어."

"그저 아버지만 믿고 이 일을 벌인 건 아니에요. 함께하겠습니다."

"이미 휘경문과 연관 있는 증좌들을 추적해 낸 것만으로도 너는 기특한 일을 해낸 게야. 명분은 이 아비에게 있는 셈이지. 그러니 더는 끼어들지 말거라. 그게 아비를 지켜 주는 길이야."

"저 역시 아버지를 방해하고 싶지는 않아요. 하지만 혼자 적진으로 들어가는 방법보다는 더 나은 방법이 있어서 드리는 말씀이에요."

악가의 무신

"다른 방법? 설마 이 일을 벌이기 전부터 달리 생각해 둔 계획이 있었다는 게야?"

악정호의 눈빛이 서서히 놀라움으로 물들어 갔다.

이런 예상 못 한 여러 가지 상황 속에서 침착함을 유지한 다는 건 결코 쉬운 일이 아니다.

'벌써 몇 수 앞을 내다보고 있었다고?'

악정호는 더 이상 헛웃음도 나오지 않았다.

고작 열여섯인 큰아들이지만 더 이상 지켜야 할 대상으로 만 보이지 않았던 것이다.

오히려 가문을 지탱하는 큰 조력자처럼 느껴졌다.

"한번 들어 보자."

"동평의 모든 무관, 문파 그리고 고수에게 무림첩을 보내 시지요. 명부 작성은 조 대인께 부탁드리면 될 겁니다. 이 일 대의 영향력 있는 귀빈들을 누구보다 잘 알고 계시니까요."

꿀꺽!

악정호는 자신도 모르게 마른침을 삼켰다.

무림첩이란 것의 의미는 결코 작지 않았다.

보통 한 문파가 큰 규모의 행사를 치르거나 다른 문파와 충돌하는 문파대전을 선포할 때 돌리는 것이기 때문이다.

"대체 무림첩의 내용에는 무엇을 쓰려고?"

"동평에 산동악가가 다시 세워질 것이라는 것이 주 내용이 되어야겠지요."

"뭐? 당장 개파대전이라도 치르자는 게야?"

"예. 아버지께서도 다시 무림에 발을 들이시기로 마음먹은 마당에 안 될 게 뭐가 있겠습니까? 악가의 유산은 아버님을 통해 여전히 살아 있는데요."

이미 악운은 악정호를 통해 산동악가의 절기가 그의 머릿속에 전부 전해지고 있다는 걸 알게 됐다.

직계 혈통, 유산 등 모든 것이 건재하니 개파대전을 못 할 이유가 어디 있으랴.

"도통 네 의중을 모르겠구나. 일을 정리해도 모자랄 판에 더 복잡하게 만들자니……. 더구나 우리에게 개파대전을 열만한 부지가 있는 것도 아니지 않으냐?"

어안이 벙벙해진 악정호의 반문에 악운의 미소가 점점 짙어졌다.

아버지가 황당해하는 반응을 보일 거라는 것쯤, 당연히 예상했다.

하지만…….

"왜 부지가 없다고 생각하십니까?"

"집 마당 말고 부지가 있을 리가 없지 않으냐. 어찌 집 마당에서……."

"남의 부지라 해서 활용 못 하겠습니까?"

"남의 부지? 설마."

악정호가 눈을 부릅뜬 순간.

악운이 고개를 끄덕였다.

"예, 휘경문의 안방이 개파대전을 치를 부지가 될 겁니다."

드르륵.

미닫이문이 열리고 섬섬옥수를 지닌 기녀가 입을 열었다.

"루주, 손님이 도착하셨습니다."

"들라 해라."

"예."

이윽고 열린 방문 사이로 두 사람이 들어섰다.

"오랜만에 뵙습니다, 조 대인."

조 대인은 미소 지으며 술잔을 내려놓았다.

'그새 분위기가 달라졌구나.'

조 대인은 자리에 앉은 악씨 부자를 바라보며 꽤나 놀랐다.

얼마 되지 않은 기간이건만.

외관과 분위기 모두 몰라보게 달라진 것이다.

'위압감마저 느껴질 정도야.'

살이 두툼하게 쪄서 비대해 보였던 악정호는 살 대신 근육이 자리 잡았고 이목구비마저 부리부리해졌다.

운이는 어떤가.

몇 달 새 신장과 골격이 제 아버지와 어깨를 나란히 할 만큼 자랐고 눈빛에는 고요한 야성이 느껴졌다.

"물건이야, 물건."

너무 감탄해 버린 탓일까?

조 대인은 저도 모르게 나온 중얼거림에 헛웃음을 흘렸다.

"이런, 실례했군. 그새 운이가 너무 많이 변한 것 같아 감탄하고 있었다네."

"아닙니다. 그러실 수도 있지요. 저도 가끔 놀랍니다."

미소 지은 악정호가 악운을 쳐다봤다.

"운이 너도 인사 올리거라."

"예. 오랜만에 뵙습니다, 조 대인."

"오냐. 잘 지냈느냐."

악운이 고개 숙였다.

"신경 써 주신 덕분입니다."

"아니다. 그저 거래일 뿐이거늘."

조 대인은 사실 큰 규모의 운상(運商)을 운영했던 상인이다.

하지만 전대 황제가 붕어한 이후 천하는 혼란해졌고 관이 관리하던 운하조차 수적들이 득세했다.

한순간에 모든 걸 잃고 남은 자본으로 고급 홍루를 세운 것이다.

'말년에 유유자적 이런 삶도 나쁘지 않다고 생각했지.'

한데 악씨 부자를 본 후부터 식었던 상인으로서의 열정이 다시 자극되는 기분이 들었다.

특히 운이 이 아이가 유독 생각이 많이 났었다.

"나는 운이 네가 얼마나 걸출한 인물이 될지 궁금하구나."

"예, 저도 궁금합니다."

"뭐?"

"꿈은 크게 가져야 한다고 배웠습니다. 하여 미리 한계 같은 걸 두려 하지 않으려 합니다."

조 대인이 무릎을 탁 쳤다.

꼭 손자를 대하는 조부의 눈빛이었다.

"그래, 맞다. 맞아!"

무척 즐거워하던 조 대인이 악운의 차림새를 보고 넌지시 물었다.

"그간 별일은 없었고?"

악운이 피가 튄 소매를 내려다보았다.

조 대인은 동평이란 도시를 주름잡는 루주다.

이곳으로 오는 동안 이미 조 대인의 귀에 아버지와 치른 일이 들어갔을 게 분명했다.

"있었습니다. 들리는 얘기로 짐작하셨겠지만 한 아이의 일이 발단이 됐습니다."

이어서 악정호가 덧붙였다.

"자세한 건 제가 말씀드리지요."

악정호는 조 대인에게 알아낸 사실을 밝혔다.

그러자 조 대인은 놀라기보다 흥미로워했다.

"언가의 후손과 휘경문이라……."

악정호가 고개를 끄덕였다.

"정파를 표방하는 문파가 명분도 없이 숙수, 아니 언가의 가주를 잡아갈 순 없었겠지요."

이어서 악정호는 가져온 행낭 안에서 걸쇠가 걸린 목갑을 꺼냈다.

툭.

"이 안을 열어 보시면 휘경문에서 육철방 방주에게 넘겨준 어음 전표와 육철방이 모은 말도 안 되는 이자가 붙은 염왕채 문서와 수탈을 통해 꿰찬 토지 문서 등이 있습니다."

"해서 이걸 내게 넘겨주겠다는 겐가?"

"아뇨. 염왕채 문서를 비롯해 육철방의 재산은 수탈당한 이들에게 다시 돌려줄 것이고 휘경문의 전표는 조 대인께 드리려 합니다."

"내게 진 빚을 갚는 데 쓰겠다?"

"예. 빌린 금액의 세 배, 아니 열 배가 넘습니다. 전부 드리겠습니다."

"그 큰돈을 전부 다 넘겨주는 이유나 들어 볼까? 위험하다면 거절해야 할 것 아닌가? 이미 위험해 보이기는 하지만."

세상에 공짜는 없다.

조 대인의 눈빛에 짙은 흥미가 돌았다.

"가지고 계신 귀빈 명부를 통해 무림첩을 전해 주십시오."

"무림첩이라? 어느 곳의 무림첩을?"

그 반문에 악정호의 눈빛이 깊게 가라앉았다.

스릇.

악정호가 포대에 싸여 있던 기다란 창을 꺼냈다.

뇌공.

"산동악가가 동평을 새로운 터전으로 삼겠다는 내용이면
될 것 같습니다."

휘경문의 일에도 놀라지 않았던 조 대인이 눈을 번쩍 떴
다.

"사, 산동악가? 정말인가? 정말 산동악가가……!"

악정호의 눈빛에 무게감이 실렸다.

"예, 산동악가의 혈족이자 새 가주라는 책무야말로 제가
진작 짊어졌어야 할 업이었지요."

"허어……! 은거 기인인 줄은 알았지만 사라진 악가의 후
예일 줄이야!"

산동악가는 그저 그런 무가가 아니었다.

창으로 수많은 세대를 풍미한 천하의 수좌를 다툴 무가였

었다.

조 대인이 놀라는 것도 당연했다.

"그래, 뛰어난 가문이니 운이가 이리 영특한 것도 이제야 이해가 되는군그래. 하지만……."

조 대인이 신색을 회복하며 말했다.

"여긴 동평일세. 본래의 악가가 자리 잡았던 제남이 아니지. 많은 무관과 문파가 경쟁하게 될 새로운 가문을 달가워하지 않을 걸세. 대부분 휘경문과 끈이 닿아 있기도 하고."

"그건 큰 문제가 되지 않습니다."

"어째서?"

"염왕채 문서 안에는 터무니없는 이자에 눌려 터전이 저당 잡혀 있는 힘없는 무관이나 가문도 있습니다. 잘못된 것을 바로잡을 것입니다."

"아, 그래서 염왕채 문서를 본주인들에게 돌려주겠다고 한 것이로군!"

"그렇습니다. 그들이 본 가의 도움을 받고 나면 본 가가 동평에 자리 잡는 것에 대해 찬성표를 던져 주겠지요."

"글쎄. 휘경문의 후환이 두려워서 그러기 쉽지 않을 터인데?"

"그럴 만한 명분이 있습니다."

이에 대해 짧게 설명하자, 조 대인의 얼굴이 환해졌다.

"그럼 남은 건 하나로군. 개파대전을 열 부지."

"그건 해결됐습니다."

"어떻게?"

"휘경문의 도움을 받을 참입니다."

"휘경문? 적이나 다름없을 이들에게 어떻게 도움을 받겠다는 말인가?"

악정호가 뇌공을 콱 쥐며 악운과 시선을 교환했다.

전부 아들의 생각이었다.

"예, 귀빈들에게 다음 날 정오 휘경문 장원 앞에서 산동악가의 개파대전을 열겠다고 전해 주시면 됩니다."

"……자네, 정말 미쳤군."

조 대인은 한동안 눈만 끔뻑거리며 더 이상 말을 잇지 못했다.

얼마쯤 흘렀을까?

장고 끝에 조 대인이 다시 입을 열었다.

"위험부담이 크다네. 상대는 동평을 주름잡는 휘경문이고 이번 일로 인해 그들과 척을 지게 되겠지. 아무리 내가 운이를 예뻐한다지만 쉽지 않은 일일세."

"예, 그리 말씀하셔도 어쩔 수 없지요. 당연한 일입니다. 이만 일어나야겠군요."

악정호는 문득 이곳에 오기 전 악운이 했던 얘기가 스쳐 지나갔다.

－조 대인께서는 우리의 제안을 거절하지 않으실 겁니다.

－어찌 그리 확신하느냐.

－가능성 하나만 보고 저희 가문에 투자를 택하신 분입니다. 비교 가치를 따지겠지요.

－너와 네 형제 그리고 아비밖에 존재하지 않는 우리 가문이 휘경문보다 높은 가치로 보일 거라고?

－당연합니다. 아니, 비교 자체가 불가능하지요. 산동악가란 이름이 가진 영향력은 아직도 가볍지 않습니다. 그 이름이 곧 충분한 신뢰와 명분으로 작용할 만큼요.

악정호가 악운의 등을 두드리며 자리에서 일어났다.

내색하지 않지만 운이는 내심 실망했을 것이다.

하지만 어쩌겠나, 이것이 삶이고 현실이다.

"너무 실망하지 마. 다른 방안을 찾으면⋯⋯."

악운이 위로하려는 악정호를 올려다보며 미소 지었다.

"왜 웃는 게야?"

"아직 조 대인께서 하실 말씀이 더 남아 있는 것 같아서요."

악운이 차분한 눈길로 조 대인에게 이어 물었다.

"아닙니까?"

동시에 조 대인이 호탕한 웃음을 터트렸다.

급변하는 분위기에, 일어났던 악정호만 어리둥절한 표정이었다.

"껄껄! 어찌 그리 확신했느냐."

"동평에서 조 대인의 영향력은 적지 않을 것입니다. 동평에서 가장 큰 규모의 홍루를 운영하고 계시니 당연하겠지요."

"해서?"

악정호가 다시 자리에 앉으며 물었다.

"휘경문이 기루 호위를 맡기라고 여러 차례 강권하지 않았겠습니까? 싼값에 해 주겠다 달래 보기도 했겠지요."

"그래, 그랬었지."

"그런데도 조 대인께서는 독자적으로 호위들을 고용하셨고 어렵지만 스스로의 힘으로 기루를 운영해 오셨습니다. 그 이유…… 조금 더 나은 거래처를 찾기 위한 것이 아니었습니까?"

"맞다. 하지만 산동악가는 아직 네 부친과 너 말고 제대로 싸울 수 있는 이가 하나도 없다. 그런데 내가 이 제안을 받아들일 거라 어찌 확신하느냐?"

"휘경문의 성장 한계와 본 가의 한계는 근본부터 다르다는 것을 확신합니다. 조 대인께서는 더 나은 가능성에 투자하시는 분이 아닙니까?"

조 대인은 진심으로 감탄했다.

"내가 사람 보는 눈이 여전하다 싶구나. 어찌 지학을 갓 넘은 소년이 세상 돌아가는 일에 이리 능통하단 말이냐."

"대부분의 세상일은 우연처럼 보이나 우연이 아니라 배웠습니다."

막힘없이 입을 여는 악운을 보면서 조 대인은 흐뭇한 미소를 지우지 못했다.

가족은커녕 일가친척 하나 없이 사업에만 몰두해 왔던 삶에 새로운 즐거움이 생긴 기분이었다.

"허어, 아드님을 참으로 잘 키우셨소, 악 가주."

어느새 조 대인은 가주인 악정호에게도 존칭을 아끼지 않았다.

악운의 놀라운 식견과 성장에는 악정호의 인품과 가문의 전통이 밑바탕이 되었으리라고 생각하고 그에 맞게 대우를 바꾼 것이다.

"네 말대로 나는 산동악가의 이름이 머지않아 휘경문을 넘어서리라 확신한다. 악 가주는 내 기루를 떠나던 날 마음의 족쇄를 푼 듯이 보였다. 산동의 호랑이가 족쇄를 풀었으니……."

조 대인의 미소가 짙어졌다.

"동평 바닥으로는 비좁겠지."

"옳은 말씀이십니다."

두 사람의 얘기에 악정호의 얼굴이 붉어졌다.

"과찬이십니다, 조 대인."

"아니오. 나는 무용한 것에 투자하지 않는 사람이라오. 하여……."

조 대인이 의외의 제안을 건넸다.

"나를 첫 번째 가솔로 받아들이는 건 어떻겠소?"

"예?"

생각지도 못한 조 대인의 발언에 악정호는 어안이 벙벙해졌다.

"가문은 아직 아무것도 정해진 것이 없습니다."

"그리 따지면 나 역시 가진 것이 사업장 몇 개뿐인 장사치요. 하나 내가 가솔이 된다면 많은 게 달라질 것이오."

조 대인은 동평의 큰손들 중 하나다.

그를 가솔로 둔다는 것은 자본에 있어서는 휘경문조차 부러워하는 수준이 된다는 뜻이다.

"나 역시 더 큰 꿈을 펼치는 데에 산동악가의 이름 아래 나아갈 수 있겠지. 산동악가가 천하를 위해 희생해 온 일들을 생각한다면 그 어떤 곳도 거래의 신뢰성을 의심하지 않을 테니."

조 대인의 눈빛에 형형한 열기가 일었다.

"그 이름 아래 살 수 있게 나를 받아 주시겠소?"

꿀꺽!

가문의 영광을 너무 오래 잊고 살아서일까?

악정호는 이 순간이 꼭 꿈결 같았다.

'나만 부정하고 있었던 것인가?'

가문이 실패했다고만 생각했건만 그런 게 아니었다.

가문의 명예는 그저 기다리고 있었을 뿐이다.

'내가 다시 가문의 이름이 가진 무게를 견뎌 낼 수 있을 때까지.'

콰득.

악정호는 뇌공을 있는 힘껏 움켜쥐었다.

"운이 네 생각은 어떠하냐."

"당연히 받아들이셔야 할 제안입니다. 하지만……."

악운이 공손히 고개를 숙이며 말을 이었다.

"가주께서 결정하셔야 가능해질 일이지요. 무슨 결정을 내리시든 그 뜻에 함께하겠습니다."

"고맙구나."

이후 악정호는 마침내 뇌공을 쥐고 자리에서 일어났다.

결정은 이미 끝난 지 오래였다.

⋯⋯⋯

이후 악정호와 악운은 기루를 빠져나와 밤거리를 걸었다.

예랑과 동생들은 가문의 총관직을 수행하게 된 조 대인이 잠시 지켜 주기로 했다.

증인(?)으로 사로잡은 용철은 결박된 채로 악정호가 짊어진 포대 자루 안에 혼절해 있었다.

"지금쯤이면 휘경문에서도 돌아가는 사정을 눈치챘겠지."

"예, 그럴 겁니다. 아마 우리 행적을 파악하려 들겠죠. 혹은 우리가 숨겨 놓은 육철방 방주의 행적을 찾든가요."

"그래, 그럴 게야."

"그 후엔 어찌 나올까요?"

"놀라지 말거라. 하긴 이제껏 네 모습을 봐선 놀라길 기대
하지도 않는다만…… 어쨌든."

악정호가 굳은 표정으로 말을 이었다.

"우릴 살인멸구하려 들지도 모르겠구나. 그게 그들이 택
할 수 있는 제일 쉬운 방법이겠지."

악운은 조용히 고개를 끄덕였다.

사실 그 역시 이미 예상하고 있는 수순이기도 했다.

"그럼 남은 건 사람들이 개파대전을 위해 휘경문에 모여들
때까지 버티는 일이겠네요."

"그래, 어쩌면 밤새도록 싸울 수도 있겠지. 해서 네 동생
들을 기루에 두고 온 것이기도 하고. 사실 너도 두고 오고 싶
었다만……."

"제가 어디 하란 대로 하는 놈입니까?"

"꼭 그래서만은 아니야."

"그럼요?"

"자, 받아라."

악정호가 악운에게 들고 있던 뇌공을 건넸다.

"운이 네가 이 아비 등을 지켜 주리라 믿어서 함께 오게
한 거야. 아비 등을 잘 부탁한다."

"그렇게 절 믿으신다면 뇌공은 거둬 주세요. 객관적으로 봐도 뇌공은 아버지께서 쓰시는 편이 강한 적들과 싸우는 데 있어 효율적일 겁니다. 저는 조 대인께서 내주신 창이면 충분해요. 그럴 만큼 귀한 창인 것 같고요."

"고집하고는……."

미소 지은 악운이 휘경문이 있는 방향을 향해 돌아섰다.

"그런데 아버지."

"오냐."

"꼭 휘경문이 저희를 찾아올 때까지 피해야 하는 건 아니잖아요?"

"그래도 될 수 있으면 개파대전이 시작되기 전까지 피하는 게 낫지 않겠느냐?"

"글쎄요. 오히려 그 시간 동안 저희가 원하는 걸 얻을 수 있을지도 모르겠네요. 지금 쫓기는 쪽은 저희가 아니라."

악운이 뇌공을 든 아버지를 바라봤다.

"휘경문 아닌가요?"

※

야심한 새벽.

한쪽 눈에 안대를 찬 중년인이 부서진 객잔 문으로 들어섰다.

귀영조(鬼影爪) 고후라 불리는 사파 고수였다.

최근 휘경문의 식객으로 영입된 그는 추적의 달인이라는 추혼오객(追昏五客)을 제자로 부렸다.

타타탁!

객잔에 미리 도착해 수색하고 있던 네 명의 추혼오객이 일제히 고후 앞에 부복했다.

"사부님 오셨나이까."

"이놈들, 정파 다 됐구나. 인사치레가 제법 태가 난다. 크흘흘!"

추혼오객이 따라 웃는 사이 고후가 주변을 빠르게 둘러봤다.

"한 놈한테 당한 것이냐."

추혼오객의 맏형인 장춘이 입을 열었다.

"아닙니다. 후문에 다른 흔적이 있었습니다. 발자국이 다릅니다."

"하면 흉수는 밝혔느냐?"

"다행히 동진검가는 아닌 것 같습니다."

최근 휘경문은 은밀하게 동진검가의 영역을 넘보며 제남으로의 확장을 준비하고 있었다. 그러기 위해 사파인들 중 잔혹한 부류까지 식객으로 받아들인 것이다.

휘경문 소유 객잔에 외지인이 늘어난 것도 그런 이유였다.

"그럼 흔한 파락호 조직 간의 싸움이더냐."

"그것이……."

고후의 눈빛이 더욱 서늘해졌다.

"그 이상이더냐?"

싸울 상대를 판별하는 건 추적의 기본이다.

"생존자들의 증언을 통해 밝혀진 건 딸의 생일을 맞아 객잔을 찾은 가족이었다고 합니다."

"허!"

예상치 못한 대답에 고후는 헛웃음이 나왔다.

차라리 육철방의 자리를 노린 다른 조직이 습격했다고 했다면 어안이 벙벙하진 않을 것이다.

"어이가 없군. 그럼 회수해야 할 물건은 그대로 있더냐?"

"그것이……."

"한 번만 더 말을 흐리면 네놈부터 목을 쳐 주마."

장춘이 서둘러 고개를 숙였다.

"송구합니다. 회수해야 할 물건 또한 사라졌습니다."

"애초부터 노린 것이었던가? 겉보기만 가족으로 변장했을 가능성은?"

"전무합니다. 중년인과 청년이 무림인으로 보이지 않는 네 살 남아와 열다섯 정도로 보이는 여아를 지키며 싸웠다고 합니다. 목적이 있었다면 불필요한 인력이 오지 않았을 것입니다."

"우연히 부딪쳤단 말이냐."

"그건 아닙니다. 생존자들을 통하여 진술을 들어 본 결과 언가의 소년과 육철방 방주를 함께 데려갔다 합니다."

"결국 남은 불씨가 화근을 만드는군."

고후는 처음부터 언가의 부자 둘 모두를 잡아 가둬야 한다고 휘경문 문주에게 조언했다.

하지만 휘경문 문주는 조언을 묵살했다.

어린아이는 건드리지 않는다는 핑계를 대긴 했지만, 보나마나 언가 가주를 협박하기 위해 살려 둔 게 틀림없었다.

"쯧쯧! 답답하기는……."

고후는 휘경문의 선택이 썩 마음에 들지는 않았지만 만족스럽게 챙겨 주는 보수를 떠올리며 그냥 넘어가기로 했다.

"생존자들이 남은 것으로 보아 사적인 원한이 있는 것은 아닐 것이다."

"그럼 무슨 이유로 그 물건을……?"

"뻔하지."

고후가 비릿하게 웃었다.

"놈들은 우연히 이곳에 들러 원치 않게 속사정을 알게 된 게 분명하다. 하지만 상대는 휘경문. 가족을 보호하려면 거래할 만한 패가 하나 필요했겠지."

"과연 사부님이십니다."

고후가 감탄하는 추혼오객을 타박했다.

"쯧쯧, 이리 우둔해서 제대로 된 일이나 맡기겠더냐."

그때였다.

"사부님!"

추혼오객 중 한 명이 외부의 일을 알아보고 난 후 서둘러 객잔으로 돌아왔다.

"알아낸 것이 있더냐."

"놈들이 나타났습니다."

"설명은 됐다. 그래 봤자 놈들이 문주와 거래를 하러 휘경 문 앞에 나타났겠지. 호랑이 굴로 제 발로 들어오다니 제법 이로다."

"그, 그것이……."

"설명은 됐대도! 영리한 놈들이기는 하나 휘경문 문주는 놈들을 그냥 두지 않을 것이다. 놈들과 관련 있는 것들을 싹 태워 버려서라도 물건을 회수하려 들겠지. 그런 일을 위해 나를 들였을 테니……."

말을 잇던 고후가 객잔으로 들어오는 부자(父子)를 보며 입을 닫았다.

"아들아, 저 친구 설명이 참 친절하구나."

"예, 생긴 것 또한 입이 가볍게 생겼군요. 나름 기밀일 터 인데."

고후가 대답 대신 제자를 죽일 듯 노려봤다.

"어떻게 된 게냐!"

"웬 놈들이 이 앞에 나타났다고 방금 전에 말씀드렸는

데……."

"갈! 변명하는 혓바닥이 길다! 당장 네놈부터 베어 주랴?"

"송구합니다!"

진땀 흘리는 추혼오객을 보며 악정호가 혀를 찼다.

"휘경문이 시키더냐, 이놈을 데려오라고?"

그러면서 포대 자루에 들어 있는 용철을 소리 나게 떨어트렸다.

"유추가 제법이구나. 보통내기가 아닌 듯한데…… 정체를 밝혀라. 어떤 사문에서 나왔느냐."

"알 거 없다. 그보다 너희들이 휘경문에서 나왔다는 것이 중요한 게지."

"오만하구나. 하나 언제까지 여유로울 수 있나 보자."

고후가 어느새 양손에 독문병기 철조를 착용했다.

매의 발톱 같은 철조가 당장 살점을 찢어발길 듯 날카로운 예기를 빛냈다.

"네놈들은 여기 나타나지 말았어야 했다. 차라리 휘경문 문주의 바짓가랑이라도 붙잡고 명분을 운운했어야지. 그편이 네놈 가족들이 살 수 있는 유일한 기회였을 터이니."

말이 끝나기 무섭게 추혼오객이 악씨 부자를 빙 둘러섰다.

"이 몸은 다르다. 나는 네놈들과 관련된 모든 것을 태우고 죽일 것이야."

그들 사이에 바람이 불며 팽팽한 긴장감이 감돌았다.

"아들."

"예."

"우리 가족을 노릴 자들이야. 아까 상대했던 파락호와는 수준부터 다르니까…… 충분히 각오됐으리라 믿는다."

악운이 대답 대신 적들을 담담한 눈길로 응시했다.

피를 볼 것에 대한 두려움? 사람을 해칠 때의 죄책감?

그런 건…….

'각오되지 않은 이들을 베었을 때나 갖는 것일 뿐.'

지금 이 순간 마주 선 자들은 무림인이다.

죽을 각오를 하고 남을 언제든 벨 수 있는 자들.

그러니 그저 각자의 각오를 서로에게 쏟아 낼 뿐이다.

저벅.

악운이 걸음을 내디디며 창을 휘감듯 쥐었다.

하지만 병기보다 중요한 건 각오된 의지.

"쳐라."

고후와 추혼오객이 일제히 땅을 박찬 순간.

악운은 새삼 느꼈다.

'다시 무림에 왔구나.'라고.

ꩰ

저벅저벅.

휘경문 장원에 있는 지하 뇌옥(牢獄).

한 중년인이 거친 숨을 내쉬었다.

쌔애액ー 쌔애액.

그의 양팔은 천장과 이어진 쇠사슬에 힘없이 들려 있었고 두 다리는 견고해 보이는 족쇄에 단단히 결박되어 있었다.

"언 대협, 아직도 버틸 셈이오?"

휘경문 문주, 휘연(麾練)이 창살 맞은편에 서서 진주언가의 가주 언성운을 응시했다.

"죽여라……!"

뭉개지는 발음.

입을 연 언성운의 입술 사이에 물린 재갈 때문이다.

자결을 막기 위해 철로 특수 제작된 재갈이 뒷목에 둘려 있었던 것이다.

"원하는 걸 내준다면 언제든 편하게 눈감게 해 주리다."

언성운은 대답 대신 잿빛 눈동자를 들었다.

벌써 이곳에 갇힌 지 한 달 남짓.

이미 살 수 있다는 희망은 버린 지 오래였다.

하지만 아무 죄 없는 아들의 얼굴이 밟힌다.

얼마나 모진 시간을 겪고 있을까?

"아들이 걱정되지도 않소?"

휘연이 은근한 말투로 말했다.

"생각해 보시오. 다 망한 언가의 무공을 내놓는 것과, 아들과 함께 평화로운 삶을 사는 것. 그 두 가지 중 어느 쪽이 낫겠소?"

언성운이 눈을 감았다.

벌써 수십 차례 들은 질문이다.

이번에도 거절한다면 또다시 고문 세례가 시작되리라.

하지만 절대 가문의 절기는 내놓을 생각이 없었다.

놈들의 목적이 사라지는 순간 놈들은 자신도, 아들도 죽이려 들 것이다.

"간악하구나. 참으로 간악해."

"효웅이라 칭하는 것이 낫지 않겠소? 이미 천하는 난세의 시대가 시작됐소. 황실은 무너졌고 혈교는 교주의 치명상과 함께 퇴각했으며 무림맹 또한 해체되어 이름만 남았지. 그야말로 약육강식의 세상이오."

휘연이 철창을 쥐며 야망을 드러냈다.

"언가의 비급을 통해 무공을 발전시켜 온 내게 언가의 마지막 후손이 제 발로 나타나 주었으니 이보다 좋은 기회가 어디 있겠소? 또 다른 비급을 얻을 수 있는 절호의 기회인 셈이지."

휘경문 무공의 근간에 언가의 무공이 있었다니.

누가 들었다면 경악할 일이었다.

"하긴 친형인 호리독심까지 죽여 가며 얻은 본 가의 비급이니 군침이 돌았겠지. 본 가의 혼란을 틈타 비급을 훔쳐 간

'호리독심(狐狸毒心)'의 아우여."

호리독심.

한때는 정파 무관의 관주였으나 혈교의 앞잡이 노릇을 하며 악명을 떨치게 된 사파 무림인이었다.

"어쩔 수 없는 일이지. 대의를 위한 소의 희생이었다오."

휘연은 죽어 가던 형의 모습을 떠올렸다.

안타까운 일이나 비급을 독차지하고픈 마음이 더 컸다.

-어, 어찌 네가 나를……! 네놈은 믿었건만!

"도둑에게 혈육의 정이 있는 게 더 웃기지 않겠소? 새 삶을 사는 내게도 그편이 더 낫지."

"배신과 협잡으로 얻은 것들은 그저 모래 위에 쌓은 성과 같은 것임을 왜 모르는가?"

"하면 물읍시다. 그대가 신의를 지킨 대가가 뭐였소? 결국 철창행이 아니오?"

휘연의 비아냥거림에 언성운의 눈동자가 깊게 가라앉았다.

'어쩌면 그럴지도 모르겠구나.'

사실 언성운은 이 모든 걸 조용히 끝내려고 했다.

휘경문에게 진의 파악을 한 이후 진주언가의 유산만 돌려받으려 했던 것이다.

그래서 예랑이 아는 사실과 달리 먼저 휘경문을 찾았다.

휘경문이 그를 찾아온 건 그다음의 일이다.

"그대가 정파인으로서의 당연한 신뢰를 지켰다면 일어나지 않았을 일이지."

"그동안의 일을 침묵해 준다는 말을 내가 어찌 믿고? 설사 침묵한다고 한들, 내가 지닌 언가의 유산을 다 내놓으라는 말을 쉽게 들어주리라 믿었소?"

"믿었지. 믿었고말고."

"우습군. 무슨 근거로 그리 믿었소?"

"그대는 호리독심과 다르다 믿었지. 이제는 정파로서 살아가는 그대의 노력을 무시하고 싶지 않았으니."

"그거야 고마운 일이나 아무래도 틀린 판단을 하신 것 같소이다. 무엇보다……."

휘연이 철창을 놓으며 물었다.

"작금에 제대로 된 정파가 과연 남아 있긴 하오?"

그 반문에 언성운은 고개를 떨어트렸다.

휘연이 쐐기를 박기 위해 으름장을 놓았다.

"계속 권주를 마다하고 벌주를 택한다면 아무리 대인배인 나여도 그대의 아들을 가만 놔둘 수 없소이다."

휘연의 최후통첩에 고갤 떨어트렸던 언성운이 다시 고개를 들었다.

형형한 눈빛이 휘연을 죽일 듯 향했다.

"털끝 하나라도 건드려 보아라. 지옥에서라도 네놈을 쫓아올 것이니라."

꿀꺽.

휘연은 주춤거렸다.

'산공독에 중독되어 내공 한 점 못 쓰는 자이건만 어찌 이런 살기를……! 과연, 언가는 언가라 이건가?'

그가 만약 자신의 말을 신의로 어리석게 믿지 않았더라면 상황은 이렇게 물 흐르듯 쉽지 않았을 것이다.

휘연은 여유로운 척 거들먹거렸다.

"이미 우리가 선 곳이 생지옥이거늘, 아직도 못 깨달았소? 기한은 내일까지요. 그러니 잘 생각해 보시오. 크흠!"

언성운은 으름장을 놓으며 사라지는 휘연을 핏발 선 눈으로 계속 노려보았다.

그에게 있어 하늘은 여전히 무심해 보였다.

❧

쐐액!

뇌공과 공명한 악정호의 눈빛이 더없이 서늘해졌다.

좌르르륵!

찔러 가는 뇌공의 잔상을 따라 고후의 철조가 불꽃을 튀기며 좌우로 튕겼다.

"어, 어떻게!"

고후는 헛바람을 집어삼키며 빠르게 잔발을 찼다.

'아무것도 통하지 않는다.'

뒤로 물러나는 그의 눈에 이미 죽어 있는 추혼오객이 보였다.

추혼오객 중 둘은 순식간에 중년인에게 당했고 나머지 셋은 청년으로 보이는 젊은 놈에게 반항도 못하고 죽어 버린 것이다.

'휘경문 놈들, 대체 무엇을 건든 게야!'

감히 살의를 드러내선 안 됐다는 것을 고후는 격돌하자마자 깨달았다.

"젠장!"

이를 가는 고후를 향해 뇌공이 쇄도했다.

철조를 회수해서 쳐 내기엔 늦었다.

'아직은 어림없느니라!'

피잉!

고후의 입안에서 튀어나온 작은 쇠구슬.

날아간 구슬이 수십 개의 작은 구슬로 갈라지며 뇌공을 스쳐 지나갔다.

'어차피 창을 피하기엔 늦었으니!'

고후가 허리를 비틀어 방향을 전환했다.

푸욱!

"크으윽!"

일부러 사혈을 피해 어깨를 내놓은 것이다.

대신.

"죽어라."

고후의 미소가 짙어졌다.

지금 입안에서 날아간 암기는 지닌 재산의 대부분을 주고 구입한 분공탄(分空彈)이다.

제아무리 일류 고수라 할지라도 이만한 거리라면 죽을…….

그 순간.

철컥!

뇌공이 반으로 쪼개졌다.

아니, 분리되었다는 표현이 더 옳았다.

한 자루 장창에서 두 자루 단창이 된 뇌공.

쐐애액!

악정호의 안면에 쏟아진 암기가 노에 휩쓸리듯 뇌공과 부딪혀 사방팔방으로 비산했다.

동시에 고후의 머릿속에 추혼오객이 남긴 이야기가 스쳐 지나갔다.

가족, 은거 기인, 단창과 장창을 가리지 않고 다루는 가문.

"서, 설마……!"

과거 산동에 자리 잡은 사파의 거두들마저 벌벌 떨었다던 그곳이 틀림없었다.

"사, 산동악가?"

"알았다 하더라도."

그 반문은 고후가 내뱉은 유언이 되었다.

"늦었느니라."

뇌공이 고후의 목을 벼락처럼 스쳐 지나갔다.

난전

핏방울이 뇌공의 창신을 타고 악정호의 손끝으로 떨어져
내렸다.

툭— 투툭!

쓰러져 있는 고후가 창 아래로 보였다.

자업자득이다.

악정호는 창신을 옆으로 털어 내면서 악운을 돌아봤다.

악운이 계속 걱정됐던 것이다.

피를 보는 건 무림의 관례 같은 일. 하지만 큰 각오가 있다
하더라도 이를 이겨 내고 나아가는 건 단순히 노력으로만 이
뤄지는 게 아니다.

'아들.'

그래서 어린 운이가 누구보다 걱정이 됐다.

하지만 쓸데없는 염려였다.

"아버지, 염려 마세요. 가문의 칼날이 되겠다고 약조한 건 허언이 아니었으니까요."

곁에 선 악운은 어느 때보다 침착하고 차분한 태도로 일관하고 있었던 것이다.

'내 어릴 적의 모습과는 확연히 차이가 나는구나. 떡잎부터 그릇이 달라.'

현실을 받아들이고 극복해 나가는 것에 있어서 악운은 나이 이상의 경이로움을 보였다.

하지만…….

"마냥 기특하지만은 않구나."

"무슨 말씀이신지요?"

"혼란스러움 없이 이 일을 잘 이겨 내고 있는 건 기특하지만 속마음을 마냥 내비치지 않는 것 역시 아비로서 걱정이 되는구나."

"전 정말 괜찮아요, 아버지."

"그래, 그렇게까지 말하니 믿어 보마. 하지만 아주 조금이라도 심적으로 기댈 곳이 필요하다면 말이야, 잊지 말거라."

악정호는 악운의 어깨에 손을 올렸다.

"아비는 늘 네 편이야. 뭐든 말해도 좋아. 알았지?"

악운은 악정호의 손등에 손을 올렸다.

따뜻했다.

"저도 압니다."

가족이니까.

악정호는 그제야 안심이 되는 눈치였다.

"이제 시작해 볼까요?"

"그래, 그러자꾸나."

찰싹!

용철은 볼에 느껴지는 화끈한 통증에 무거운 눈꺼풀을 들어 올렸다. 기절했다 깨어나니 죽을 맛이었다.

그런데…….

'빌어먹을!'

설상가상 얼마 전까지 흉흉한 살기를 보이던 작자들의 시신이 보였다.

용철은 새삼 느꼈다. 단순히 파락호 간의 싸움이 아니라 방파와 방파가 싸우는 문파대전이 시작됐다는 걸.

누굴 건드렸는지는 몰라도 휘경문의 계획은 이미 틀어진 것처럼 보였다.

'애초에 휘경문의 후환이 두려워서 전부 털어놓지도 않았는데!'

악운이 눈치를 보는 용철에게 말했다.

"뭔가를 더 아는 얼굴이로군. 그렇지?"

꿀꺽!

용철은 대답 대신 하얗게 질렸다.

'역시.'

예상했던 대로 용철이 아직 다 말하지 않은 게 확실해 보였다.

"네 말이 맞는 것 같구나. 숨기는 게 더 있어. '감히' 말이지."

악정호가 살의를 일으키자 용철이 잘게 몸을 떨었다.

"누구든 목숨은 하나다. 줄타기 그만하고 생각 잘하는 게 좋아. 아버진 참을성이 그리 많지 않으셔."

악정호는 뚱한 표정을 지었지만 악운의 의도를 알고 잠시 입을 닫았다.

"말해 주면 풀, 풀어 줄 거요?"

"그래."

"약조해 주시오."

"아버지 그래도 되겠습니까?"

"썩 탐탁지는 않다만, 좋다. 그리하자."

악정호의 허락이 떨어지자마자 용철이 말했다.

"좋소. 신의와 명분으로 먹고사는 자들이 곧 정파인이니 한번 믿어 보리다. 댁들도 정파인이라면 양심을 팔지는 않겠지……."

악운이 눈살을 찌푸렸다.

"제법 머리를 쓰는군. 알았으니 말해 봐."

애초에 악운이 원하는 건 언가 식구의 목숨이지 이런 졸개의 목숨을 앗아 가는 게 아니었다.

"조, 좋소. 약조는 반드시 지키리라 믿겠소이다."

불안한 용철이 악운에게 한 번 더 약조를 확인했다.

"우릴 네놈과 같은 부류로 보지 마."

악운의 단호한 대답에 용철이 얘기를 털어놨다.

"내가 알기로 휘경문이 그자를 데려갈 때까지만 해도 둘 사이가 나쁘지는 않았소. 오히려 대공자는 그자에게 깍듯했지."

의외의 이야기에 악정호가 흥미로운 눈빛을 보였다.

"해서?"

그의 채근에 용철이 서둘러 말을 이었다.

"이상하지 않소? 깍듯하게 예의를 갖추던 것이 엊그제인데 그가 사라지자마자 갑자기 본 방에 거래를 제안하며 그를 도둑놈으로 몰았으니."

용철이 눈을 빛냈다.

"게다가 그가 휘경문에 들어선 걸 본 하인들은 있어도 나간 걸 본 자들은 없다 하더이다. 장담컨대 휘경문은 그자에게 원하는 것이 있어 붙잡아 둔 게 틀림없소."

듣고 있던 악운이 정곡을 찌르는 질문을 했다.

"휘경문에서 알려 주던가?"

"그럴 리가. 직접 발로 뛰어 알아봤지."

"휘경문이 눈치챘다면 위험했을 텐데도 굳이 이 일을 알아본 이유는?"

"젠장, 젊은 양반이 어째 그냥 넘어가는 법이 없으시오?"

"확실한 게 나으니까. 쓸데없는 소리 말고 얼른 대답이나해."

"크흠! 자기 실력의 삼 푼을 감춰야 한다는 건 어떤 무림인이든 알고 있는 법이오. 휘경문이 살인멸구를 위해 나를 죽이려 들지 누가 아오?"

"만약 그때가 오면 휘경문이 신경 쓰이는 세력에게 이 모든 걸 털어놓고 신변을 위탁할 생각이었겠군."

물 흐르듯 이어지는 악운의 심문에 악정호는 내심 또 한 번 놀랐다.

'허, 누가 이 녀석을 강호 초출이라고 믿을까.'

그렇게 악정호가 혀를 내두르는 사이, 악운 역시 주도하던 대화를 무사히 끝마쳤다.

"수고했어. 큰 도움이 됐다."

"그럼 약조를 지키시오."

악정호가 고개를 끄덕였다.

약조를 했으니 풀어 줄 셈이었던 것이다.

하지만…….

"풀어 준다고는 했지만 언제 풀어 줄지 시기를 정하는 약조는 아니었어요. 아버지."

"그래, 그렇긴 했지."

악운의 의중을 깨달은 악정호가 뒤로 물러나며 동작을 거
뒀다.

"이 개만도 못한 것들! 이제 와 약조한 것을 뒤집겠다는
것이냐!"

그 순간 악운이 용철의 멱살을 와락 잡아끌었다.

"가뜩이나 내 가족을 죽이려 한 네놈의 사지를 찢어 죽이
고 싶은 마음을 억누르는 중이다. 약조는 지켜 줄 테니 네 노
선이나 똑바로 지켜."

"노, 노선?"

"풀어 주겠단 약조는 지킨다. 단, 때와 장소는 우리가 정
해."

용철의 눈가에 경련이 일었다.

"설마……?"

"그래, 널 풀어 주는 건 휘경문 앞마당란 얘기야. 그러니
그 자리에서 네가 알고 있는 진실을 털어놓지 않으면……."

악운이 무표정한 얼굴로 말했다.

"네 목부터 날아갈 거다. 시간을 줄 테니 빨리 결정하는
게 좋아."

동시에 악정호가 기다렸다는 듯 돌아섰다.

이제 모든 준비는 끝났다.

내일만 오면 된다.

"아들, 아무리 그래도 아비가 참을성이 없다고 대놓고 얘기하는 건 좀 그렇더라……."

아버지가 서운한 것만 빼고.

❦

같은 시각.

쏴아아!

달밤 아래 '휘(麾)'라 새겨진 무복이 세차게 펄럭인 순간.

연계로 이어지는 검초가 연무장 바닥을 휩쓸며 화려하게 흔들렸다. 마치 검신에 닿은 달빛이 부서지는 듯했다.

문제는.

"커헉!"

그 검격을 받아 내는 자가 호위라는 것이었다.

"쯧!"

털썩.

대공자 휘종엽이 한쪽 무릎이 꺾인 호위를 내려다봤다.

'그'뿐만이 아니었다. 벌써 호위 중 세 명이나 전신 곳곳이 상처투성이가 된 채 무릎 꿇고 있었다.

"이리 허약해서 어떻게 나를 지키겠다는 것이야?"

"소, 송구합니다."

"네놈 처자식이 목숨을 위협받아도 이딴 식으로 하겠느냐?"

휘종엽은 늘 호위들을 자기 수련 상대로 시험했다.

함께 성장하겠다는 명분은 그럴싸했지만…….

사실 훨씬 무공이 고강한 휘종엽의 일방적인 구타였다.

"당장 안 일어나!"

호위는 쓰러질 것같이 힘들었지만 애써 몸을 일으켜서 진검을 집어 들었다.

"네 눈빛을 보니 보나 마나 똑같겠구나. 생선 썩은 눈깔이 따로 없어. 어이!"

독설을 뱉은 휘종엽이 누군가를 불렀다. 기다렸다는 듯이 도적 떼같이 흉흉한 인상의 무리가 연무장을 향해 다가왔다.

그중 선두에 선 자는 위력호. 화림채(禍林寨)라는 도적 집단의 채주로 야후귀(野猴鬼)라 불렸다.

사파 출신 외인임에도 최근 휘종엽의 총애를 받는 자였다.

"대공자가 말씀하신 대로 저놈 부인들을 데려왔소."

"잘했다."

휘종엽의 말이 끝나기 무섭게 대련하던 호위들의 얼굴이 새하얗게 질렸다.

"여, 여보!"

부인들은 남편의 이름을 부르며 울음을 터트렸다. 남편인 호위들은 이 믿기지 않는 상황에 사시나무처럼 몸만 떨었다.

"그래, 그 눈이지. 바로 그 눈이야."

휘종엽은 고개를 끄덕인 후 좌중에 선 호위들에게 말했다.

"지금부터 한 놈이라도 전력을 다해 덤비지 않으면 그 즉시 네놈들 아내들의 목을 베어 버리라 명하겠다. 알겠느냐!"

서슬 퍼런 협박에, 듣고 있던 야후귀와 그 도적 떼가 호위들을 조롱했다.

"재미난 구경거리가 났군그래."

이윽고 장내는 일방적으로 구타당하는 호위들의 비명과 그 부인들의 오열로 가득 찼다.

그렇게 얼마쯤 흘렀을까?

휘연이 피투성이가 된 호위들을 지나며 혀를 찼다. 부인들은 쓰러진 남편들을 끌어안은 채 살려 달라며 울고 있었다.

"연무장이 엉망이로구나."

"아, 아버님! 소자가 호위들의 썩은 정신머리를 고치고자 강수를 두었사옵니다."

"그래? 그래서 네게 도움이 될 것 같으냐?"

"예, 물론입니다."

"그럼 잘했다. 가끔은 누가 위에 있는지 알려 주는 것도 중요하지."

고개를 끄덕인 휘연이 매서운 눈길로 야후귀를 쳐다봤다.

"의방에 데려갈 놈들은 의방에 데려가고 아녀자들은 몇 푼 쥐여 주고 쓸데없는 소리 못 하게 입단속시켜 두거라. 오늘 일은 호승심이 붙은 호위들이 서로 생사결을 벌이다 초래된 것이다. 알겠느냐?"

정파로서의 덕망과 체면을 지키려는 수작이었다.

"그럽지요."

야후귀와 그 패거리가 우악스러운 손길들로 호위들과 그 가족들을 강제로 끌고 갔다.

그제야 고요해진 장내. 휘연은 방금 전 상황은 별거 아니었다는 듯 자애롭게 미소 지었다.

"과연 내 아들이로구나. 호위들을 저리 꼼짝 못 할 정도로 몰아붙일 실력이 되었다니."

"제 선에서 정리할 일이었는데 괜히 송구스럽습니다."

"아니다. 모든 것을 너무 일찍 책임질 필요는 없느니라. 아비를 보고 하나씩 배워 가거라."

"예, 아버지."

휘종엽이 미소를 띠며 대답한 후 화제를 돌렸다.

"가신 일은 어찌 되셨습니까?"

뇌옥의 일을 묻는 아들에게 휘연은 대답 대신 고개를 저었다.

"쯧쯧, 굳이 권주를 마다하고 벌주를 택하려 들더구나."

"아버님의 큰 뜻을 이해 못 하나 봅니다. 악인의 손에 들어갈 바에야 차라리 저희 손에 들어오는 것이 더 발전된 형태로 명맥을 이을 텐데 말이지요."

"암, 그렇고말고."

휘종엽은 늘 휘연의 자랑거리였다.

잘생긴 용모로 산동의 젊은 후기지수들 사이에서 '옥면휘검(玉面輝劍)'이라는 별호로 불릴 뿐 아니라 그 무공 실력은 이제 막 약관을 넘은 나이임에도 일류를 바라보고 있었다.

"이젠 정말 이 아비에 근접했구나."

"한참 멀었지요."

"아니다. 너는 그야말로 기재 중의 기재야."

지금의 성장 속도라면 서른도 채 되지 않아 절정에 이를지도 몰랐다. 그러기 위해서라도 반드시 언가 후손이 가진 유산을 취해야만 했다.

'언가 후손의 유산만 거머쥔다면⋯⋯.'

아들의 미래를 위해 비밀리에 보관하고 있던 물건들을 사용하리라.

그때가 온다면 황보세가든 동진검가든 휘경문을 쉽게 무시하지 못할 게 분명했다.

"네 그릇이 이리 크니 아비는 너를 위해서라도 그만한 환경을 갖춰 줄 것이니라."

"소자도 성심을 다해 아버님을 보필하겠나이다."

휘연은 땀에 젖은 휘종엽의 어깨를 툭툭 다독였다.

"껄껄! 참으로 든든하구나. 네가 있어 이 아비의 미래 또한 밝아 보인다."

"더 밝아지실 것입니다. 하오나 아버님……."

"그래."

"고후가 간 일은 아직 소식이 없습니까?"

"아직 전서구가 오지 않았다."

"올 때가 됐을 텐데요."

의심스러워하는 휘종엽에게 휘연이 웃음을 터트렸다.

"매사에 신중한 것은 칭찬할 일이나 사내대장부가 큰일이 아닌 것에 불필요하게 연연하는 것 또한 그리 득이 되는 일이 아니니라."

"예. 그리 말씀하시니 하면 더는 생각하지 않겠나이다."

"암, 그래야지. 누가 감히 동평에서 우리 가문에 위해를 가할 수 있겠느냐? 설사 동진검가라 할지라도 쉽게 움직일 수는 없는 노릇일 게야."

여유롭게 웃음을 터트리는 휘연의 눈빛에는 앞날에 대한 야망이 짙게 번들거렸다.

꾸

동이 튼 아침, 휘경문 장원의 정문에 세 사람이 나타났다.

"으리으리하구나. 저 전각들을 정직하게 올린 것이라면

좋으련만, 이 아비 눈엔 사상누각처럼 보이는구나."

뒷짐을 선 악정호를 향해 휘경문 위사들이 묘한 표정을 지었다.

"무슨 일로 본 문을 찾으셨소?"

"그거야 그대의 문주와 나눌 일이니 한낱 위사나 서는 제자가 물어볼 주제가 아닐세."

위사들이 서로를 쳐다보더니 픽 하고 웃었다.

"본 문이 워낙 유명하니 별의별 일이 다 생기는군. 이보쇼, 좋은 말 할 때 물러가시오. 이런 식이면 몸성히 집에 못 돌아갈 거요."

으르렁대는 위사의 협박에, 잠자코 있던 용철이 쩔뚝거리며 다가갔다.

지팡이를 짚은 그가 부목을 댄 발을 내밀어 보였다.

형체를 알아보기 힘들 만큼 퉁퉁 부어 있었다.

"이걸 보고도 상황 파악이 안 되냐."

"어쩌라고! 썩 안 꺼져? 꼭 칼을 들어야 정신을 차리……커헉!"

순식간에 위사의 목덜미를 낚아챈 용철이 당황한 다른 위사들을 위협적으로 노려봤다.

"야, 당장 문주에게 달려가라."

용철은 악정호에게 구타당한 새벽을 떠올리며 몸을 파르르 떨었다.

"너도 나처럼 될 수 있어."

꿍– 꽝– 콰지직!

순식간에 문짝이 부서지며, 대문을 지키고 있던 위사 다섯 명이 줄지어 쓰러졌다.

"으으으……!"

훤히 드러난 휘경문의 앞마당. 용철은 지팡이로 쓰러진 놈들의 머리통을 소리 나게 때린 직후 악정호에게 길을 터 주었다.

"가시지요, 대형."

"그렇게 부르지 마라. 내가 네놈처럼 파락호인 줄 오해하겠다."

'파락호보다 더한 새끼지.'

용철은 속으로 할 수 있는 욕은 다 했다.

"혹시나 해서 말인데, 편을 택했으면 증인으로서 할 역할은 부족함 없이 해라. 난 정파라서 약조 안 지키는 놈은 악인으로 간주해. 이미 알겠지만…….."

악정호가 서슬 퍼런 눈동자로 용철을 내려다봤다.

"악인에게 자비 따윈 없다."

"예, 명심하겠습니다."

용철의 대답이 끝나기 무섭게 휘경문 대문으로 수도 없이 많은 무인들이 몰려들었다.

그것을 본 악정호가 옆에 있던 악운을 돌아봤다.

"아들, 준비됐……."

준비됐냐고 미처 다 묻기도 전에 이미 악운은 대문을 지나 발걸음을 옮기고 있었다.

하여간, 아들이지만 못 말리겠다.

악운은 빙 둘러선 휘경문 무인들을 담담한 눈길로 노려봤다. 소란을 듣고 순식간에 정문 앞에 모여든 인파만 팔십여 명.

장원 규모와 급히 나타난 인원을 얼추 따져 보니…….

'다 몰려오면 가용 무인이 삼백 명쯤 되겠군.'

중소 규모 도시를 주름잡는 문파 이상이다.

하지만 듣자 하니 휘경문이 동평 일대에서 세력을 키운 건 긴 시간이 아니다. 어떻게 이뤄 낸 성과일까?

상념에 젖어 가던 찰나. 악운의 눈에 특이한 점이 보였다.

'객잔에서 봤던 자들이로군.'

외지인들이 가득 차서 들어가지 못했던 객잔의 상황이 스쳐 지나간 직후.

'흐음.'

연이어 지난 새벽녘 쓰러트린 일당의 무공들이 떠올랐다.

더 깊은 수양에 대한 고민 없이 오로지 잔인한 살육에 특화된 초식들.

질이 낮은 부류다. 평생 온갖 무인들과 싸워 온 악운의 눈에 그게 안 보일 리 없었다.

이쯤 되자 악운의 입가에 의미심장한 미소가 걸렸다.

"세력 확장을 위해 개나 소나 다 들인 건가."

나직이 중얼거리던 그때.

쐐애액- 부앙!

다짜고짜 철퇴가 날아왔다.

하지만 악운은 한 걸음도 물러나지 않고 철퇴를 노려봤다.

어차피 아버지보다 느리다.

펑!

뇌공에 부딪친 철퇴가 강한 반탄력을 받고 위로 솟구쳤다.

"흐읍!"

기습한 거한이 깜짝 놀라며 힘겹게 철퇴를 회수했다.

쿵!

악정호가 소리 나게 혀를 차고는 휘경문 문원들을 향해 일갈을 터트렸다.

"갈! 함부로 병장기를 드는 자부터 가차 없이 벨 것이다. 알겠느냐!"

이미 일류를 넘어서 있는 악정호의 기세는 산동십대고수를 논할 수준이었다.

완벽한 압도.

동평제일문이라 불리며 위세를 과시하던 문원들조차 두려움에 몸을 사시나무처럼 떨었다.

"이제야 얌전해졌군."

그사이 철퇴를 거둔 야후귀의 얼굴이 새파랗게 질렸다.

철퇴는 이미 절반이 쪼개져 있었다.

'가공할 만한 일격이 아닌가. 까딱하면 내 목부터 달아나겠어.'

야후귀는 악정호의 기세에 쉽게 나서지 못하며 눈치를 봤다. 온갖 살육을 자행했다면서 으스대던 사파 출신 식객들 역시 일제히 꿀 먹은 벙어리가 되어 있었다.

문주가 오지 않고서는 해결되지 않을 일처럼 보였다.

그 순간.

"이게 무슨 일이냐!"

갈라진 문원들 사이로 청수한 차림새의 휘연이 나타났다.

은연중에 풍겨 나오는 은은한 정광과 외관은 정파 명숙의 모습으로 조금도 손색이 없어 보였다.

"휘경문 문주 되시오?"

휘연이 대놓고 노기를 보였다.

"대체 얼마나 위명이 자자한 자이기에 남의 앞마당에서 분란을 일으켜 놓고도 당당하단 말인가!"

"정중을 따지기엔 일의 중함이 컸소. 이해하시오."

"만약 그만큼 중하지 않다면 이 모든 결례를 책임져야 할 것일세!"

"알고 있소. 자, 아들."

악정호가 힐끗 악운을 쳐다봤다.

"예."

미소 짓고 있던 악운의 눈빛에 강렬한 기세가 실렸다.

"현 시간부로."

그건 지닌 바 무공 실력으로 나오는 위엄이 아니었다.

츠츠츠!

오랜 시간 동안 쌓인 삶이 지닐 수 있는 제왕의 기세였다.

"봉문을 깬 산동악가의 개파대전을 휘경문에서 시작할 것이오."

경악이 장내를 휘감았다.

한동안 이어진 침묵을 깬 건 휘연의 헛웃음이었다.

"허……."

잠시 어이없는 눈빛으로 악씨 부자를 바라보던 휘연이 갑자기 웃음을 터트리기 시작했다.

"으하하핫!"

휘연의 여유에 믿음이 가서일까.

당혹스러워하던 문원과 식객들도 따라 웃기 시작했다.

"미친놈들이 아닌가!"

"으하하! 미쳐도 곱게 미쳐야지!"

기세가 오르자 휘연의 옆에 서 있던 휘종엽이 한 발 앞으로 나섰다.

"창만 든다고 산동악가가 될 수 있다던가? 어디 은거 기인에게 한 수 전수받고 으스대고 싶은 모양인데, 괜한 궁상떨지 말고 당장 꺼지시오! 본 문이 자비롭긴 하나 더 이상 귀찮게 군다면……."

스릉.

휘종엽이 검을 뽑아 으르렁댔다.

"피를 보게 될 것이오."

"용철이 아는 얼굴일 텐데도 아직도 뻔뻔하게 굴다니, 무공과 덕으로 동평제일문의 명성을 얻은 게 아니라 얼굴에 깐 철판으로 얻은 모양이오?"

악정호가 옆에 선 용철을 쳐다봤다.

"아니냐?"

"그러게 말이오. 얼마 전까지만 해도 대공자는 나를 찾아와 은밀히 술자리까지 가졌소."

휘종엽이 와락 인상을 구겼다.

"……나는 네놈이 누군지 모른다."

"마냥 시치미는 못 뗄 거요."

그 말이 끝나기 무섭게 악씨 부자의 어깨 너머로 누군가 크게 소리쳤다.

"소영무관의 관주 영춘이외다! 산동악가가 육철방에 빼앗긴 전답을 공정하게 돌려준다 하여 찾아왔소!"

이상하게 돌아가는 상황에 휘연의 눈빛에 불똥이 튀었다.

"뭐라?"

그 반문이 이어지기 무섭게.

"웅희가의 가주 방적이오! 산동악가의 개파대전에서 본 가의 빚을 탕감해 줄 수 있다고 하여 왔소!"

이건 시작에 불과했다.

처음에는 무시할 만한 인물들이 대부분이었으나 인파가 늘어날수록 귀빈의 규모는 커져만 갔다.

휘경문의 세에 눌려 조력자 역할을 해 오던 소규모 상단의 단장과 표국의 국주까지 나타난 것이다.

마침내…….

"태평루의 루주가 드시오!"

그 모든 이들의 흥미를 불러일으켜 제때 도착하게 한 조 대인이 세 아이를 이끌고 나타났다.

제후와 의지가 제일 먼저 손을 흔들었고.

"형아!"

"오라버니!"

결연한 표정의 언예랑이 입술을 굳게 다물고 있었다.

"대체 무슨 짓을 벌이는 겐가?"

시선을 의식해서인지 휘연이 수염을 파르르 떨며 악정호에게 말했다. 이미 정문 앞은 인산인해였고 그 바깥 또한 한 걸음 떼기 어려운 수준이었다.

"보는 바 그대로요. 산동악가의 개파대전이니 귀빈들을 모셔야지."

'개파대전?'

방금 전과 똑같은 단어를 뱉은 악정호였으나 이번엔 휘경문의 그 누구도 쉽게 웃음 짓지 못했다.

악정호는 얼굴이 시뻘겋다 못해 타오를 것 같은 휘연을 보며 환하게 웃었다.

"시작해라, 용철."

용철이 포대에 직접 짊어지고 온 목갑을 쿵, 소리 나게 풀어 헤쳤다.

"봉문했던 산동악가의 개파를 경하드리오. 하나 그 전에나, 육철방 방주 용철이 여기 모인 동평 명숙들께 드릴 말씀이 하나 있소이다!"

주목받은 용철은 그간 육철방이 해 온 일들을 굵고 짧게 설명했다.

그의 설명이 이어질수록 장내에 모인 귀빈들의 표정이 빠른 속도로 복잡해져 갔다. 그 내용에는 그들이 지금까지 저질러 온 패악이 모두 담겨 있었으니.

"……하여 음지에 있던 나는 산동악가 가주께서 베푸신 자비(?)에 힘입어 그간 온갖 협잡으로 모아 온 재산을 본래의 주인들께 아무 조건 없이 돌려드리려 하오."

용철은 잠시 호흡을 다스리며 손을 파르르 떨었다.

'이 개새끼들이!'

잘난 놈 제치고 못난 놈 죽여 가며 얻은 천금 같은 재산이 거늘. 하지만 당장엔 목숨부터 추슬러야 했다.

용철이 핏발 선 눈으로 말을 이었다.

"자, 그러니 이제 답해 보시오, 휘경문 문주여! 어찌하여 이딴 사파 쓰레기들을 들여 말로 하기 힘든 패악질을 일삼고 다닌 것이오?"

용철은 이제 악밖에 안 남았다.

이렇게 된 이상 휘경문이 완전히 무너져야 했다.

그게 자신에게도 이로운 일이었기 때문이다.

그런데 휘연의 표정에는 그 어떤 흔들림도 없었다.

"끝인가? 참으로 우습군."

감춰 온 모든 사실이 폭로됐음에도 휘연은 되레 신색을 회복하고 있었던 것이다.

"네놈이 정녕 희대의 쓰레기인 육철방 방주라면 이제야 모든 게 이해가 되는구나."

"무슨 소릴 하는 것이오!"

"듣자 하니 네놈은 네놈 얼굴을 쉽게 드러내지 않는다지?"

"그게 뭐 어쨌다는 게요?"

"이제 와 얼굴을 드러낸 게 이상하지 않으냐? 보아하니 네놈이 이제야 은원을 지우고 편히 살 작정인가 보구나. 그래서 말도 안 되는 누명을 본 문에 씌워서 동평 사람들에게 자비를 구하려는 것이겠지."

"하! 낯짝도 두껍소이다! 어찌 내게 그런 말을······!"

"왜 못 하겠느냐? 어차피 네놈은 근본 없는 파락호일 뿐인 것을. 쯧쯧! 네놈같이 협잡이나 일삼고 다니는 놈을 명분이랍시고 세운 그대들도 참으로 안타깝구려. 아니면······ 같은 패거리인가?"

휘연의 단 몇 마디에 귀빈들의 시선이 바뀌었다.

의심이 또 다른 의심으로 뒤집힌 것이다.

"그래, 혹시······!"

"그럴 수도 있겠군! 가능하지 않겠는가?"

모여 있는 귀빈들이 쑥덕대는 소리가 점점 커져 갔다.

그럴수록 휘연의 입가에 득의한 미소가 스쳤다.

이제 쐐기를 박을 차례.

"게다가 이 파락호 놈의 말이 정말 사실이라면 산동악가라 밝힌 그대들은 어찌하여 당당히 본 문에 따지지 않았소? 굳이 파락호 놈까지 대동할 필요가 있었느냐, 이 말이오."

"두려웠을 것입니다."

휘종엽이 맞장구를 치자 휘연이 반문했다.

"어찌하여 그랬을 것 같으냐."

"모두의 공분을 일으키지 않는다면 본 문을 흔들 수 없었을 테지요! 오히려 파락호 놈과 입을 모아 이룬 산동악가라는 가짜 신분이 들통나 버렸을 것입니다!"

악정호와 악운은 아무 말도 하지 않았다.

그럴수록 휘연의 눈빛이 매서워져 갔다.

"그래, 그게 맞겠군. 그래서 개파대전이라는 말도 안 되는 명분으로 귀빈들을 불러들인 것이야. 본 문이 모두의 공분을 사게 되면 쉽게 무너지리라 생각했겠지! 아니더냐!"

용철이 서둘러 소리쳤다.

"내 손에 증거가 뻔히 있다 이 말이다!"

곁에 있던 휘종엽이 판세를 읽고 휘연을 거들었다.

"닥쳐라, 이놈! 본 가의 어음 전표를 가지고 있다고 한들, 그것이 네놈이 다른 자들에게서 훔친 것인지 아닌지 어찌 판가름할 수 있단 말이냐!"

지켜보던 조 대인이 눈살을 찌푸렸다.

판세는 명확히 뒤집혔다.

'좋지 않구나.'

이미 함께 온 귀빈들 역시 산동악가 부자를 향해 의심의 눈길을 보내고 있었다.

용철의 머뭇거림이 그 의심을 더 증폭시켰다.

"그, 그건⋯⋯!"

"아버님, 소자께 저 간악한 자들의 벌을 맡겨 주시옵소서.

우리 가문을 어지럽게 한 죄를 단단히 받겠사옵나이다! 저 파락호 놈을 내세워 휘경문을 위협한 자들을⋯⋯."

휘종엽이 한껏 노기를 발산하며 검을 치켜 든 그때.

"잠깐."

악운이 침묵을 깨고 앞으로 나섰다.

"이제까지 이자는 단 한 번도 증좌가 휘경문의 어음 전표라는 것을 입 밖으로 낸 적이 없소. 그런데⋯⋯."

악운이 낮게 으르렁댔다.

"그쪽이 어찌 알지?"

가끔 티 없이 완벽해 보이는 동경조차 작은 균열로 인해 와르르 깨져 버린다.

거짓말 또한 그렇다.

이제 휘경문은 감당하지 못할 것이다.

이 작은 반문이 가져올 여파를.

"닥쳐라, 이놈! 어디서 또 간사한 혓바닥을 굴⋯⋯!"

"갈!"

휘종엽이 미처 말을 잇기도 전에 악정호가 나섰다.

"본 가부터 그대들의 질문에 충실히 대답하리다. 그러니 그대들 역시 방금 내 아들의 질문과 이제부터 이어질 내 질문에 완벽히 대답해야 할 것이오."

악정호가 기다렸다는 듯 뇌공을 바닥에 소리 나게 찍었다.

쿵!

화아악!

동시에 뇌공을 타고 피어오르는 기파(氣波)가 강한 풍압을 일으켜 악정호의 장포 자락을 펄럭이게 했다.

"산동악가의 가주만이 지닐 수 있다는 본 가의 독문병기 뇌공이오. 모두 한 번쯤 들어 보셨을 게요. 뇌공은 산천을 꿰뚫을 여의(如意)가 될 수 있고."

철컥!

장창 형태의 뇌공이 반으로 갈라지며 악정호의 두 자루 단창 형태로 나뉘었다.

"바람을 가를 비수(匕首), 즉 단창 또한 될 수 있다. 하여 그것을 완벽히 다루는 자야말로……"

촤르륵!

다시 장창으로 연결된 뇌공이 악정호의 손끝을 따라 묵뢰십삼참(墨雷+三斬)의 기수식을 펼쳤다.

"산동의 벼락이 될 것이다."

이 순간 모두의 시선은 창에 선명히 새겨져 있는 '뇌공'이란 글자를 향해 있었다.

내려앉은 정적 아래 악정호가 창끝을 휘씨 부자에게 향하게 했다.

"그러니 이제 대답해 보시오. 어째서 진주언가의 가주를……"

악정호의 눈동자에 강렬한 살의가 실렸다.

"잡아 가뒀는가?"

지켜보던 조 대인의 입가에 짙은 미소가 걸렸다.

휘경문의 모든 거짓을 뒤집을 단 하나의 중차대한 진실이자 명분.

"이것이었나?"

보지 않아도 알 수 있었다.

모두의 눈에 서려 있던 휘경문을 향한 의심이 이미 확신으로 바뀌었음을.

사실 악정호가 소문의 '뇌공'이 맞는지 판가름할 만한 눈을 가진 이는 장내에 없었다.

하나 악정호의 정광 깃든 눈빛과 신병(神兵)을 다룬 무공의 기수식은 결코 예사로운 것이 아니었다.

"마, 맞는 것 같은데?"

"사라졌던 산동악가가 정말 동평에서 다시 개파한다고?"

"저분이 산동악가의 가주이시란 거요?"

"그러면 저 육철방 방주가 했던 얘기 역시 전부 사실이란 겐가? 그 숙수가 정말 언가의 가주라고?"

분위기의 반전이 악정호의 의심을 벗겨 낸 것이다.

그럴수록 휘경문은 곤란해졌다.

휘연이 휘종엽을 낮은 목소리로 타박했다.

"가만있을 것이지, 어찌 그리 쓸데없는 소리를 한 게야?"

휘종엽은 아무 말도 못 하고 얼굴이 새빨갛게 달아올랐다.

악씨 부자가 산동악가라는 것을 증명한 이 순간.

휘경문은 더 이상 그들을 용철과 같은 패거리로 묶어 몰아갈 수 없게 됐다.

악운이 한 발 더 나섰다.

"아드님께서 대답을 못 하니 휘경문 문주께서 직접 말씀해 보시지요. 용철 저자가 언급한 증좌가 휘경문의 어음 전표인 것을 어찌 알았는지, 또한 그저 대화하기만을 원했던 언 가의 가주를 어찌하여 가두셨는지."

휘연이 악운의 말을 단호히 잘랐다.

"닥쳐라! 어째서 거짓을 통해 모두를 현혹하려 드느냐!"

"그건 제가 원하는 대답이 아닙니다."

"이놈이, 그래도!"

그 순간 악운이 성큼성큼 걸음을 옮기기 시작했다.

그러더니 휘경문 문원들이 있는 쪽을 쳐다봤다.

"지금부터 잘 들어라. 새벽녘, 너희 휘경문에서 보낸 자객들이 내 손에 죽었다."

"그놈은 추혼오객이 따르는 고후라는 자요!"

이미 고후와 안면이 있었던 용철이 재빨리 덧붙였다.

기세를 몰아 악운이 말했다.

"이쯤 되면 너희들도 휘경문에 좋지 않은 쪽으로 방향이 기울었다는 것쯤은 눈치챘겠지. 하나 받은 것이 있으니 쉽게 움직이진 못할 것이야."

이런 자들 생리야 눈에 훤하다.

"언가의 가주가 어디 있는지 가장 먼저 언급하는 자에게 휘경문에서 내놓은 어음 전표를 내주마. 적으로도 두지 않겠다."

휘경문은 유구하게 이어져 온 곳이 아니다.

즉, 공고히 다져져 있지 않은 세력은 필요에 의해 만들어진 관계일 뿐이니.

쥐고 흔들면…….

"동쪽 범보각 지하 뇌옥에 갇혀 있소이다!"

'무너지기 마련이지.'

신뢰 없이 쌓인 집단은 사상누각에 불과하다는 아버지의 언급처럼.

"이이익! 감히!"

부정하던 모든 것이 들통 난 휘연이 진실을 토해 낸 사파 무림인의 목을 단숨에 베어 냈다.

서걱! 투투툭.

'그럴 줄 알았다.'

쥐구멍에 몰렸으니 결국 칼을 빼 든 것이다.

이로써 악운은 휘경문 전표를 내놓을 필요도 없어졌다.

맨 처음 언급한 자가 죽어 버렸으니까.

한편 장내에 모인 귀빈과 명숙은 경악했다.

"허어, 어찌! 자기 식솔을!"

"모든 것이 사실이란 말인가!"

"대체 이 죄를 어찌 감당하려 그러시오!"

쏟아지는 비난에도 불구하고 휘연은 피가 튄 검을 내려다보며 싸늘하게 말했다.

"다들 정신 차리시오! 본 문은 그동안 동평의 평안을 위해 애써 온 동평제일문이오! 어째서 그런 협잡 따위를 일삼겠소?"

휘연의 기선 제압에 장내에 모인 이들은 서로를 쳐다만 볼 뿐 아무 말도 잇지 못했다.

"그저 본 문을 무너트리기 위해 저들이 꾸며 낸 흉계요! 방금 내가 베어 버린 이자도 저들이 심어 놓은 간자일 가능성이 높소! 그래서 더는 뱀의 혀를 놀리지 못하게 베어 버린 것이오!"

휘종엽이 얼른 소리쳤다.

"아버님 말씀이 옳습니다. 언가? 말도 안 되는 소리. 언가의 가주라는 사람이 어째서 저따위 파락호 놈의 객잔에서 숙수 노릇을 하면서 본 문의 무공을 도둑질했겠습니까?"

사력을 다해 항변하는 휘씨 부자를 보며 악운은 천천히 범보각이 있는 곳을 쳐다봤다.

이미 원하던 판은 벌어졌으니…….

"그리도 결백하시다면 여러 말 할 것 없이 범보각으로 저희를 안내해 주시지요."

"가 볼 필요조차 없다. 이미 본 문은 본 문의 무공을 도둑질하려 했던 도둑놈을 새벽녘에 붙잡았다."

"처음엔 단호히 부정하다가, 이젠 붙잡히지 않았다고 하던 도둑이 갑자기 붙잡혔다? 일부러 가둬 놓고 못 잡았다 거짓말 친 것은 아닙니까? 혹시 언가의 무학을 빼돌리려고?"

악운이 정곡을 찔렀지만 휘연은 이를 갈며 노기를 눌렀다.

"도둑놈을 붙잡았다는 것은 오늘 동평에 대대적으로 알리려 했다. 게다가 놈이 언가의 가주인지는 전혀 몰랐다. 정말로 그렇다고 해도 놈은 그저 도둑놈일 뿐이야!"

그 순간 언예랑이 소리쳤다.

"거짓말! 아버지는 긍지 높은 진주언가의 가주야! 절대 남의 것 따위 훔치지 않아! 아버지를 데려간 건 너희잖아!"

"저놈이 감히 누구 앞이라고!"

휘종엽의 살기 섞인 시선이 언예랑을 향했다.

악운이 그 시선을 가로막고 섰다.

"명가의 후손이니 말 가려 하시지."

"이 일이 끝나면 네놈부터 베어 주마."

"그 전에 대답부터 들었으면 좋겠는데."

팽팽한 긴장감 속에, 지켜보던 조 대인이 말했다.

"서로의 의견이 이리도 대립하니 휘경문이 가뒀다는 언가의 가주께 직접 이 모든 사태를 물어보는 것은 어떻겠소?"

휘연은 대답 대신 입술을 질끈 깨물었다.

최대한 발뺌해 봤지만 이젠 한계에 부딪혔다.

그렇다고 마냥 발뺌하기엔, 산동악가 가주가 가져온 증좌들이 너무나도 명백했다.

'이놈들, 모든 상황을 대비하여 왔구나.'

휘연은 조용히 휘종엽을 쳐다봤다.

이젠 달리 방법이 없었다.

"그자를 데려오거라."

그와 마주친 휘종엽의 눈에 이채가 흘렀다.

휘연이 굳이 다른 자들이 아닌 자신을 지목해 언가 가주를 데려오라고 한 이유.

그게 무엇인지 휘종엽이 모를 리 없었다.

마지막 한 수.

'살인멸구.'

그래, 그리되면 언가의 유산은 물 건너가 버린다.

하나 그로 인해 모든 진실의 열쇠를 쥔 자 역시 사라진다.

"그리하지요. 비켜서라! 그자를 데려와 모든 것을 명명백백하게 밝힐 것이다!"

휘종엽은 이를 갈았다.

이번 일만 마무리하면 저 악가 부자를 쥐도 새도 모르게 동평에서 몰아내리라.

그런데…….

"동행하지요. 오는 길에 살인멸구라도 할지 누가 알겠습니까?"

또다시 악운이 휘종엽의 길을 막아섰다.

빠드득!

휘종엽은 더 이상 참을 수 없었다.

이것들만 아니었다면!

휘종엽이 이러지도 저러지도 못하던 찰나.

"동행하거라."

휘연이 재차 하명했다.

"괜한 의심은 떨쳐 내는 것이 좋겠지. 그러니 내 허락 없이 문의 누구도 대공자와 대동하지 말라. 다른 외인도 마찬가지! 하여."

휘연이 정확히 악운을 지목했다.

"여러 명 갈 것 없이 둘이서 다녀오거라. 아무 병장기 없이."

휘종엽은 기다렸다는 듯 허리께에 매어 뒀던 검을 검집째로 풀었다.

휘연이 직접 다가가 그 검을 받아들며 낮게 말했다.

"연무장의 일을 기억하거라."

휘종엽은 호위들과의 일이 스쳐 지나갔다.

'연무장이라…….'

아버지가 원하는 의도는 단 하나였다.

침묵(沈默).

약자의 진실은 드러나지 않으면 그만이다.

"예, 아버님."

휘연은 미소 짓는 휘종엽을 든든한 눈길로 바라보았다.

반면 악정호도 악운이 걱정됐다.

순순히 나오는 것이, 느낌이 좋지 않았던 것이다.

"아들."

"염려 마세요."

"조심해야 한다. 방심하지 말고. 너는 저들의 심사를 잘 모르지 않느냐?"

"그렇죠. 그런데 아버지."

"응?"

악운이 미소 지었다.

"저들도 저에 대해 모릅니다."

어디까지 무엇을 할 수 있는지.

"하긴."

악정호가 의미심장하게 마주 웃었다.

❦

드르륵.

문을 지키는 위사 한 명 없이 뻥 뚫린 지하 뇌옥.

앞장선 휘종엽이 사다리를 타고 내려가 문을 열어젖혔다.

끼익!

뒤따라 안으로 들어서자 코를 찌르는 썩은 내가 났다.

피비린내와 살 타는 냄새가 뒤섞인 고약한 악취.

저벅저벅.

휘종엽은 냄새를 따라 이동해 한 철창을 열어젖혔다.

철컥, 철컥!

그러고는 악운에게 나머지 열쇠들을 건넸다.

"내가 죽일까 봐 그리 의심이 된다니 저자에게 내가 접근하는 것도 의심되지 않겠느냐? 네가 직접 풀어 주거라."

"그러지."

악운이 열쇠를 받아 들어 철창 안으로 들어갔다.

기척을 느꼈는지 유일하게 철창 안에 갇혀 있던 봉두난발의 사내가 힘없이 눈을 든다.

"누……구……?"

"산동악가의 후손입니다. 이리 진주언가의 가주님을 뵙게 되어 영광입니다."

상상도 못 한 대답이었던 것일까?

언성운은 잠시 아무 말도 하지 못했다.

"나, 나를 어찌……."

"아드님의 노력 덕분입니다. 나가시지요. 제가 모시겠습니다."

악운이 차분하게 언성운을 결박하고 있던 족쇄들을 풀어 주던 그때였다.

철컹!

뇌옥 안으로 통하는 철문이 소리 나게 잠겼다.

이윽고 문을 잠근 휘종엽이 비아냥댔다.

"버러지 같은 것들, 잊힌 것들이 서로를 돕는다고 한들 현실이 달라질 것 같으냐!"

돌아가는 상황이 뻔했다.

"본 문의 독문병기는 검이 아니다."

휘종엽이 품속에 숨겨 뒀던 수투를 착용하며 걸음을 옮겼다.

"권이지. 해서 창이나 쓰는 네놈과 달리 검이 없어도 무관하다. 슬슬 상황 파악이 되느냐?"

의기양양해진 휘종엽이 씩 웃으면서 악운을 노려봤다.

"불행하게도 네놈은 언가의 가주를 죽이려다 실패하여 내 손에 죽게 된 것으로 알려질 게야."

악운은 담담했다.

애초부터 휘경문은 이럴 작정이었을 것이다.

창을 두고 오게 한 것도 이 과정의 일환이었을 것이다.

상황을 보아하니 보나 마나 놈들 무공의 근간은…….

"처음부터 언가의 무공을 훔쳐 제 놈들 무공이라 떠들어 온 것이군요."

언성운의 눈가가 파르르 떨렸다.

"돕겠소."

"그럴 수 없다는 건 잘 아시지 않습니까?"

악운의 눈에 비친 언성운의 몸은 최악이었다.

어디서 그런 힘이 났는지 언성운이 악운의 어깨를 꽉 쥐었다.

"할 수 있소."

"언가의 고집은 대대로 내려오나 봅니다. 하나 오늘만은 꺾어 주시지요."

언성운의 얼굴에 과거 언중헌의 모습이 스쳤다.

"나 말고 다른 언가의 사람을 아시오?"

"예, 잘 압니다. 아드님이 아주 고집불통이더군요."

악운이 미소 지으며 철창 밖으로 나섰다.

그사이 여유 있게 다가온 휘종엽.

"너무 원망치 말거라. 다 네놈이 자초한 것이니."

"글쎄. 어쩌지?"

악운이 가벼이 주먹을 말아 쥐면서 덧붙였다.

"주먹이라면 나도 좀 쓴다만."

말이 끝나기 무섭게 휘종엽의 주먹이 쇄도했다.

펑!

예상대로였다.

쐐액, 쐐액!

언가의 권법이 휘종엽의 주먹에 녹아들어 있다.

펑! 펑!

간격을 좁히고 연격을 매섭게 날린다.

휘경문의 우각권(牛角拳).

소의 뿔이 돌진하듯 매섭다.

가뜩이나 비좁은 뇌옥 안.

휘종엽의 공세를 피할 자리는 마땅치 않았다.

"그래, 계속 피해 보거라!"

순식간에 수세에 몰린 것을 본 언성운이 사력을 다해 외쳤다.

"쿨럭! 정면으로 맞서지 말게! 저자의 우각권은 완벽하지 않아. 느린 발이 약점일세."

그리고 말을 끝내기 무섭게 언성운은 경악했다.

'저것은.'

충고를 듣자마자 변화한 악운의 움직임이 흡사…….

'귀영매?'

언가의 대표적인 신법 절학 '귀영매(鬼影魅)'와 흡사했던 것이다.

'내가 잘못 본 것인가?'

귀영매는 어디에서도 유출된 적 없었다.

휘경문에서조차 귀영매를 얻고자 자신을 고문하지 않았던가?

한데 대체 어디서 저 신법을 배웠단 말인가?

당혹스러운 의문이 솟은 그때.

악운의 일 권이 또 다른 변화를 일으켰다.

쿠우우웅!

그건 놀랍게도 휘종엽보다 더 빠르고 정확한…….

"우각균진권!"

휘경문의 우각권이 아닌, 완성된 우각균진권이 언가의 틀림없었다.

'이럴 수가!'

우각균진권과 귀영매.

산동악가의 후손이 그걸 익히고 있을 리 없다.

그럼, 설마……!

'싸우면서 상대의 무공을 습득하는 것도 모자라 부족한 바를 창안까지 하고 있단 말인가.'

믿기지 않는 기사에 언성운은 숨이 멎는 기분이 들었다.

　-소는 뿔에만 의지하지 않는다.

　-뿔은 날카로움이 아니라 균형의 상징이다.

　-균형은 신중해야 가능하다. 한번 진격을 결정한 무소가 돌아보지 않는 이유다. 충분히 신중했기 때문이다.

　-하여 언가의 일 권은 그저 무지막지하게 주먹만 뻗어 대는 것이 아니라 균형을 이해해야 한다.

　-그것이 곧…….

'우각균진권의 존재 이유다.'

천휘성은 의형제들에게 수많은 조언을 얻었고, 그중엔 의형제였던 언판호권(彦判號拳) 언중헌도 포함되어 있었다.

"말도 안 돼! 어째서냐, 어째서!"

휘종엽의 눈에 경악이 실렸다.

놈은 모를 것이다. 이 일 권에 어떤 의미가 깃들었는지, 어떤 삶들이 쌓여 있는지.

쾍!

턱이 부서지는 이 순간까지도.

그러니.

쿠아앙!

"너는 자격이 없다."

휘종엽이 휘청댄 순간.

퍼퍼퍼퍽!

이미 무소의 전진은 시작됐다.

쾅!

두 주먹이 한 치의 오차도 없이 휘종엽의 전신을 북처럼 두드렸다.

쿵!

잠시 한차례 비틀거린 휘종엽이 뒤로 힘없이 넘어갔다.

즉사는 아니다.

일부러 멈춘 것이 아니라 휘종엽에게 막혀 못 한 것이다.

방금 전 휘종엽과 나눈 손 속이 악운의 뇌리를 스쳐 지나 갔다. 비장의 패를 쓰지 않아도 될 정도의 상대였다.

그럼에도 완벽히 제압하지 못한 건 부족한 점이 많다는 얘기.

'아직도 멀었군.'

하나 무엇을 놓쳤는지 부족했는지를 아는 건 그다음 경지로 넘어가는 가장 중요한 열쇠다.

대부분 그 열쇠를 찾지 못해 시간을 허비한다.

하지만 아직 시간이 모자라 닿지 못했을 뿐, 막연한 것들은 아니었다.

무엇을 수련해야 할지 정확히 알고 있으니까.

저벅.

악운은 차가운 눈길로, 발작을 일으키고 있는 휘종엽을 내려다봤다. 추가적인 손 속은 쓸데없는 짓이다.

어차피…….

'범부에 못 미치는 삶을 살 게다.'

단전이 깨져 내공은 못 쓸 것이고, 오장육부와 사지는 제 역할을 할 수 있을지 장담 못 할 것이다.

그토록 열망하던 미래를 잃었을 테니 벌로써는 충분했다.

"……자네."

언성운이 철창 사이로 보인다.

"대체 어떻게 한 겐가. 언가의 무공을 어찌 구사한 게야?"

"이것이 언가의 무공입니까?"

"그럼 무엇인 줄 알고 펼친 겐가?"

악운은 잠시 고민하다가 대답했다.

"모르겠습니다, 어떻게 한 건지는. 그저 제가 수련해 온 것들을 근간으로 상대를 느끼고 그에 맞게 변형해 보았습니다."

언성운이 눈을 번쩍 떴다.

상대의 허점을 꿰뚫기 위해 상대를 이해한다니.

'설마 파훼법을 통해 귀영매와 우각균진권의 형태에 도달했단 말인가?'

하긴 생각해 보면 불가능한 것도 아니다.

파훼법의 근간은 파훼를 하기 위한 무공의 연구로부터 시작된다.

'다만.'

목숨이 걸린 싸움터에서는 아무도 택하지 않는 미친 짓이자 정해진 틀에서도 한참을 벗어난 무론이다.

설사 가능하다 해도 숙련도 없이 이 정도 수준의 형태를 구사한다고?

꿀꺽!

언성운은 말을 잇지 못하고 마른침만 삼켰다.

그게 가능하다는 것을 악운 스스로 보였기 때문이다.

악운은 할 말을 잃고 선 언성운을 보며 슬며시 미소 지었다.

'이제 된 것 같군.'

사실 한 번 보고 어떻게 언가의 형을 따라 하겠는가.

아예 없는 말도 아니긴 하다만.

'제아무리 천재라도 그건 시간이 걸릴 일이지.'

하나 악운은 가능했다.

이유는 경험 섞인 감각을 동반한 천휘성의 기억.

언판호권과 무공을 주고받으며 조언을 나눠 왔던 세월이 형태를 순식간에 좇을 기반이 된 것이다.

'그마저도 상대가 모자랐기에 가능했던 것이지.'

상대가 언성운이었다면 얘기가 달라졌을 것이다.

하지만 상상은 각자의 몫.

이미 언성운의 눈은 악운을 사상 초유의 천재로 바라보고 있었다.

"정말이라면⋯⋯."

언성운이 떨리는 손끝으로 철창을 콱 잡았다.

"무림이 뒤집히겠군."

"다른 의미 때문에 그리될 겁니다, 아마."

"음?"

악운이 밖으로 나가는 통로를 돌아보며 웃었다.

"진주언가의 가주께서 쓴 누명이 벗겨지는 날일 테니까요. 돌아오신 것을 경하드립니다."

악운이 언성운에게 다가가 그를 부축했다.

이제 나갈 시간이었다.

악운이 언성운을 부축해 나타난 순간.

장내가 고요해졌다.

"내, 내 아들은 어디 있느냐!"

휘연이 노성을 담아 소리쳤다.

악운이 기다렸다는 듯 휘종엽이 착용하고 있던 수투를 땅바닥에 던졌다.

툭.

대답은 충분했다.

"이이익……!"

휘연이 눈을 부릅뜬 사이, 언성운이 이를 악물었다.

"나, 언가의 가주 언성운은 현 시간부로 휘경문이 벌인 더러운 협잡에 대해 여기 모이신 귀빈들께 낱낱이 고하려 하오."

언성운은 막힘없이 자신이 겪은 얘기를 꺼냈다.

악정호와 용철의 증언과 증좌.

불리할 때마다 말을 바꾼 휘연의 행동.

그 모든 것이 언성운의 증언의 기반이 되었다.

모두의 의심은 이제 견고한 확신이 됐다.

"쯧쯧, 이런 작자들을 동평제일문이라고 떠받들었으니 동평에 머무는 일인으로서 치욕스러울 따름이오!"

조 대인의 한마디를 기점으로 의심했던 모두가 진실의 확신을 가졌다.

휘경문의 세력이 두려워 눈치만 보던 이들도 서서히 고개를 끄덕였다.

이제 휘경문의 독주를 마주할…….

"나 언성운은 진주언가의 가주로서 산동악가의 가주께서 베푼 은혜에 감사드리오."

산동악가가 동평에 개파했기 때문이다.

뇌공을 든 악정호가 꿀꺽 마른침을 삼켰다.

곁에 선 조 대인이 악정호에게 낮은 목소리로 말했다.

"가주, 이럴 땐 한 말씀 하시는 것이오. 오늘은 산동악가의 개파대전이지 않소."

"아 참, 그렇지요. 이런 시선을 받아 보는 게 너무 오랜만이라서……. 하하! 고맙습니다. 하지만……."

악정호가 언예랑의 손을 이끌어 앞장세웠다.

"개파대전보다 더 중요한 재회가 남았지요. 자, 어서 아버지께 가 보거라."

악정호는 마침내 마주 선 언예랑과 언성운을 흐뭇하게 바라보았다.

언예랑의 눈가가 그렁그렁해졌다.

얼마나 기다렸던 순간인지 모른다.

아무도 믿어 주지 않았던 지난날의 설움이 물밀듯 밀려들었다.

"흑흑, 아버지!"

언예랑이 언성운의 품속으로 뛰어들었다.

"우리 아들, 아무 말도 못 하고 떠나서 미안하구나."

언성운은 언가의 일들은 어린 아들이 아닌 자신 혼자 감당해야 한다고 생각했다.

그래서 아무 이야기도 해 주지 않았다.

얼마나 막막하고 무서웠을까?

언성운은 미안한 만큼 예랑을 꽉 끌어안았다.

아들의 온기가 너무 따뜻했다.

귀빈들이 잠시 휘연의 눈치를 보더니 이내, 감동적인 재회에 박수와 환호를 하기 시작했다.

동시에 조 대인이 기다렸다는 듯 소리쳤다.

"자, 이제 산동악가의 동평 개파에 이의 있으신 분은 말씀해 보시오!"

명분을 잃은 휘경문과, 동평에 자리 잡을 명분을 얻은 산동악가.

중의가 폭압보다 덕망으로 기우는 건 당연했다.

"찬성이외다!"

"산동악가의 재개파가 동평에서 이뤄지다니! 참으로 영광이외다!"

"와아아!"

이쯤 되자 조 대인이 악정호에게 충고했다.

"가주, 이제 때가 된 것 같소."

악정호는 조 대인이 무슨 말을 하는지 금세 눈치챘다.

눈을 가늘게 뜨며 모든 걸 방관하는 휘연의 분위기가 심상치 않았던 것이다.

"자, 이제 귀빈들께서는 본 루주의 안내에 따라 태평루로 드시지요. 악가 가주께서 가문의 새로운 총관이 된 이 조가에게 귀빈들을 모실 기회를 주셨소!"

악운은 내심 감탄했다.

'얻을 것은 얻었으니 당분간 불필요한 유혈은 피한다. 과연 조 대인.'

죄가 최악으로 치닫긴 했으나 휘경문은 아직 정파 문파다.

백주 대낮에 명분 없이 피를 보는 건 휘경문의 명예를 송두리째 버리는 거였다.

'해서, 이를 활용한다?'

유혈 사태를 피하는 것과 동시에 동평 연맹으로 하여금 휘경문을 견제하려는 것이다.

'하나 그건 일이 좋게 풀렸을 때나 가능한 게지.'

정파와 사파를 가르는 것들은 그저 종이 한 장 차이일 뿐.

무신으로서 경험해 보지 않았던가.

'오늘의 일을 통해 이자에게 정파로서의 껍데기는 더 이상 필요 없는 것이 됐다.'

악운은 조 대인의 인도를 따라 밖으로 빠져나가는 귀빈들을 보며 악정호를 불렀다.

"아버지!"

"그래."

곁에 선 악정호가 눈을 빛냈다.

"모든 분들을 무사히 탈출시켜 주세요."

"그게 무슨 말이냐?"

악정호의 반문과 함께 쾅, 쾅 연달아 큰 소리가 나며 장원의 모든 문들이 봉쇄됐다.

뿌드득!

휘연이 그제야 살기를 드러냈다.

"씹어 먹어도 시원찮을 것들! 네놈들은 단 한 놈도 이곳에서 살아 나가지 못할 것이니라!"

이어서 휘연이 이글거리는 눈동자로 휘경문 편에 선 사파 무림인을 돌아봤다.

"네놈들 역시 내 말을 거역하면 그 즉시 목을 칠 것이다!"

그 말이 끝나기 무섭게 사파 식객들이 일제히 사방을 가로막았다.

그제야 휘연이 검을 던지고 품속에서 투명한 수투를 꺼냈다.

'저건?'

악운의 눈에도 익숙한 가보였다.

"초대 가주께서 인면지주를 잡아 그 거미가 내뿜는 실과 운철을 이용해 제작하였다는 본 가의 신물, 포염라(包閻羅)요. 내가 회수하려고 했던 언가의 유산이지."

"큭큭!"

살의와 함께 느껴지는 진득하고 사이한 기운.

악정호는 확신했다.

"이 불온한 기운은 언가의 것이 아니야. 어찌 된 거지?"

이제껏 휘경문의 뒤를 쫓아온 언성운이 그 이유를 알고 있었다.

"호리독심이 훔친 것은 본 가의 무공만이 아니었소. 본 가의 무공은 제 아들에게 익히게 하고 저자는 사이한 무공을 익힌 모양이오."

"그랬군요."

악운 역시 지독한 적의를 드러냈다.

'질퍽하며 짙다.'

어디선가 느껴 봤다 했더니 이거 분명…….

'혈교의 냄새가 난다.'

악운이 앞으로 나섰다.

가슴속에 잠들어 있던 강한 열기가 점점 끓어오른다.

악에 대한 미움.

악에 대한 증오.

잊고 있었던 파사(破邪)의 운명.

휘연의 얼굴과 혈교 교주 놈의 얼굴이 묘하게 겹쳐 보였다.

"아버지."

"그래."

"여긴 모인 분들을 지켜 주십시오. 어서요."

길게 얘기할 틈이 없었다.

휘경문의 전력이 귀빈들을 향해 쇄도했다.

"다 죽여라!"

"한 놈도 빠짐없이 죽여!"

난전이 시작된 것이다.

챙, 챙!

곳곳에서 귀빈들과 휘경문의 전력이 부딪쳤다.

동진검가와의 세력 다툼을 위해 준비된 전력이 소수의 정예만 데리고 온 귀빈들에게 쏟아진 것이다.

"가주!"

"아버지!"

"아부지! 으아앙!"

조 대인이 황급히 의지와 제후를 데리고 악정호에게 다가왔다.

만약을 대비해 조 대인이 데려온 기루의 호위들이 아이들과 그 주변을 물샐틈없이 호위하고 있었다.

"운이 너는 동생들을 데리고 여길 빠져나가라!"

"아버지!"

"안 돼! 문주는 네 상대가 아냐!"

퍽, 펑!

악정호와 악운이 쇄도한 사파 고수들을 각각 창으로 쓰러트린 후 서로를 쳐다봤다.

"뇌공을 빌려주세요. 싸우려는 것이 아니에요!"

"그럼?"

"발목을 잡아야 합니다. 전 모두를 지휘하고 지켜 가면서 싸울 만큼 경험이 있지도, 여유가 있지도 못해요!"

악운이 또 다른 적의 목을 낚아채 순식간에 두드렸다.

퍼퍼펑!

잠시 동안 적들 사이로 몸을 가렸던 휘연이 보였다.

"하지만 적의 수장을 묶어 둘 수는 있죠."

곁에 있던 언성운이 침음을 삼켰다.

"가주, 아드님의 말이 맞소."

"하나……!"

악정호가 뇌공을 쥔 손을 부르르 떨었다.

"아무 도움도 못 되는 것이 송구하나 모두의 두려움을 용기로 바꾸려면 정신적 지주가 필요하오."

조 대인도 의견을 보탰다.

"그 말이 맞소, 가주."

악정호는 더 이상 부정할 수 없었다.

운이의 말대로 상대들을 빠르게 제압해 전황의 흐름을 바꿔야 했다.

"아버지, 어서요!"

악운이 뇌공 위에 손을 올렸다.

그 순간 조 대인의 어깨 너머로 날아오는 창날.

쐐액!

악정호가 벼락같이 뇌공을 놓고 손을 뻗었다.

"이 쓰레기 같은 것들이!"

"으악!"

가슴을 맞고 비틀거리는 사파 무림인.

악정호가 빈틈을 놓치지 않고 그의 얼굴을 낚아채 땅바닥에 꽂았다.

푸스스!

축 늘어지는 사파 무림인.

그제야 손을 뗀 악정호가 뜨거운 눈으로 악운을 응시했다.

"아버지."

"가라. 아비가 졌다."

고개를 끄덕인 악운이 뇌공을 쥐고 휘연을 향해 땅을 박찼다. 악정호는 아들이 남긴 창을 고쳐 쥐며 새삼 격세지감을 느꼈다.

'언제 이리 큰 건지.'

객잔에서의 싸움.

운이에게 무림인으로서의 각오에 대해 운운하던 때가 스쳐 지나갔다.

이제 보니 그런 질문은 아들에게 무의미했던 거 같다.

'이미 준비되어 있었던 게야.'

오히려 각오는 자신이 했어야 했는지도 모르겠다.

다치는 건 물론이고 늘 죽을지도 모르는 생사의 경계를 넘나드는 아들의 모습을 바라봐야만 하는 부모로서의 각오를…….

뿌드득!

악정호는 입술을 굳게 다물며 천천히 운이에게서 돌아서서 일행을 돌아보았다.

이제 받아들여야만 한다.

아들에게는 아들의 길이.

'내게는.'

"갑시다. 활로는……."

산동악가 가주로서의 길이 시작됐다는 것을.

"내가 열리다."

이제야 가주로서 무엇을 해야 할지 판단이 섰다.

악운은 빠르게 난전을 지났다.

쐐액.

묵직한 일 보와 함께 창과 도가 날아왔다.

'느려.'

기초 외공을 비롯해 역근경으로 단련된 근육이 발판 역할을…….

　쿵!

　내디딘 발끝과 함께 기울어진 뇌공이 적들의 병장기와 부딪쳤다.

　펑!

　충돌로 인한 반동과 함께 시작된 탄첩.

　파생된 탄성력이 뇌공에 담긴 거력을 증폭시켰다.

　'비화심창, 일관심.'

　마음을 가르는 창이 못 뚫어 낼 것이 어디 있겠는가.

　"커흡!"

　"커헉!"

　피를 토하며 붕 날아오른 두 명의 적들.

　쿠당탕탕!

　볼썽사납게 나뒹구는 그들의 병장기는 정확히 반으로 쪼개져 있었다.

　"놈을 막아!"

　"문주님에게 돌진한다!"

　적들이 눈앞을 겹겹이 둘러쌌다.

　성난 파도와 같이 휘둘리는 적들의 병장기들.

　열맷 자루에 모인 거력이 정수리로 떨어졌다.

　콰직!

뇌공이 일(一)자로 누우며 모든 병장기를 받아 냈다.

각 병장기의 무게와 그 안에 실린 내공, 근력 모든 것을 합치면 그야말로 천근의 무게.

"으드드득!"

이를 갈며 적들 사이로 휘연을 노려봤다.

겨우 이까짓 벽도 못 넘을 것 같은가.

그리고…….

"미, 밀린다!"

"미친!"

이것이 이제껏 태양진경의 한 조각이며 외수구(外水口)라 불린 양혼지무(陽魂支舞)를 수련해 온 이유.

무너질 것 같아도 태양진경을 수련한 자는 한계 이상의 혼신을 다해 싸울 수 있다.

'끊임없이 양(陽)을 길러[養] 왔기에.'

악운의 입가에 상황과 어울리지 않게 미소가 스쳤다.

"후웁!"

꺼질 것 같던 활력이 온몸의 근육을 더 강력하게 솟구치게 했다.

채애애앵!

순식간에 튀어오른 병장기들.

"끄아악!"

"커헙!"

기다렸다는 듯 뇌공이 병장기를 놓친 적들의 가슴을 빠르게 훑고 지나갔다.

서걱! 쐐액!

악가의 일첨보가 폭발적인 속도를 내고 태신보가 이보에 연결되어 그 힘을 유지시켰다.

그리고 마지막 삼보, 성혜도약법(成慧跳躍法)이 솟아 올린 가속을 한 번 더 쥐어짜 냈다.

솨아아!

완성된 비화심창의 '일관심'은 눈앞에 있는 자들이 막을 수 있는 것이 아니다.

"놈을 막아!"

"문주님에게 닿지 못하게 해라!"

추가로 앞을 가로막은 휘경문 문원들의 포위가 엄청난 속도로 찢겨 나갔다.

콰직! 쐐액!

창, 도, 검.

뇌공에 부딪친 것들이 반으로 연달아 쪼개지며 팔과 가슴이 꿰뚫린 자들이 악운의 보보마다 빠르게 스쳐 지나갔다.

그리고 마침내.

쿵!

악운이 뇌공으로 땅을 찍으며 거친 숨을 다스렸다.

"오래…… 기다렸나?"

마주 선 휘연의 두 눈에 짧은 이채가 흘렀다. 이미 그는 용철의 가슴을 주먹으로 꿰뚫고 있었다.

"커헉."

피를 토하는 용철을 옆으로 집어 던진 휘연이 악운을 향해 다가오며 말했다.

"그래, 잘 왔다."

그 이상의 대화는 없었다.

펑!

대신 포염라와 부딪친 뇌공이 크게 흔들렸다.

맞닿은 창과 수투.

치치치칙!

강렬한 불꽃이 튀며 휘연이 이를 갈았다.

"네놈 아비에게도 똑똑히 느끼게 해 주마. 자식을 잃은 것이 어떤 기분인지."

두 눈이 혈안이 된 휘연은 이미 아들을 잃은 광기에 사로잡혔다.

쐐애액!

솟구치는 일 권.

펑! 펑!

기세 오른 악운마저 휘청거릴 위력이었다.

여실히 느껴지는 경지의 차이.

하나 사파, 정파, 혈교, 새외 등을 상대하며 천휘성은 수

많은 초식을 견식해 배워 왔고 조언받았다.

'아라륙보권(牙拏戮潛拳)'이로구나.'

그야말로 걸어 다니는 무공 서재.

회피하는 것에 있어 무공을 알고 모르고의 차이는 크다.

지금처럼.

쏴아아!

경지의 차이가 큰데도 악운의 움직임은 정확히 계획된 채 움직이며, 필요한 순간에만 부딪쳤다.

적재적소의 순간적인 반응.

그에 따른 변수 예측까지.

'한 번이라도 가격당하면 불리해진다.'

언가의 가보까지 착용한 휘연의 일 권이 지닌 위력은 능히 일류에 버금간다.

쾅!

'확실히 버거운 상대인가.'

차학!

결국 뜨거운 피가 볼을 타고 스쳤다.

툭!

하지만 만질 새도 없이 잔걸음을 치며 물러났다.

휘연이 뒤를 바짝 쫓아오며 악운의 마음을 흔들었다.

"두렵지 않으냐! 지금 흘린 피는 시작에 불과하다."

경지가 오를수록 내공을 자유자재로 활용하며 닿는 범위

가 커진다.

'현재로서는 피하는 게 최선이야.'

객관적으로 봐도 그렇다.

달마세수경과 혼세양천공의 맥에서 흘러나온 내공이 일관심법의 간 안에서 공생하고 있음에도……

'밀려.'

때마침 쾅! 소리가 나며 휘연의 권장으로 인해 발치가 깊게 파였다.

"쥐새끼 같은 놈."

아버지를 설득한 이유대로라면 놈의 말대로 쥐새끼가 되어야 했다.

'놈의 발목을 묶어 놓는 것이 내가 할 일.'

지금까지의 성과로도 충분히 성공적인 것이다.

하지만 그건 아버지를 위해 그런 것일 뿐!

악운은 애초부터 그럴 생각이 없었다.

어느 순간.

촤르륵!

피하기만 하던 악운의 창이 변화를 일으키며 휘연에게 쇄도했다.

번쩍!

휘연은 비웃었다.

제법 괜찮은 일격이나, 그래 봤자 궁지에 몰린 쥐새끼의 발악인 것을!

"네놈의 필패이니라!"

반투명한 권영(拳影)들이 뇌공 위에 쏟아졌다.

대항하듯 좌우로 낭창낭창 휘둘리는 뇌공.

퍼퍼퍼퍼펑!

기세 좋게 찔러 들었던 악운이 권영에 부딪치며 수세에 몰렸다.

금방 쓰러질 것처럼 위태로워 보이던 그때.

처음으로 악운의 창이 강하게 휘둘려 휘연을 밀어냈다.

펑!

마치 북 찢어지는 소리와 함께 잔걸음을 치며 뒤로 물러난 휘연.

그의 눈에 이채가 흘렀다.

"이놈이?"

분명 완벽한 연격이었다.

창과의 간극을 좁혔고 놈을 점점 궁지로 몰아넣었다.

권영에 찢겨 걸레짝이 된 놈의 옷만 봐도 알 수 있는 사실이었다.

'그런데 어째서……?'

악운은 반보도 채 물러나지 않고 간극을 유지하고 있었다.

끊임없이 뒤로 물러났던 처음의 모습과는 확연히 달라진 변화였다.

서둘러 끝내야 할 것 같은 위화감이 느껴졌다.

"장난은 이쯤해 둬야겠구나."

"안 끝낸 것이 아니라 못 끝낸 것이겠지. 아닌가?"

악운은 창선을 길게 빼며 몸의 무게를 뒤쪽으로 실었다.

뇌공의 창대를 쥔 두 손은 이미 비화심창을 펼칠 때와 달리 날 쪽으로 더 가깝게 쥐어 있었다.

"이미 느끼고 있을 테지."

"……."

악운의 말과 함께 휘연의 눈에 문득 착용하고 있는 수투가 보였다.

아니, 수투를 착용하고 있는 자신의 손이.

'떨리고 있다?'

뇌공과 부딪친 두 손이 이유 없이 파르르 떨리고 있었다.

번뜩!

눈을 부릅뜬 휘연을 향해 악운이 다시 동작을 고쳤다.

놈의 떨림과 혼란이 보인다.

"네놈의 오만을 더는 눈 뜨고 못 보겠구나. 당장 찢어발겨 주마."

악운은 대답하지 않았다.

대신 한계치까지 솟아오른 내공의 가속도를 느끼며 눈을 반개했다.

'숨겨 둔 비장의 한 수.'

또 다른 간에 있던, 공동파의 복마심법(伏魔心法)을 추가로 일으킨 것이다.

최소한의 충돌과 회피로 내부를 다스릴 시간을 벌었으니…….

'이제 됐다.'

온몸이 찢어질 것 같은 한계에 달했지만 괜찮다.

파지짓!

그로 인해 뇌공은 방금 전보다 수배는 강해졌다.

"찢어발기다 못해 삼켜질 걸."

복마심법은 파사를 위해 태어난 호랑이를 깨운다.

모든 병기를 더 날카로이 벼리게 하는 공동파의 '호황대력기(號晃大力氣)'를 통해…….

"네놈이다."

족쇄 풀린 맹수가 악운의 눈에 들어찼다.

그 순간.

쾅!

휘연이 먼저 쇄도해 왔다.

'바라던 바!'

악운은 뇌공을 뻗어 쏟아지는 권영에 차분히 맞섰다.

우선 경험을 바탕으로 한 예민해진 감각이 회피를 가능케 한다.

쐐액! 쐐액!

스쳐 가는 권격을 악운이 뇌공과 한 몸이 되듯 미끄러지듯 피해 냈다.

모든 면의 수준 차이를 감안했을 때 믿기지 않는 상황!

휘연이 더욱 분노했다.

"이노오옴! 오만한 낯짝부터 뜯어 주마!"

악운은 확신했다.

'시작됐다.'

휘연의 동작이 미세하게 커졌고 내공의 효율성이 떨어졌다.

펑! 펑!

뇌공을 통해 전해지는 반탄력이 말해 주고 있다.

권영이 닿던 범위가 줄어들고 활력이 감소했다.

그럴수록.

채채채챙!

뇌공의 범위가 늘어나고 태양진경의 활력이 빛을 발했다.

타타타탁!

상황이 반전되어, 잔걸음 치며 물러나는 휘연을 뇌공이 뒤쫓았다.

으드득!

이를 간 휘연이 창날을 강하게 후려치며 기세를 꺾으려 했다.

그 찰나.

펑!

권격에 부딪친 뇌공은 처음 부딪쳤을 때와는 비교도 안 될 정도로 흔들림이 없었다.

오히려 금세 선회해 휘연의 가슴을 찔렀다.

"허업!"

휘연이 헛바람을 삼키며 황급히 뒤로 물러났다.

쾅!

대신 뇌공이 내려찍힌 땅이 움푹 파였다.

전세가 뒤집힌 것이다.

"어째서냐!"

악운은 대답 대신 계속 뇌공을 뻗었다.

쾅! 쾅!

휘연도 피하기를 포기했는지 정면으로 부딪쳐 왔다.

쏴아아!

권영과 창영이 뒤섞이며 강한 기파를 일으켰다.

그럴수록 휘연의 얼굴이 일그러지는 게 보였다.

'다 왔다! 조금 더!'

악운은 더욱 굳세게 뇌공을 쥐었다.

'호황대력기'는 정말 대단했다.

상대의 내공 응집을 흩트려 일점(一點)의 파괴력을 감소시킬 뿐 아니라, 손에 쥔 병기를 훨씬 날카롭게 만든다.

뇌공이란 신병을 만나 더욱 증폭된 이 위력은 역천의 수련법을 가진 마공을 마주하면 훨씬 더 크게 증폭된다.

'흔들린 평정, 천적에 가까운 무공.'

이 모든 것으로 놈과의 내공 차이를 메웠으니, 승패를 좌우할 요인은 활력과 경험의 차이뿐!

푸욱!

뇌공이 한 치의 오차도 없이 정확하게 휘연의 어깨에 박혀들었다.

"이이익……!"

분노한 휘연이 창대를 부러트리려는지, 반대편 손으로 창대를 내리쳤다.

펑!

하지만 뇌공은 산동악가의 신병이기.

부러지지 않고 계속 나아갈 뿐이었다.

빠드득!

뇌공이 흔들림 속에서도 뼈와 살을 짓이기며 깊숙이 들어갔다.

"으아아악!"

사력을 다해 창대를 후려치던 휘연이 밀려든 고통에 더 이상 손을 뻗지 못하고 비명을 질렀다.

"끄아아악! 이노옴들! 결국 네놈들의 운명도 똑같을 것이다! 더 악독하고 강한 놈에 의해 무너질 것이다!"

"다를 거다. 우리는……."

악운이 강렬한 눈빛으로 창대를 비틀었다.

철컥!

휘연의 어깨에 꽂혀 있는 창날 부분과 분리된 창대에서 또 다른 날이 튀어나왔다.

"이노오옴!"

악운이 두려움에 물든 휘연을 노려보며 뇌공을 뻗었다.

"이미 무너져 봤으니까."

목이 꿰뚫린 휘연의 고개가 힘없이 툭, 떨어졌다.

❧

"하!"

화림채 채주 야후귀(野猴鬼)는 쓰러진 휘연과 악운을 번갈 아 쳐다봤다.

이미 장내에는 휘경문의 패색이 짙어졌다.

'제길!'

휘경문에서 포섭한 나머지 식객 놈들은 산동악가 가주의 신위에 반항 한번 못하고 쓰러졌고 봉쇄했던 문들 역시 뚫려 버렸다.

그 문을 통해 싸우지 못하는 비무장 인원들이 대부분 빠져 나갔고 싸울 수 있는 자들은 빠른 속도로 안정을 되찾으며 휘경문에 대항하고 있었다.

머지않아…….

'소식을 들은 나머지 놈들의 졸개들이 몰려오겠지.'

애초에 고후의 죽음을 기점으로 일이 틀어졌다는 걸 깨달았어야 했다.

설마 산동악가가 봉문을 깨고 나타날 줄이야.

"채, 채주! 패색이 짙어진 것 같습니다!"

"닥쳐! 나는 눈깔이 없는 줄 알아?"

윽박지른 야후귀가 빠르게 잔머리를 굴렸다.

이제 남은 건 하나뿐.

'저놈이 내 유일한 비책이다!'

야후귀의 눈에 당장 쓰러질 것같이 서 있는 악운이 보였다.

"야."

"예, 채주!"

"살아 있는 새끼들 전부 다 이리로 오라고 해. 산동악가 가주 아들놈 모가지로 여길 빠져나간다."

피투성이가 된 야후귀가 악운의 등을 향해 쇄도했다.

❧

쐐액! 좌학!

강하게 회전해 온 철퇴가 악운의 어깨를 가로질렀다.

"큭!"

피가 튀며 악운이 빠르게 물러났다.

툭. 툭.

어깨부터 찢어진 생살 사이로 핏물이 쏟아지듯 흘러내렸다.

'다행히 뼈는 피했어.'

다가오는 건 느꼈지만 전부 피해 낼 만큼 몸이 따라 주지 못한 것이다.

"후우, 후우!"

악운이 거친 숨과 함께 뇌공에 기댄 채 위태롭게 섰다.

'신체의 한계 없는 성장처럼 체력도 한계가 없으면 좋겠지 만⋯⋯.'

태양진경이 주는 극한의 활력까지 쓴 마당이다.

아무리 성장 한계 없는 신체라 할지라도 혼신을 다한 신체를 회복할 시간이 필요했다.

"네놈의 목숨을 이 몸에게 좀 맡겨 줘야겠구나. 죽이지는 않을 테니 창을 버리고 순순히 따르거라."

놈이 원하는 것은 보나 마나 뻔했다.

"패색이 짙어졌으니 나를 볼모 삼아 도망가려는 것이겠 지."

"알면 됐다!"

야후귀가 다시 땅을 박찼다.

화아악!

순식간에 눈앞을 메우며 쇄도하는 거구.

만신창이가 된 이 몸으로 피할 길은 없어 보였다.

악운은 담담한 눈길을 들어 야후귀의 어깨 너머를 먼 산 보듯 바라보았다.

스쳐 가는 주마등 같은 건 없었다.

이미 겪어 본 죽음 따위.

'두렵지 않으니까.'

악운은 뇌공을 내던지고 온 힘을 마지막 일 보(一步)에 모았다.

목표는…….

쐐애액!

날아오는 철퇴였다.

다음을 위한 기틀

야후귀는 경악했다.

"이런 미친놈이!"

죽음을 각오한 놈과 그렇지 않은 놈은 차이가 크다.

'이놈은 그런 멈칫거림조차 없어!'

부나방처럼 정수리를 가져다 댈 줄은 몰랐다.

"제길!"

놈을 죽이면 볼모로 잡으려는 것까지 엉망이 된다.

하지만 예상 못 한 움직임이었지만 당장 방향을 선회하긴 힘들었다.

'어깨 너머로 방향을 틀어 병장기를 버린다!'

쐐애액!

도끼가 손을 벗어나 악운의 귀를 살짝 베고 등 뒤로 날아가 박혔다.

'대신!'

간극이 좁혀졌으니!

"크흐흐! 잡았다."

야후귀는 손끝에 걸린 악운의 옷깃을 쥐어 세차게 잡아 메쳤다.

"음?"

그러나 악운의 몸은 꿈쩍도 하지 않았다. 그 순간.

"잊었나?"

구궁.

악운의 반문과 함께 등 뒤에서 커다란 그림자가 나타났다.

"진짜 위험한 사람은 우리 아버지야."

어느새 나타난 악정호가 악운이 끌려가지 않게 어깨를 쥐고 있었던 것이다.

"……빌어먹을."

악정호가 회수한 뇌공이 야후귀 앞으로 벼락같이 떨어져 내렸다.

툭.

야후귀의 목이 떨어졌다.

스르륵.

악정호는 그제야 주저앉는 악운을 잡아 안았다.

"이놈아! 제대로 서 있기 힘들 만큼 싸우면 어떡해! 시간만 끌라고 했잖아!"

악정호가 인상을 와락 쓰며 혼을 냈다.

'조금만 늦었더라면……'

생각하기도 싫은 일이 벌어졌을 것이다.

"놈의 어깨 너머로 달려오고 계신 걸 봤어요."

"설사 그랬다고 한들 위험한 선택이었어! 누가 제 병장기도 버리고 상대 병장기 앞으로 뛰어든단 말이냐!"

"아버질 믿고 던진 거예요. 제가 뇌공을 던진 방향으로 뛰어오고 계셨잖아요. 마침 창을 들 힘도 없었고요."

마지막 일 보에 모든 힘을 집중하려면 뇌공은 버려야만 했다.

"대체 뭘 믿고?"

"절 볼모로 쥐려고 했어요. 납치해서 여길 빠져나가려고 한 거죠. 해서 오히려 시간을 벌려면 놈을 당황하게 만들어야 한다고 생각했어요. 예상 못 한 방법으로요."

"하아…… 나 원!"

악운의 말처럼 무방비로 덤벼들었다면 순식간에 수혈이 짚여 더 곤란한 상황이 되었을 것이다.

오히려 상대를 당황하게 해 시간을 번 것이다.

"아버지께서도 놈의 무리가 제 쪽으로 다가오는 걸 보고 미리 눈치채신 거지요?"

"그래, 맞다. 전투를 이탈한 무리가 네가 있는 방향으로 달려가더구나. 그래서 얼른 달려오게 됐지. 마침 내가 더 이상 필요 없어지기도 했고."

악정호는 악운을 안아 든 채 다시 열리기 시작한 문들을 돌아봤다.

개방된 문 사이로 귀빈들과 연관된 무인들이 속속들이 장내에 도착하면서 남은 상황을 정리하는 중이었다.

"다행이네요."

악운이 인파 사이로 조 대인 사람들의 호위를 받고 있는 언가 부자, 의지, 제후 등을 보았다.

정말 여러모로 다행이었다.

"다행은 무슨 다행이야! 몸이 이렇게 엉망인데. 아비는 너 때문에 제 명줄에 못 살겠다!"

"그래도 아버지."

"왜."

"해냈잖아요."

악운의 시선이 쓰러져 있는 휘연을 향했다.

악정호는 잠시 아무 말도 하지 않았다.

운이 걱정에 잠시 잊고 있었다.

'보고도 믿기 힘들구나. 어떻게 스물도 되지 않았는데 일류에 이른 자를 넘어설 수 있단 말인가.'

난전이었다 해도 전장도 아닌 장원 앞마당 안에서 악운이 휘연과 싸우는 걸 보지 못한 사람은 없다.

이미 장내는…….

"휘영검객(麾怜劍客)이 무명소졸에게 쓰러졌다!"

"산동악가의 소가주였어! 틀림없다고!"

"말도 안 돼! 스물도 안 된 나이라고 들었는데!"

"산동악가 소가주가 휘영검객을 쓰러트렸다!"

악운과 휘연의 격전을 목격한 사람들의 목소리로 가득했다.

동평을 지배하다시피 군림했던 일류 고수가 젊은 무명소졸의 무인에게 쓰러진 건 결코 예삿일이 아니었기 때문이다.

"대체 어떻게 한 게야?"

"한 동작 한 동작 전부 설명드려요? 그러기엔 힘이 없는데."

"됐다. 눈이나 좀 붙여. 나머지는 아비가 정리할 테니."

악정호는 더 이상 묻지 않았다.

너무 놀라워 물어보고도 이 질문 자체가 웃기는 질문이라는 걸 알기 때문이다.

'전투는 머리로만 하는 것이 아니니까.'

본능적인 감각, 환경, 대처, 도발 등 수많은 변수가 있었을 테니.

말로 전부 표현할 수 있는 부분이 아니었다.

하지만 그럼에도 분명한 게 하나 있다.

운이는 무사하고 휘연은 죽음을 맞이했다는 것이다.

"아버지."

"좀 쉬래도."

"하나만요."

"뭔데?"

악운이 아버지를 빤히 바라보며 말했다.

"저는 다시 돌아가도 이번처럼 맞설 거예요. 맞서 싸울 일 말의 가능성이 아버지를 도울 수 있다면요. 누가 되고 싶지 않아요."

진지한 악운의 눈빛에 잠시 동안 말이 없던 악정호는 대답 대신 악운의 이마를 손바닥으로 찰싹 때렸다.

"앗, 왜요?"

"네가 남이냐?"

"그건 아니지만 그래도……!"

"아비가 봉문을 깨고 다시 가문을 일으키려는 이유는 단 하나였어."

악정호가 굳은 표정으로 덧붙였다.

"내 자식들인 너희의 평온한 미래야. 그러니 네가 내 자식 인 이상 아비 발목은 언제든 잡아도 돼. 알았어?"

"예."

"제발 무리하다가 다치지도 말고."

"그럴게요."

"수련 강도도 지금보다 수십 배를 높일 테니까 각오하고."

"알겠어요."

"당분간 다 나을 때까진 아무것도 못 하게 할 테니까 그것도 알고 있으라고. 그리고 또⋯⋯."

"언제까지 잔소리하실 거예요?"

"네가 고집 안 피우고 아비 말을 새겨들을 때까지 계속."

"아버지!"

"호오, 살 만한가 보다? 그럼 계속 들어."

"잘못했어요."

전생의 무신이었다 하더라도 아버지 잔소리는 도무지 못 버티겠다.

❧

깊은 밤.

벽 옆에 뇌공을 기댄 악정호가 촛불에 일렁이는 방 안을 둘러봤다.

동평에 자리 잡고 참 오래 머문 집이다.

"폐가나 다름없는 곳을 무너트리고, 집의 하중을 이루는 구조 부재 제작을 직접 했소. 아이들이 있기에 힘들지만 행복했지."

악정호는 방 안에 함께 선 조 대인을 돌아봤다.

"어쩐지."

조 대인이 방 안의 벽과 대들보를 올려다보며 대답했다.

"기반을 이루는 비계 작업부터 직접 하신 게 태가 났었지요. 목재도 농한기에 맞춰 구하신 것처럼 보였습니다."

조 대인…… 아니, 조 총관은 전보다 훨씬 더 공손한 태도와 말투를 보였다.

산동악가가 봉문을 깨고 본격적으로 무림의 일에 나섰으니 악정호가 수장의 대우를 받아야 한다고 여긴 것이다.

처음에 악정호도 불편해했지만 차차 적응해 나가는 중이었다.

악정호가 고개를 끄덕였다.

"맞소."

농한기에 준비해야 습기가 스며들지 않아 집 안 창, 칸막이, 벽 등에 쓰이는 목재가 훨씬 질기고 튼튼하다.

"직접 건물을 지어 보지 않은 이상 이리도 견고하게 짓기는 힘들 터인데, 가주께서는 따로 목수 일을 배우신 것인지요?"

"그런 건 아니지만 둘째 형님께 다양한 것들을 배웠었소."

"둘째 형님께서 목수이셨습니까?"

"호기심도 많고 손재주도 좋아서 여러 장인들을 찾아가 다양한 배움을 금방 익히셨던 분이오. 어린 내게 많은 것들을 가르쳐 주신 분이라오."

"그리우시겠습니다."

"사실 그리워할 새도 없었다오. 워낙 일을 핑계로 바빴던지라……."

"허허, 괜히 머쓱합니다."

"하하, 기루 일 때문만은 아니었으니 안 그러셔도 되오. 처음엔 아내가 있었지만 제후를 낳고 사별해서, 그 후로 아이들 키우는 게 녹록지 않았소."

"그러셨군요."

"그래도 아이들이 워낙 조숙해서 어미가 세상을 떠나고 나서는 운이가 살림을 돕고, 의지가 제후를 도맡아 키워 주어 막상 내가 한 일은 크게 없었소. 기특한 녀석들."

악정호는 미소 지으며 다시 뇌공을 쥐었다.

아이들을 키운 정든 방.

세 자식들과 얽혀 함께 잠들기도 했던 공간인지라 악정호는 감회가 무척이나 새로웠다.

남은 일생을 이곳에서 머물 거라고 생각했기 때문이다.

이렇게 빨리 이사하게 될 줄은 생각도 못 했다.

"그런 곳을 이리 허무셔도 괜찮겠습니까?"

조 대인의 반문에 악정호는 천천히 고개를 끄덕였다.

"새 술은 새 부대에 품어야 하지 않겠소?"

"혹여 다른 건물을 지으실 생각인지요?"

"생각해 둔 것이 하나 있긴 한데, 당장은 시기상조인 것 같소. 시간이 조금 흐른 후에 말씀드리겠소."

"언제든 말씀만 해 주십시오. 총관이 하는 일이 원래 그런 일이 아니겠습니까?"

"고맙소. 그나저나…… 합동 장례가 끝나고 나니 기분이 헛헛하구려."

악정호의 말대로 최근 동평의 사람들은 휘경문 장원 전투로 인해 목숨을 잃은 의인들을 위해 합동 장례를 치렀다.

"동감입니다. 애석한 일이지요."

관리들이 있었다면 관부에서 처리해 줄 일이었겠지만 그렇지 못하니 힘 있는 의인들이 나서야 했던 것이다.

"가주께서 합동 장례의 모든 비용을 부담하기로 결정한 건 참으로 잘한 일이십니다."

"내가 한 일이 뭐가 있겠소이까? 전부 조 대인이 한 일이라 생각하오."

"아닙니다. 아시다시피 육철방의 회유와 협박에 불합리한 이자를 내야 했던 이들을 구제하고도 많은 자금이 남았지요. 가주께서 내리신 분부대로 합동 장례도 그 자금으로 치르게 됐으니 제 사비를 쓴 건 전무합니다."

"돈을 쓰고 안 쓰고의 문제가 아니라 이런 큰일을 잡음 없이 해결한 것을 말하는 것이오."

"과찬이십니다. 하온데……."

"말씀하시오."

"휘경문이 남긴 자금은 어찌 사용하실 것인지 여쭙고 싶습니다."

조 대인의 말대로 휘경문은 동평의 공적이 되었고, 이번 일은 휘경문이 먼저 발생시킨 '문파대전'이 되었다.

산동악가는 명분과 승리를 모두 쟁취했으니 모든 것을 품에 안게 된 것이다.

그들이 가진 전답, 토지, 전각, 객잔 등 많은 것이 산동악가의 소유가 되었다.

"그래도 되는지 모르겠소."

"그 자리에 있던 모두가 동의한 일입니다."

모든 명분이 용기 있게 이 일을 이끈 산동악가 가주에게 있었기에 동평의 그 어떤 세력도 휘경문의 재산이 산동악가에 귀속되는 데에 이의를 가지지 못했던 것이다.

"그래서 궁리해 보긴 했소."

"말씀해 주시지요."

"우선 휘경문의 장원과 그 안의 전각들을 부수지 않고 현판만 바꿔 사용할 생각이오."

"괜찮으시겠습니까? 휘경문의 손때가 묻은 장소이니 터를 옮기는 것이 상징적으로도 나아 보입니다."

"쓸모없이 비용을 쓰는 무용한 일이오. 덕과 명분은 만드는 것이 아니라 수많은 옳은 선택들로 인해 따라오는 것이라고 배웠소. 그깟 일로 무너질 가문이었다면 재기하지도 않았을 것이오."

"예, 분부대로 하지요. 또 하명하실 일은 없으십니까?"

"가문에는 가칙과 가칙을 따를 조직이 필요하오. 본래 본가에서 사용하던 가칙을 더 발전적인 방향으로 궁리해 보고 기록으로 남기고 싶소. 또한 내 머릿속에 있는 가전 무공도 차차 서적으로 남기려고 하오."

"전각들 중 한 곳을 비급을 보관할 장서각(藏書閣)으로 정비하겠습니다."

"그래 주면 고맙겠소."

"가칙을 기록하는 것은 이 인근 학식 높은 문사를 영입해 가주님의 곁에 두게 하시지요."

악정호가 말없이 조 대인의 이어지는 말을 경청했다.

"하온데 장서각을 언급하셔서 드리는 말씀입니다만, 시비, 시종, 서기와 같은 가솔들이야 삯을 주고 고용하면 쉬운 일이지만, 장서각을 지킬 가솔들은 조금 다른 문제인 것 같습니다."

조 대인의 걱정은 당연했다.

가문이 커지면 다양한 실무를 맡게 될 인재 영입이 필요한 법.

"나 역시 그것이 고민이오. 무턱대고 가문에 아무나 들일 수는 없는 노릇이니……. 혹여 총관 주변에 천거할 이가 없소?"

"지금은 망해 버린 대형 표국에서 일했던 소수의 표두들과

악귀의
무신

지방 재무와 행정을 담당했던 몇몇 관리 출신의 인재들을 압니다."

말이 관리지, 관이 사라진 이상 한때 벼슬을 했던 건 크게 의미가 없었다.

"만나 볼 수 있겠소?"

"사실 그러실 줄 알고 미리 서신을 보내 두었습니다. 곧 답신이 올 것입니다. 그렇지 않아도 말씀드리려고 했습니다."

"잘됐구려. 만약 그들이 합류하게 되면 가문의 내실은 탄탄하게 꾸릴 수 있겠소."

"예, 물론 가주께서 허하셔야 가솔이 되겠지만 만약 그들을 얻으신다면 큰 힘이 되겠지요. 다만 그들뿐 아니라 여러 면에서의 인원 보강은 지속적으로 필요합니다."

조 대인이 기루를 더 크게 확장하지 못한 건 기루를 지킬 호위들이 강하지 못했기 때문이다.

그건 가문도 마찬가지였다.

"함께할 무림인이 필요하다는 사실은 나 역시 인지하고 있소. 하다못해 함께 가문을 지킬 식객의 존재도 필요하겠지."

"맞습니다. 혹여 생각해 둔 방안이라도 있으신지요."

"음."

잠시 동안 고민하던 악정호가 운을 뗐다.

"실은 며칠 전 운이가 찾아와 내게 그러더이다. 가문이 커질수록 필요한 인력이 늘어날 텐데 어떻게 가솔을 받아들일 것이냐고."

조 대인은 조금의 웃음기도 보이지 않았다.

이미 운이는 동평 내에서 일약 최고의 후기지수로 떠올랐을 뿐 아니라 그 현명함과 식견은 도저히 그 나이대라고 볼 수 없는 수준이라는 걸 알기 때문이다.

"그러면서 언가와 같은 사례를 눈여겨보게 됐다고 했소. 당시 혈교 침략에 맞섰던 의인들의 불공평한 처우에 대해서."

진주언가처럼 무공이 소실되거나 가전의 유산이 외부로 유출된 사례는 한둘이 아닐 것이다.

차라리 진주언가는 운이 좋은 편이다.

가전 무공이 전부 소실된 문파나 가문 등이 더 많았으니까.

"아!"

조 대인은 그제야 악정호의 의중을 이해했다.

"혈교에 맞서 싸우다 잊힌 관리의 후손, 가문 혹은 문파 등의 후손들을 남아 있는 기록이나 사람들의 증언 등을 토대로 찾아보겠습니다."

"좋소. 그 후에 가능하다면 본 가에 합류할 몇몇 무림인을 영입할 수 있었으면 하오. 제안을 거절해 가솔이 되진 않더라도 식객이 될 수 있다면 본 가로서도 큰 도움이 될 것이오."

"이미 대안을 고려해 두고 계셨었군요."

"과찬이시오. 이 생각, 저 생각 하다 보니 나온 궁여지책

일 뿐이오."

악정호는 자연스레 이 이야기를 전해 주었던 악운이 스쳐
지나갔다.

　　―그들에게 전해진 전통은 비단 무공만이 아닙니다.
　　―그럼?
　　―무공에 초점이 맞춰져 있을 뿐, 예법부터 가문 운영에
필요한 다양한 방법이 전통이란 이름으로 전해집니다.
　　―하긴, 전통은 기록만이 아니라 사람을 통해 남겨지니까.
　　―예, 그런 분들이 식객으로라도 함께한다면 우리의 어
린 인재들이 많은 가르침을 받을 수 있을 테지요. 이 부분
은 아버지가 말씀하셨다고 하세요.
　　―갑자기 왜?
　　―가주가 뛰어나 보이는 게 나쁜 건 아니잖습니까?
　　―이놈아, 그건 거짓말이잖아.
　　―좋은 게 좋은 겁니다. 선의의 거짓말도 때론 필요해요.
아셨죠?

그래서일까?
"과연."
악정호는 크게 감탄하는 조 대인을 보며 어색한 미소를 흘
렸다.

하지만 조 대인 역시 만면에 의미심장한 미소를 짓고 있었다.

그가 보기에 악정호는 거짓말을 잘하는 유형이 아니었다.

동상이몽의 밤이 지나고 있었다.

휘경문의 일이 끝난 직후.

악운은 치료와 심법 수련을 병행했다.

그러면서 대부분의 시간을 동생들과 나눴다.

그래서 오늘은 예랑이를 포함해 강가로 뱃놀이를 나왔다.

황하의 지류가 흐르는 곳이라 대낮에 오면 반짝이는 강물을 바라볼 수 있었다.

삐걱삐걱.

배가 좌우로 움직이자 제후가 눈을 빙빙 돌렸다.

"어지러워! 몸이 마음대로 움직인다니까!"

"자, 봐 봐. 형처럼 균형을 잘 잡으면 안 움직일 수 있어."

그새 특유의 친화력으로 예랑이와 친형제처럼 지내기 시작한 제후가 예랑이를 따라 하며 넘어지고 일어나기를 반복했다.

"푸학! 조금만 더 잘해 봐."

"알았어! 누나!"

미소 지은 의지가 함께 웃고 있는 악운을 쳐다봤다.

"오라버니."

"응?"

"저는 괜찮아요. 이번 일로 인해 수련도 더 열심히 하게
됐고요."

"갑자기?"

"제후도 그렇고 제게도 매번 신경 쓰고 계시는 거 다 보여
서 하는 말이에요. 바빠지신 아버지 빈자리를 채워 주려고
노력하시는 것도 알고요."

의지가 손가락에 껴 있는 가락지를 보여 줬다.

예전에 저자에서 의지가 눈여겨봤던 가락지를 악운이 기
억했다가 사 온 것이다.

"노력한다기보다는 너희들과 평화로운 시간을 보내고 싶
었을 뿐이야. 꽤나 힘든 일들이었잖아."

제아무리 아이들이 무림인의 혈손이라 해도 사람이 쓰러
지는 일들을 보았다.

분명 마음의 상처가 됐을 수도 있는 일이었다.

"최근에 안 좋은 기억이 떠오른다거나 잠이 오지 않는다거
나…… 그런 일은 없어?"

"오라버니."

"그래, 뭐든 말해 봐."

"전에도 말했지만 우리 한 살 차이밖에 안 나요. 오라버니

가 잘해 낼 수 있으면 저도 잘해 낼 수 있어요. 제후도 가족
끼리 시간을 많이 보내면서 조금씩 안정되고 있고요. 그리고
정 힘들면…….”

의지가 가락지를 매만지며, 웃고 있는 제후와 예랑을 바라
보았다.

“가족이 있잖아요. 그러니 오라버니도 힘든 일 있으면 말
해 줘요. 혼자 끙끙 앓지 말고.”

그 순간 제후가 뛰어오며 말했다.

“형아! 예전에 배보다 빨리 달리는 사람 봤댔지? 예랑이
형이 안 믿는단 말이야!”

“바보야! 물 위에서 배보다 빨리 달릴 수 있는 사람이 어
디 있어!”

“아니야! 예전에 큰형아가 그랬단 말이야! 그치?”

악운은 잠시 볼을 긁적였다.

천휘성일 때는 진짜 됐었는데…….

“그, 그럼. 봤지.”

“언제요? 어디서 봤는데요?”

구체적으로 묻기 시작하는 예랑이와 함께 제후도 눈을 반
짝이며 악운을 올려다봤다.

짧은 한숨을 쉰 악운이 조용히 의지를 쳐다봤다.

“힘들 때…… 말하라고 그랬지?”

“풉!”

의지가 웃음을 터트렸다.

❧

깊은 밤 악운은 널찍한 비무장에 홀로 서 있었다.

'대략 끝난 것 같구나.'

불과 얼마 되지 않은 기간 동안 동평의 일이 빠르게 처리됐다.

불합리했던 것들이 자리를 되찾았고 이제 의로운 자들은 그에 맞는 대우를 받았다.

우선 피해 입은 자들에게 휘경문 대신 보상했다.

그 후 휘경문의 악행에 직접적으로 손잡은 자들은 동평 공적으로 분류시켜 무공을 잃게 만들고, 재산을 몰수시켰다.

사실 악운으로서도 의외였다.

악정호가 자비 없이 단호한 결정을 내릴 줄은 예상치 못했던 것이다.

하지만 달리 생각해 보면…….

'아버지 역시 많은 고난을 헤쳐 온 분이야. 가주는 필요한 순간 단호해져야 한다는 걸 잘 알고 계시는 게지.'

그때 다가오는 기척 하나가 느껴졌다.

"무슨 생각에 그리 잠겨 계시는가."

"아, 오셨습니까?"

악운은 이제 칠 할 정도 몸을 회복한 언성운을 향해 인사를 건넸다. 비쩍 마른 봉두난발의 중년인은 사라지고, 어느새 탄탄한 체구의 중년인이 눈앞에 있었다.

'피는 물보다 진하다더니.'

웬만한 범부보다 손이 세 배는 큼직한 것만 봐도 언가의 혈손답다.

"자네, 회복이 정말 빠르군. 젊어서 그렇다고 치부해 버리기에는 믿기 힘든 회복 속도야. 고용한 의원도 이런 회복력은 처음 봤다고 하던데."

"크게 안 다쳐서 그런 것뿐입니다."

"그 정도면 크게 다친 걸세."

"하하, 그렇습니까?"

악운이 사람 좋게 웃은 후에 물었다.

"그런데 이 야밤에 이곳은 무슨 일로 오셨는지요."

"몸이 회복되어 가는 차에 미처 못 했던 고마움을 표할까 싶었네."

"제가 한 일이 뭐가 있겠습니까. 전부 예랑이 한 일입니다."

"겸손은 됐네. 이미 모든 일을 예랑이에게 들었음이야. 진심으로……."

언성운이 악운을 향해 깊게 고개 숙이며 포권지례를 취했다.

"고맙네."

언성운의 그림자 위로 문득 호탕하게 웃던 언중헌의 모습
이 투영되었다.

　-아우. 이제야 왔는가.

악운은 옛 언중헌의 목소리가 환청처럼 맴도는 것을 느끼
며 마주 포권을 취했다.
도리어 형님의 후손에게 고마울 따름이다.
"제가 더 감사드릴 일입니다."
이제까지 잘 버텨 주어서.
하지만 악운의 마음을 모르는 언성운이 포권을 거두며 웃
었다.
"내게 감사하단 말은 맞지 않네. 우리 부자는 받기만 했
으니."
"아닙니다. 저 역시 이번 일을 통해 삶에 많은 배움을 얻
었습니다. 부담 갖지 않으셔도 됩니다."
"부담이라. 어찌 없겠나. 받은 것이 너무나 많거늘. 이것
만 해도 그렇네."
언성운이 가지고 온 포염라를 보였다.
"자네 부친께서 한 점의 머뭇거림도, 욕심도 없이 내게 돌
려주시더군."
"아버님도 같은 말씀을 하시겠지만 응당 당연한 일입니다."

"그뿐인가. 예랑이와 함께 밭을 일굴 소정의 전답과 휘경문이 보관하고 있던 본 가의 전 비급을 넘겨주셨네. 알고 있겠지? 자네 가족이 살던 가옥 역시 새로 집을 지어 우리 부자에게 내주겠다고 하시더군."

"예. 하지만 그것 역시……."

"당연한 일이라 말하지 말게. 당연한 것이 당연하지 않은 시대야. 그래서 장고 끝에 자네 부친께 말씀드렸다네."

"무엇을 말씀이십니까?"

"우리 부자는 산동악가에 계속 남을 생각일세. 주시겠다고 했던 소정의 전답도 거절했지."

"감사드립니다. 언 대협께서 식객으로 머물러 주신다면 본 가에 큰 힘이 될 겁니다."

식객(食客).

말 그대로 밥을 얻어먹는 손님이다.

하지만 무림 내에서 가문의 식객으로 남는다는 건 많은 걸 의미했다.

뜻이 맞고 떠날 의사가 없는 한 가문의 전력이 되는 것이다.

하지만…….

"식객이 아닐세."

"하면, 설마……."

악운의 눈에 잠시 놀람이 스쳤다.

"가솔이 되겠다는 말씀이십니까?"

"그럴 생각일세. 놀랐는가?"

"예. 식객으로 머무실 거라는 건 어느 정도 예상했지만 가솔이 되는 건 예상 못 했습니다."

"그래. 전혀 다른 차원의 문제지."

전통. 가칙. 독자적인 심법과 무공.

그 외의 수많은 것들이 '가문'이란 이름 아래 포함되어 있다.

가솔이 된다는 건 그것들을 내려놓고 다른 가문의 것을 따른다는 얘기였다.

믿기 힘든 큰 결심이었다.

"알다시피 본 가는 이미 전란으로 잊힌 가문이 되었네. 마지막 남은 직계로서 내가 지닌 건 이제 본 가의 일부 무학과 휘경문에 되찾은 유산이 전부지. 하나 진짜 유산은 그런 게 아니었네. 이번 일로 새삼 느꼈지."

언성운이 쓰게 웃으며 말을 이었다.

"진짜 가문의 유산은 내가 이제껏 좇아온 비급, 신병이기 같은 게 아니라 내 아들이라는 걸. 그래서 아들의 미래는 아들 스스로 결정하게 두고 싶네."

"아……."

"해서 나는 산동악가의 가솔로서 은혜를 갚는 여생을 살 것일세. 하지만 내 아들은 이곳의 식객 신분으로 남아 언가의 것을 이어 갈 것일세. 그 후의 미래는."

"예랑이가 결정하겠지요. 새로운 가문을 일으키든, 아님 본가의 또 다른 가솔이 되든."

"맞네. 무엇이 되든 축복받은 환경 속의 자유로운 선택이 되겠지."

이번 세대가 마음의 은혜를 갚고 후손의 미래를 지킨다.

후손은 그 의미를 곱씹으며 자유로운 선택권을 갖게 된다.

'남을지, 떠나서 새로운 미래를 개척할지.'

악운이 보기에도 현명한 결정이었다.

"아버님께서도 허하셨습니까?"

"가주께서는 조금의 고민도 없이 그러라 하셨네."

"그렇다면 저 역시 이를 반대할 이유가 하등 없습니다. 만약 제 동의를 구하러 오신 것이라면 그럴 필요 없으셨습니다."

"알고 있네. 사실 내가 온 것은 다른 이유가 있었네."

"다른 이유요?"

"그러네. 가주께서 친히 내게 하명하셨거든."

의아하게 쳐다보는 악운을 향해 언성운이 씩, 웃음 지었다.

"정식으로 인사드리겠소. 현시간 부로 악가의 호위를 맡게 될 악가진호대(岳家進護隊)의 대주, 언성운이라 하오."

언성운의 뜨거운 눈길이 악운을 향했다.

한때 산동악가의 삼대무군(三大武軍)으로 불렸던 '악가진호대'가 부활한 것이다.

미풍이 두 사람 사이를 휩쓸고 지나쳤다.

새벽녘, 잠깐 눈만 붙이고 다시 일어난 악운은 차분한 눈을 반개하며 침상 위에 앉았다.

지난 밤 언성운과 나눴던 얘기가 스친다.

−음, 청이 하나 있습니다.

−언제든 말씀하셔도 좋소.

−당분간 인력이 부족하니 저보다는 다른 가솔들의 안위를 더 집중적으로 지켜 주셨으면 합니다. 아마 아버지께서도 허락하실 겁니다.

−가주님께 여쭤보겠소.

특별한 일이 없는 이상 아버진 허락하실 것이다.

새삼, 격세지감을 느낀다.

'호위라니⋯⋯.'

작은 모옥이 엊그제 같은데, 중소 규모 도시의 동평을 쥐락펴락하는 일가가 되어 버렸다.

아버지가 변화했고 이를 도울 조 대인이 총관을 자청했다.

여기에 언가의 가주 언성운이 아버지와 함께 호위대 대주로 아이들의 수련을 도맡아 줄 것이다.

무장해 줄 식객 혹은 가솔의 모집이야⋯⋯.

'아버지께 부탁드렸다고 해도 분명히 시간이 필요한 일이다. 그러다 보면 언가와의 일처럼 예상 못 한 인연이 나타나기도 하겠지.'

당분간 집안을 정돈하는 데 많은 시간을 사용하게 될 것이다.

아버지는 가주로서 해야 할 일들과 수련을 병행하느라 고될 것이고, 총관 역시 그 일에 필요한 걸 보조하느라 바쁠 것이다.

'그럼 나 역시 나대로 가문에 도움 될 일을 준비해야겠지.'

수련에 집중하는 것.

악운은 생각을 정리하며 본격적으로 내부를 관조해 갔다.

몸의 변화는 긍정적이다.

'내부는 크게 다친 곳이 없고 몸의 외부 상처도 거의 다 아물었어. 믿기 힘든 재생 속도다…….'

더불어 한계를 넘어선 싸움을 이겨 낸 덕분에 몸이 전보다 훨씬 유연해지고, 근력, 체력 모든 면이 늘었다.

비화심창의 '일관심'의 파괴력이 높아진 것도 당연했다.

기문도 성장했다.

'혼세양천공의 중재력이 진일보했다.'

저번 전투로 인해 복마심법이 완벽히 자리를 잡게 되자, 태양진경이 깃든 혼세양천공을 포함해 달마세수경, 일관심법이 복마심법과 함께 어마어마한 축기 속도를 보였다.

'준비가 끝났어.'

혼세이문의 확장 시기는 지금으로서도 충분했다.

확장은 중재력의 성장을 가져오고, 그건 함께 익힐 수 있는 무공이 늘어나는 것을 의미한다. 본의가 겹치는 무공들 중 최상승의 것들로 선택할 예정이다.

내공 증진도 절로 따르게 되니, 무공 또한 더욱 깊어진다.

선순환이었다.

악운은 더 시간 끌 필요 없이 혼세양천공을 움직였다.

웅, 웅!

기문이 꿈틀거리자 기문과 닿는 모든 간이 숨을 쉬고 내뱉는다.

뒤이어 일관심법이 불길처럼 타오르고, 달마세수경이 흙처럼 불길을 감싸 오른다.

쏴아아아!

그 사이로 복마심법이 우거진 숲처럼 퍼져 나가 마치 불길을 일으키는 장작처럼 일관심법을 독려했다.

'서두르지 말고 차분히.'

혼세양천공은 다음 문(門)으로 향하는 중심이 된다.

모든 것이 제 역할을 하며 순행하기 시작한 그때였다.

혼세양천공에 이끌려 함께 이동하던 세 기운이 갑자기 길을 이탈하려 날뛰었다.

스륵.

기운의 집중에 온 힘을 다하고 있던 악운의 입가에 선혈이 흘러내렸다.

갑작스러운 내부의 균열이었다.

'왜지?'

문제 될 건 전혀 없었다.

혼세이문으로의 확장을 위해 혼세양천공을 중심으로 모든 기운을 맞춰 나갔을 뿐인데.

한데 어째서?

이유 모를 기운의 충돌이 소용돌이처럼 악운을 뒤흔들고 있었다.

사태는 점점 심각해졌다.

쩌저적.

내부에 문제가 생기자 외부의 고통이 밀려들었다.

온몸에 퍼진 세맥을 따라 피부가 찢겨 나가는 것 같다.

으드득.

악운은 비명을 지르지 않고 더욱 집중했다.

고통보다 위기에 집중해야 했다.

우연은 없다.

선택에 따른 인과가 있을 뿐이다.

'정신 차려. 늘 고통 뒤에는 깨달음이 있다. 무엇을 놓쳤는지 기억해 내야 해.'

악운의 머릿속에 오늘 이 순간 이전의 수많은 기억이 역순으로 되짚였다.

언 대주와의 대화.

휘연 부자와의 일전.

그 순간, 휘종엽과의 일전이 악운의 머릿속에 펼쳐졌다.

악운의 눈에 투영되는 그때의 상황.

츠츠츠.

가부좌를 튼 악운의 앞에, 날뛰는 휘종엽과 그를 따라 언가의 권법을 펼치는 악운이 있었다.

'당시 나는 온전히 언가의 권법을 이해하려 했다. 휘종엽이 펼쳐 가는 권법의 투로 속에서 형님의 기억을 떠올렸으며 오로지 언가의 철학 안에서 투로를 이해했다.'

츠츠츠!

그 찰나.

보고 있던 휘종엽의 모습이 아지랑이처럼 사라지고 어느새 이를 악문 휘연이 보였다.

그때는 어떠했나?

'나는 하나의 것으로 움직이지 않았다. 여러 개의 것이 모여 진일보한 악가의 창법처럼 보였을 뿐, 그 어떤 무공도 강제로 틀에 끼워 맞추려 하지 않았다.'

웅. 웅.

그 순간.

"울컥."

악운이 피를 토해 냈다.

몸의 구멍에서 피가 조금씩 흘러나오기 시작하면서 눈이 붉어졌다.

주화입마의 전조였다.

하지만 악운은 생각을 멈추지 않았다.

환영처럼 나타났던 그 광경들이 전부 사라진 지금.

가부좌를 튼 악운의 눈앞에는 백발이 성성한 천휘성이 악운을 응시하고 있었다.

그가 말했다.

－이미 너는 답을 알고 있느니라. 답은 늘 곁에 있다. 그 것을 찾지 못하는 것은 다른 것에 미혹되어 보지 않으려 하기 때문이다.

악운은 천휘성의 목소리에 집중하며 날뛰기 시작한 각양 각색의 기운을 관조했다. 역순으로 나뉘어 있던 기억이 순차 적으로 정리되어 간다.

'모든 것에는 존재의 이유가 있다고 스스로 깨닫고 공부했 건만. 어째서 나는 똑같은 실수를 범했던 것일까?'

무엇이 잘못되었는지 이제야 알겠다.

혼세양천공은 그저 중재하며 길을 만들었을 뿐.

나머지 심법의 기운은 그저 따라오는 꼭두각시 같은 것들이 아니다.

혼세양천공에 맞춰 억압하여 움직이는 게 아니라 각 기운을 온전히 이해하고 인정해야 했다.

'천에서 강으로, 강에서 바다로 향하는 물처럼.'

일전에 그랬던 것처럼 자유로운 성질을 따라 함께 흐르게 하는 것이다.

그 순간.

웅— 웅.

고통으로 일그러졌던 악운의 이마가 조금씩 본래의 신색을 되찾기 시작했다.

마주한 천휘성의 환영이 반문했다.

  ─찾았나?

악운이 빙긋 웃었다.

                    ✤

금세 한 달여가 흘렀다.

그동안 동평의 세력 판도를 단숨에 뒤집어 버린 산동악가에 미리 눈도장을 찍기 위해 많은 인파가 몰렸다.

동평 내의 상단, 문파, 무관, 표국 등 휘경문과 교류하던 곳들이 악정호와 독대하길 원했던 것이다.

동평에서뿐 아니라 인근 다양한 도시에서 낭인, 재야에 묻혀 있던 문사와 전직 관리 등 가솔이 되고자 하는 사람이 무려 일백 명이나 찾아왔다.

"이, 이게…… 추려 낸 것이오?"

악정호가 퀭한 눈으로 물었다.

한동안 밀려드는 일과 사람을 상대하느라 몸과 마음이 잔뜩 지쳐 있었던 것이다.

"예, 가주님. 새로 영입된 보현각(保賢閣)의 가솔들이 정리한 앞으로 칠 주야 동안의 일정과 새로 가솔로 받아들인 인원 명부, 그에 따른 의견입니다."

담담한 조 총관의 대답과 함께 악정호는 잠시 쥐고 있는 기록지를 내려다보았다.

크게 손볼 건 없어 보인다.

보현각에서 새로 개정해 내놓은 가칙에 맞게 잘 선별해 추려 줬다.

'확실히 뛰어난 사람들이야.'

보현각(保賢閣).

조 총관에 의해 영입된 '사마수'가 각주가 되어 이끌게 된 곳이다.

앞으로 가문의 전략적인 선택들을 악정호와 상의하게 될 것이다.

사마수는 한때 지방행정을 맡은 선위사에서도 중간급 관리였으니 모자람 없는 인재였다.

문제는…….

"열정만큼 일 처리도 빠른가 보오."

악정호는 사마수와 대면했던 날이 스쳐 지나갔다.

　-조 대인께 말씀 많이 들었습니다. 가주께서 덕망과 신의가 두터운 분이시라고.

　-과찬이시오.

　-뭐부터 할까요?

　-무슨 말씀이시오?

　-황실을 잃은 관리가 드디어 붓으로 할 수 있는 일을 찾았는데 마다할 게 뭐랍니까. 붓만 주십시오. 뭐든 써 갈길 테니.

사마수뿐인가?

부각주로 임명되어 보현각의 쌍두마차가 된 호사량은 사마수의 유일무이한 제자였다.

총관과 상의해 재정을 맡아 줄 인재였다.

다만 스승과 제자가 성격이 특이해도 너무 특이했다.

　-숫자와 진법에 능통하다고 들었소. 하지만 능력만으로

가솔로 뽑고 싶진 않소. 천거받긴 했지만 본인의 생각을 듣고 싶소.

  ─산동악가가 천하의 평안을 위하여 했던 선택들은 미친 짓이었습니다.

  ─…….

  ─그게 마음에 듭니다. 지켜야 할 게 있다면 시류에 편승하지 않고 갈 길 가는 게. 듣자 하니 휘경문의 일도 미치지 않고 불가능한 일이었다지요.

  ─가주인 나더러 미쳤다는 거요, 지금?

  ─…….

얼음장 같은 표정과 과묵함.

수다스럽고 열정 가득한 사마수와는 정반대의 성격처럼 보였으나 직설적인 어투를 구사하는 건 둘 모두 동일했다.

성정들이 특이해서 그런가.

이 두 사람과 얘기하고 나면 굉장히 피곤했다.

"아이고, 두야."

"괜찮으십니까?"

"별거 아니오. 그나저나 사람이 많이 찾아왔는데 뽑은 건 열 명도 채 안 되는 거 같소."

"예상보다 보현각 기준을 웃도는 이가 없었습니다. 기준에 부합하는 많은 인재들은 이미 유명 세가나 문파 등에 의해 영입된 터라……."

"흐음!"

작금.

천하는 황궁이 무너진 난세.

초야에 묻혀 있는 인재들을 큰 세력들이 그냥 놔둘 리 없었다.

"서신을 보냈다는 다른 이들에게는 별다른 답신이 없었소?"

"몇몇은 이미 다른 세력에 몸을 담고 있어 거절을 했고, 몇몇은 관심은 보였으나 좀 더 지켜보겠다고 거절했으며, 나머지 몇몇은 가칙에 적합하지 않았습니다."

"그래서 남은 것이 이 네 사람이로군."

의견서만 봐도 각 분야에서 탁월한 역량을 가진 사람들이었다.

다만 다른 세력에 영입되지 못했던 데에는 몇 가지 이유들이 있어 보였다.

'네 명 중 세 명은 의형제를 맺으며 함께 창단한 표국이 최근 망해 버린 터라 빚을 갚아 주고 영입하였고, 신 장궤라는 사람은…….'

쭉 읽어 내려가던 악정호의 눈에 이채가 흘렀다.

"표두 출신들은 그렇다 치고, 신 장궤는 어째서 그동안 영입하지 않으셨소? 기루 운영에 큰 도움이 되었을 것 같은데."

장궤란 표국 혹은 상단 등에서 거래 혹은 운송되는 품목들을 감시하고 관리하는 이들을 일괄적으로 일컫는 말이었다.

경우에 따라선 회계장부 등의 재정 관리까지 다룬다.

기루 운영에도 충분히 도움이 될 수 있는 이였던 것이다.

"분 냄새가 나면 먼저 떠난 전 부인이 그리워진다고 기루의 출입을 싫어했습니다."

"아, 그렇소? 그에게 실례가 될 일을 물어봤구려."

"아닙니다. 당연히 아셔야지요. 그리고 의견서를 더 보시면 아시겠지만 신 장궤는 너무 깐깐하고 철두철미해서 다른 표국에서도 여러 번 잘렸습니다."

"그게 문제가 될 일이오?"

"하필 시비 붙은 게 단순한 표두도 아니고 표국 내에서 국주 바로 아래의 총표두들이었습니다. 표두들의 선출을 통해 뽑히는 총표두들은 대부분 융통성 있게 물량과 자금을 관리하는 대장궤를 더 좋아하는데…… 그들에게 있어 신 장궤는 최악의 대장궤이지요."

"어째서?"

"그래야 떼먹을 게 있고, 떼먹은 게 있어야 자길 지지하는 표두들을 챙겨 주지요. 게다가 표국 내에서는 장궤보다 표행을 나서는 표두들을 더 가치 있어 합니다."

설명은 충분했다.

고개를 끄덕인 악정호가 다음 인물들로 넘어갔다.

"표두들은 믿었던 벗에게 크게 사기를 당했나 보오. 출범

한 지 몇 년 되지 않아 표국이 통째로 망해 버렸으니…….."

"신의를 믿은 게지요. 요즘 이들답지 않게 우직한 사람들입니다. 북방 초원에서 나고 자라 말에 대해 모르는 게 없고 동료처럼 생각하지요."

때마침 의견서에 쓰인 글귀가 보였다.

세 명 모두 말에 미쳐 있음.
빚을 갚은 직후 대형 전장으로부터 압류당했던 말과 마차를 회수해 오자 얼싸안고 눈물을 흘림.

악정호는 내심 순수한 사람들이라는 생각이 스쳐 지나가며 미소 지었다.

"휘경문 내에 마구간이 있으니 그걸 쓰면 되겠구려."

"곧 도착할 말들의 숫자가 꽤나 많아서 확장 공사는 필수일 겁니다."

"흐음, 어째 운영할수록 다 돈 문제인 거 같소. 어쨌든 알겠소이다."

"그럼 이제 어찌할까요? 조금 더 고려해 보시겠습니까?"

악정호는 대답하기 전 다시 한번 보현각에서 준 의견서를 재차 읽어 내려갔다.

'지리를 잘 알고, 제법 무공이 뛰어나며, 말 등의 가축들에 대한 지식이 많다라…….'

표두 출신의 의형제들은 사업을 운영하는 것이 어리숙해서 그렇지 운송하는 업에 있어서 가진 바 능력이 출중한 사람들이었다.

　신 장궤 역시 가진 바 능력이야 조 총관과 보현각의 검증이 끝난 터라 더 의심할 여지가 없었다.

　표국 내에서 신 장궤가 일으킨 문제들이야······.

　'융통성 없는 것은 다시 말하면 정해진 규율을 토씨 그대로 따른다는 얘기니까.'

　오히려 마음에 들었다.

　"전부 가솔로 들입시다. 그런데······."

　"예."

　악정호는 제일 궁금했던 바를 조 총관에게 물었다.

　"좀 평범한 사람은 없소?"

　"허허, 본래 비범한 이들은 특별한 법이지요. 소가주만 해도 그렇지 않습니까?"

　"그거야······."

　뭔가 반박하려던 악정호가 그냥 입을 다물었다.

　맞는 말이라 딱히 반박할 말이 없었다.

　결국 악정호는 한숨을 쉬며 난데없이 폐관 수련에 들어 버린 운이를 떠올렸다.

　우리 아들놈은 괜찮으려나?

　벽곡단 그거 진짜 맛없을 텐데.

"소가주를 생각하십니까?"

"맞소. 성장이 너무 빨라서 괜한 성급함으로 주화입마에 걸리지는 않을지 염려되는구려."

"이미 나이답지 않은 현명함을 갖추고 있습니다. 크게 염려하지 마십시오."

"아시다시피 부모가 다 그렇지 않겠소?"

"전 미혼입니다만."

"미혼?"

악정호는 깜짝 놀라 한동안 조 총관을 바라보기만 했다.

"뭘 그리 놀라십니까? 나이 많다고 모두 다 장가를 가 본 건 아니지요."

"하긴. 그건 또 그렇지. 역시 편견이 무섭긴 무섭나 보오. 좋은 가르침을 받았소."

"별말씀을 다 하십니다. 사소한 모든 것을 배움이라 생각하시는 가주님께 제가 더 많이 배우고 있습니다."

악정호와 조 총관의 신뢰가 시간이 갈수록 두터워지고 있었다.

❧

석실(石室) 내부.

휘경문에서 쓰던 폐관실은 장원 동쪽에 한 곳, 서쪽에 한

곳 총 두 곳이 있었다.

규모도 크고 널찍하며 통풍이 잘되게끔 지어졌다.

쐐액.

벽곡단이 들어 있는 항아리 단지를 비추고 있는 횃불 옆으로 그림자 하나가 세차게 흔들렸다.

악운의 창이 비화심창을 펼치고 있었던 것이다.

사사사삭!

악정호가 창을 들고 뛰쳐나가는 게 눈앞의 환영처럼 일렁였다. 들어오기 전 아버지에게 전수받은 묵뢰십삼참(墨雷十三斬)의 초식이 스쳐 지나간다.

　-아들. 일전에 말했지? 묵뢰십삼참은 비화심창과 그 기수식이 이어져 있다고.

　-네.

　-그 이유는 악련정호식과 비화심창이 묵뢰십삼참을 배우기 위한 필요조건이기 때문이야.

　-하면 이제 묵뢰십삼참을 가르쳐 주시는 건가요?

　-그래. 그 전에 일첨보(一尖步)에서 더 개량된 보법을 알려 주마. 슬슬 보법뿐 아니라 신법에 속한 경공도 배워야지.

'탄첩이 가미된 연격.'

마지막으로 악운이 그들의 동작을 따라 움직였다.

연습용 창이 묵뢰십삼참의 기수식을 일으켰다.

후웅! 후웅!

형태만 따라 했던 전과는 확연히 다른 돌풍이 창끝에서 피어올랐다.

구구구!

창에서 퍼진 바람이 진동이 되어 석실 안을 구궁, 울렸다.

갓난아이 때 혈교 마인과 맞서 싸우던 아버지의 잔상이 조금씩 체득되는 게 느껴졌다.

츠츠츠.

기수식에 이어 연계식으로 넘어가기 시작하자 악정호의 모습이 아닌 백발의 악진명이 마주 서서 움직이기 시작했다.

천휘성의 기억이다.

-자네와 대련을 할 때면 늘 느끼는 것이지만 꼭 꺼지지 않는 불길 같군.

-껄껄, 맞습니다. 그것이 본 가의 요체 중 하나이지요. 옮겨붙는 불처럼 멈추지 않고 타올라라. 어쩌면 태양진경의 일부와도 그 결이 같을지 모르겠습니다.

'악가의 창은 화의(火意)의 요체가 기반이 된다.'

악운의 창이 악진명의 잔상을 따라 움직임을 바꿨다.

이를 위해 필요한 건 일첨보에서 개량된 보법.

'분점보(分點步).'

전에 익힌 일첨보가 점이라면 분점보는 그 점을 쪼개서 밟는다.

더 많은 방위를 선점하여 상대를 압박한다.

타타타탁!

직선형의 창법 위에 분점보를 활용한 곡선 동작들이 깃들었다.

그건 '불길' 그 자체였다.

옮겨붙고 또 옮겨붙으며 점점 더 타오르는 불길처럼 악운의 창격도 동작을 더해 갈수록 증속(增速)되었다.

그럴수록 악진명의 그림자를 좇아 완벽히 닮아 가는 창격.

그리고 마침내.

'완성됐나?'

츠츠츳!

일류 무인을 증명하는…….

'창경(槍勁)이.'

혼세이문의 확장과 함께 가능해진 창경은 전보다 창을 날카롭게 벼리는 일류 고수의 기예다.

웅! 웅!

이에 더하여 호황대력기까지 덧씌웠다.

복마심법과 일관심법의 기운이 함께 뒤섞여 흐르며 더 강한 기류를 발출시켰다.

최근 완전히 다루게 된 현상으로써 각 기운이 서로 조화롭게 어우러질 때 생긴 특별한 개성이었다.

'증폭.'

창이 잔상을 일으킬 만큼 빠른 속도로 뻗혔다.

'한 걸음 더.'

달마역근경으로 다진 근력과 성혜도약법(成慧跳躍法)의 균형, 태신보(太晨步)의 활력이 전진하는 속도 속에 깃든다.

퍼엉! 퍼엉!

벽과 부딪쳐 가는 창격 끝에 악정호와 악진명의 잔상이 흩어진다.

동시에 악운의 창이 그들을 뚫고 지나며 더 새로운 것으로 바뀌었다.

그것은 화염을 삼킨 더 큰 불길.

'염뢰(炎雷).'

콰드드득!

돌풍처럼 쇄도한 창이 석벽과 충돌하며 커다란 굉음을 일으켰다.

푸스스……!

석벽이 통째로 흔들릴 만큼 강렬한 충돌.

마침내 움직임을 멈춘 악운이 천천히 고개를 들었다.

삼 장 너비의 현무암 석벽이 소용돌이 윤곽을 일으킨 채 반대편 공간까지 꿰뚫려 있었다.

그제야 온몸이 땀에 젖은 악운의 입가에도 환한 미소가 스쳤다.

"나가야겠어."

성과는 충분했다.

폐관을 마친 악운이 제일 먼저 들은 소식은 아버지의 폐관 소식이었다.

'이제야.'

휘경문과의 일전이 준 자극 덕분이었을까?

아버지는 바쁜 와중에도 무공을 손에서 놓지 않은 게 틀림없었다.

일전에 아버지께 전해 준 조언이 이제야 그 빛을 볼 모양이다.

"큰 깨달음이 있으실 것 같네요."

악운이 마주 앉은 조 총관에게 말했다.

"어찌 그리 예상하시오?"

"감입니다."

"부디 그리되길 빌어야겠군. 그럼 우리 가문이 커 나가는 데 훨씬 큰 득이 있겠지."

빙긋 미소 지은 조 총관이 들고 있던 찻잔을 내려놓았다.

조 대인은 이제 가주뿐 아니라 소가주가 된 악운에게도 그에 맞는 예우를 갖춰 주었다.

"소가주 역시 기도가 더욱 강맹해진 것 같소. 무공을 깊이 익히진 않았지만 현무암 석벽을 뚫는 게 결코 쉬운 일이 아니라는 것쯤은 잘 알고 있지."

"쑥스럽습니다."

"다음에는 적당히 해 주시오. 알다시피 현무암 석재는 공사비가 생각보다 많이 들거든. 허허."

"예, 조심하지요."

"농이오."

"진담이신 거 다 압니다."

"들켰군."

빙긋 웃은 조 총관이 품속에서 작은 서찰 한 통을 꺼냈다.

"자, 이제 이 서찰을 한번 읽어 보시오. 가주께서 폐관에 들어가신 후 온 서찰이오."

"이게 뭡니까?"

"읽어 보면 알 것이오."

악운은 서찰을 펼쳐 이내 글을 읽어 내렸다.

"어떻게 생각하십니까?"

"우선 소가주의 생각부터 듣고 싶구려."

"정략혼으로 보입니다. 우리를 적대시했던 휘경문과는 전혀 다른 행보군요."

서찰은 올해 오십이 된 동진검가 가주의 친필 서한이었다.

내용은 그의 둘째 딸과 악운의 혼담을 얘기해 보자는 거였다.

"맞소. 산동악가가 지닌 과거의 영광과 소가주의 무명(武名) 정도면 둘째 딸과 정략혼을 맺기에 충분하다 여겼을 것이오. 역사가 짧은 동진검가가 산동악가의 유구한 세월을 등에 업겠다는 것이지."

"태산의 황보세가를 견제하기 위함일 겁니다."

"나 역시 그리 생각하오."

한때 오대세가의 한 축이었으나 지금은 명성에서 밀려나 더 이상 오대세가가 아닌 황보세가.

욱일승천하는 동진검가의 다음 목표는 그곳이 분명해 보였다.

"최근에 동진검가의 위세는 황보세가의 아성을 넘었다고 알려져 있소만, 그럼에도 황보세가는 와룡지처요. 과거 태양무신의 유산을 일부 손에 넣기까지 했지."

그 순간 악운의 눈빛에 한기가 스쳤다.

'감히!'

황보세가는 한때 산동악가와 함께 오대세가의 한 축이었던 곳이다.

하지만 본래 가주였던 황보철이 큰 전투로 인해 사망하면서 겁이 많은 황보정이 그 후계를 이어받았다.

하지만 이제 와 생각해 보면 그때부터였을 것이다.

황보세가가 모든 일전에서 한발 물러나 관망하려는 조짐을 보인 것이.

'알면서도 무관심했지.'

내부의 적이 아닌 외부의 적만 신경 썼을 뿐.

'혈마.'

이제 와 보면 틀린 선택이었다.

더 이상 영광스럽던 황보세가는 세상에 없다.

악운의 기억 속에 현 황보세가의 가주인 황보정의 얼굴이 스쳐 지나갔다.

'놈이라면 그럴 만도 하지.'

내심 혀를 차던 그때.

"고민이 깊으신가 보오."

"예, 신중해야 할 일이지요. 저는 조금 더 큰 미래를 내다보고 싶습니다."

"황보세가가 앞으로 어떤 제안을 할진 몰라도 동진검가와의 혼약도 미래를 위해서라면 그리 나쁜 선택만은 아니라고 보오."

"글쎄요. 제가 보기엔 아닙니다."

"어째서?"

"혼약은 구실일 뿐, 막상 혼약이 이뤄지면 동진검가는 대놓고 우리 가문을 쥐락펴락하려 들 겁니다. 사돈까지 되었으

니 세력의 일부도 우리 가문에 들이겠지요. 우리는 아직 그
걸 막아 낼 여력이 없습니다."

황보세가, 동진검가.

둘 모두 절정에 이른 고수를 보유한 집단들이다.

아직 악가의 힘으로는 미약하다.

"미리 알고 있다면 견제할 수 있지 않겠소?"

"내부가 불안하면 앞으로 나아가는 게 느려집니다. 게다
가 고수의 숫자는 전황을 바꿀 수 있습니다. 휘경문과는 달
리 이 두 세력은 현재 우리 식솔보다 강합니다."

조 총관의 입가에 짙은 미소가 서렸다.

"왜 웃으십니까?"

"사실 나도 소가주와 같은 생각이었지만 소가주의 의견을
한번 들어 보고 싶었다오."

처음부터 악운을 기특해하고 예뻐했던 조 총관의 눈에 악
운은 이미 손자 그 이상이었다.

"그럼 제게 해 주실 말씀이 있으시겠군요. 그래서 저분들
을 부르신 거 아닙니까?"

악운이 가까워져 오는 기척을 느끼며 문을 돌아봤다.

"맞소."

고개를 끄덕인 조 총관이 문밖을 향해 말했다.

"드시게."

그 말이 끝나기 무섭게.

드륵!

열린 문 사이로 은은한 미소를 띠고 있는 인상 좋은 문사와 냉담한 문사가 함께 들어왔다.

보현각의 중추.

사마수와 호사량이었다.

두 사람 모두 영입되면서 진작 악운과 안면을 텄기에 통성명이 따로 필요하진 않았다.

"폐관은 어떠셨소?"

"나름 성과가 있었습니다."

"호오, 과연 명성대로 굉장한 무재이신가 보오."

칭찬으로 입을 뗀 사마수와 달리 호사량은 무표정한 얼굴로 본론부터 꺼냈다.

"혼담 얘기는 어찌 됐습니까?"

"마침 소가주와 그 얘기를 나누고 있던 참일세. 우리와 비슷한 생각이시더군."

"그럼 말씀을 나누기 쉽겠군요."

악운은 호사량의 직설적인 대화법이 허례 없이 깔끔하고 편하게 느껴져서 좋았다.

"동진검가에 휘둘리고 싶은 생각은 없습니다. 가주님께서 폐관에서 나오셔서 최종적으로 결정하실 테지만 현재 제 입장은 거절입니다."

사마수가 덧붙였다.

"좋소. 하면 그다음 벌어질 일들에 대해 고려해 봅시다."

"우리의 사업 확장을 방해하거나 혹은 더 큰 제안을 해 올 겁니다."

기다렸다는 듯 호사량이 조언했다.

조 총관이 동의하며 고개를 끄덕였다.

"그 소식이 들리면 황보세가에서도 접근해 올 것일세. 최근 동진검가와 황보세가 사이에 알력이 좀 있는 모양이더군. 적의 적은 아군이라 하지 않던가? 서로 손을 잡자고 달려들고 있으니 칼자루를 쥔 건 우리일 걸세."

사마수도 동의했다.

"예, 하지만 칼자루를 쥐었다고 해서 마냥 자유롭게 칼을 휘두를 수 있는 것도 아닙니다. 괜히 잘못 휘둘렀다간 두 세력 전부 다 상대해야 됩니다. 위험한 일이지요."

잠시 동안 침묵이 감돌던 그때.

악운이 침묵을 깨며 모두에게 물었다.

"최근 그 두 세력의 주력 투자처가 어딥니까?"

사마수가 대표로 대답했다.

"대장간과 군수창고요. 두 집단 모두 실력 좋은 장인을 구하느라 혈안이 되어 있지. 과거에 관(官)에서 군수품 관리를 하던 관리들도 여럿 영입했다던데."

"그럼 사업을 시작할 부지가 필요하겠군요. 창고도, 대장간도 부지가 있어야 하니까요."

악귀의
무원

악운의 이어진 반문에 호사량이 이채를 흘렸다.

"소가주의 말씀이 맞소. 서로 제남, 동평 등 이곳 인근 땅을 사려고 크고 작은 분쟁이 일고 있소. 우리와 혼약을 맺게 되면 가문에 속한 부지들을 싸게 넘기라고 할 것이오."

"팔아 버리는 건 어떻습니까?"

사마수가 헛웃음을 흘렸다.

"안 될 말이오. 제 앞마당을 파는 문파가 어디 있소?"

"안 됩니까?"

조용히 지켜보던 호사량은 뭔가 짐작한 눈치였다.

"혹시 소가주께서는 그것을 통해 다른 사업을 노릴 참이시오?"

"가능하다면요. 동평 전도가 있습니까?"

"기다려 보시오."

잠시 방을 빠져나간 호사량이 얼마 지나지 않아 둘둘 말린 전도를 탁자 위에 펼쳤다.

촤르륵!

악운의 눈에 동쪽 땅이 보였다.

한때 휘경문의 부지였으나 현재는 악가의 부지가 된 지역이었다.

동평의 땅은 대규모 도시 못지않게 크다. 다만 특별히 중심지가 될 만한 장소가 없어 성장하지 못했을 뿐이다.

하지만 도시를 직접 성장시키는 게 아니라 타 세력에 팔아

버리는 건 얘기가 다르다.

"그럼 여기를 반으로 갈라서 양쪽에 팔아넘기죠."

조 총관이 웃음을 터트렸다.

"껄껄! 이이제이! 앞마당을 주되 둘을 견제하겠다, 이것이 로군. 맞소?"

악운이 엷게 미소 지었다.

"맞습니다. 물론 그냥 넘길 수는 없지요. 그에 따른 보상은 필요하지 않겠습니까? 우린 그들에게 경쟁을 맡기고 양쪽에서 우리 사업에 필요한 것들을 얻을 겁니다."

호사량의 표정이 굳어졌다.

"괜찮은 제안이긴 하지만 만약 두 세력에서 산동악가를 걸림돌로 여긴다면 일이 어려워질 것이오."

"그거야 우리가 그들에게 위협이 되어야 이뤄질 일이지요. 아까 사마 각주께서 그러시지 않았습니까? 앞마당 내놓는 가문이 어디 있느냐고……."

"그거야……."

"그들이라고 그렇게 생각 안 하겠습니까? 툭 터놓고 말해 겁을 먹어 배알도 없다 생각하겠지요. 오히려 눈앞의 불부터 끄고 나중에 우리를 삼키려고 들겠지요. 시간만 있다면 가능하다고 여길 테니까요."

"흐음, 미친 짓처럼 보이긴 하나……."

중얼거리던 호사량이 무표정을 깨고 희미한 미소를 흘렸다.

"나 원."

지켜보던 사마수가 혀를 내둘렀다.

제자 놈을 보니 이미 악운의 제안을 흥미롭게 보고 있는 듯싶었다.

역시나 호사량이 말을 꺼냈다.

"그럼 구체적인 계획에 대해 생각해 보신 게 있소? 이를테면 그들에게 어떤 것을 얻어 낼지, 어떤 사업에 투자할지 등 말이오."

"그걸 제가 왜 고려합니까? 저야 제안할 뿐이고……."

꿀 먹은 벙어리가 된 호사량에게 악운이 당돌하게 말을 이었다.

"그 어려운 걸 해내라고 여러분들이 계신 건데."

이어 사람 좋게 웃었다.

⌘

호사량의 어안을 벙벙하게 만든 대화 직후.

악운은 언 대주를 찾았다.

"혼담이라……. 소가주께서 고민이 많으시겠소."

언성운이 악운과 함께 비무장으로 향하며 말했다.

"예, 거절은 거절인데 어떤 방식으로 거절할지는 너무 고민되는 터라 보현각에 모든 일을 일임했습니다. 저보다 나은 해답을 주시겠지요. 물론 결정은 가주님께서 하시겠지만."

"그래도 되겠소? 아무리 그래도 소가주 본인의 혼담이 아니오?"

"소가주가 된 이상 혼자만의 일은 아닙니다. 명분, 관계 모든 이권이 걸려 있죠."

"그거야 맞는 말씀이오나……."

언성운은 볼을 긁적거리며 혀를 내둘렀다.

'보현각에서 꽤나 골치 아프겠구나.'

"보현각에 안 계신 것이 차라리 다행인 것 같다는 표정이십니다."

"그럴 리가 있소? 그저 소가주의 미래를 함께 염려했을 뿐이오."

"그럼 잠시 동안 보현각 가솔들과 함께하는 건 어떠십니까?"

"괜찮소."

단호히 거절하는 언성운을 보며 악운이 미소 지었다.

사실 보현각을 위해 몇 가지 생각해 둔 바가 있기는 했다.

과거는 현시대의 거울과 같다.

다툼은 반복되고 그때 나온 해결책들은 현시대를 살아가는 데 있어 더 나은 해결책으로 바뀌어 사용할 수 있다.

'많은 것을 보았고 느꼈으며 배웠지.'

비단 무공만 배운 게 아니다.

천휘성의 곁에는 많은 인재가 있었다.

하지만…….

'한번 지켜보고 싶군.'

가문을 위해 한데 모이기 시작한 새로운 인연들이 어떤 해답을 내놓을 수 있는지 지켜보고 싶어졌다.

그들의 역량, 그들의 생각 등을 보다 긴밀히 느끼고 공유하며 함께 싸워 나가고 싶다.

'더 이상 혼자 싸우지 않으리라.'

홀로 모든 걸 책임지면서 피 같은 전우들을 하나씩 잃어가던 과거와는 확실히 다를 것이다.

적재적소에 필요한 이들이 채워질 것이며 미처 생각 못 한 일들이 그들을 통해 가문의 이름으로 이뤄져 갈 것이다.

그리고 마침내…….

'번성하리라.'

악운의 눈빛이 강렬해졌다.

물론 그에 발맞춰 자신 역시 준비해야만 했다.

보현각이 어떤 전략을 세울지는 모르겠으나 세의 확장은 늘 충돌을 불러오기 마련이다.

그 충돌을 자신과 아버지가 감당해야 할 것이다.

특히 악운은 자격 없이 태양무신의 유산을 지닌 황보세가를 대놓고 놔둘 생각이 없었다.

"다 왔군요."

곧이어 눈앞에 연무장이 보였다.

원대한 계획은 실행할 역량이 없으면 언제 버려질지 모르는 망상에 불과하다.

멈추지 말고 단련해야 했다.

앞으로 어떤 일들이 다가올지 모르니까.

　　　　　　　　　　🐦

흔히 볼 수 있는 문사 차림의 사내가 작은 서점을 찾았다.

안쪽에 사람 한 명이 겨우 누울 수 있는 창고 같은 서점.

사내는 쌓여 있는 책들을 지나 조심스레 걸음을 옮겼다.

"오랜만에 뵙습니다, 어르신."

공손한 사내의 인사와 함께 노인이 등진 채 누워 있던 자세를 바꿔 앉았다.

"쓸모없는 노인네를 찾아서 뭐 하려고……."

노인이 장죽을 입에 물며 말했다.

"최근에 동평이 시끄럽다지요. 산동악가가 봉문을 깨고 다시 나타났다던데요?"

"몰라. 그게 나랑 무슨 상관이라고? 찾아온 연유나 말하거라."

"산동악가 소가주가 휘경문과의 문파대전으로 유명해졌습니다. 옥면휘검보다 헌앙한 데다 이미 그 경지가 일류에 이르렀다 하더군요. '옥룡불굴(玉龍不屈)'이라 불린다지요?"

"요점만."

"여전하시군요. 아무튼 그와 남매들이 이곳을 제법 자주 드나들었다 해서 한번 찾아와 봤습니다."

"그 귀한 집안 혈손들이 여길 왜 드나들어?"

"잘 아실 텐데요?"

"모른다니까. 용건 끝났으면 그만 가 봐라."

문사 사내가 결국 고개를 끄덕였다.

"그럼 됐습니다. 혹시나 해서 한번 찾아뵈었습니다. 문안 인사를 드린 지도 오래됐고 해서."

"어이."

"예."

"요즘에 뭘 하고 돌아다니기에 이딴 정보를 물어보는 거야?"

"입에 풀칠은 해야지요. 배운 게 도둑질이라지 않습니까?"

쓰게 웃는 문사 사내에게 노인이 혀를 차며 말했다.

"너 말고 동평에 몇 놈이나 더 들어와 있어?"

"한때 어르신 지부에 속했던 이들 중에 산동악가 건으로 의뢰받은 이들이 저를 포함해 다섯은 될 겁니다. 황보세가, 동진검가, 백우상단…… 더 말씀드릴까요?"

"됐어. 일을 그렇게 크게 겪고도 또 이 바닥에 들어와?"

"어르신께 핑계 대 봐야 소용없겠지요. 그만 가 보겠습니다."

"이봐."

"예."

"몸, 조심해."

"알겠습니다."

노인의 염려와 함께 문사 사내가 왔던 것처럼 조용히 사라졌다.

얼마쯤 흘렀을까?

노인이 혀를 차며 벽에 등을 기댔다.

"그 아이들이 산동악가일 줄은 몰랐구먼. 그나저나 그놈…… 분명 둔재였는데, 나이 먹더니 눈이 침침해진 건가."

장씨 노인.

아니, 한때 혈교와 정파 두 진영 모두에게 밟혀 버린 하오문의 마지막 장로 장득춘은 악운의 됨됨이를 떠올려 보며 고개를 갸우뚱거렸다.

무재는 의지가 더 있어 보였는데……

–그럼 잘 부탁드립니다. 안건 논의가 끝나시면 제게도 전해 주시면 고맙겠습니다.

악운이 떠나고 난 후 사마수가 인상을 쓰고 있었다.

"속에 팔십 먹은 능구렁이라도 있는 겐가."

사마수는 어이가 없었다.

구미를 당기게 해 판을 벌여 놓고 쏙 빠진 꼴이지 않나.

그렇다고 무시해 버리기엔…….

제자 놈이 고민할 만큼 제안이 흥미로웠다.

"내가 뭐랬나. 알수록 흥미로운 게 소가주라고 하지 않았
나."

웃고 있는 조 총관을 보며 사마수는 침묵으로 긍정했다.

겉모습만 봐도 약관을 넘은 청년 같아 열여섯으로 보이지
도 않는 판국에 대화는 또 사람을 쥐락펴락 가지고 노는 것
같다.

심지어 감탄할 만큼 잘생겼다.

앞으로 산동 여심…… 아니, 천하가 들썩거리게 생겼다.

"예, 어려운 일을 이리 쉽게 떠넘기는 걸로 보아 확실히
영리한 건 인정해야겠습니다."

"틀린 말도 아니지요. 그나저나……."

호사량이 말을 잇다 말고 미친 듯 웃어 댔다.

"푸하하하!"

"이놈이 또 이러네."

호사량은 흥미로운 일 혹은 사람 등을 조우하면 이렇게 웃
곤 했다.

심지어 한번 웃음이 터지면 꽤 오래 웃었다.

평소 무표정한 게 꼭 웃음을 아껴 두려고 그러는 것처럼.

"스승님, 제가 뭐라 했습니까? 여기 오면 미친 일들을 많이 할 것 같다고 했잖습니까?"

"그래, 단단히 미친 네놈에겐 딱이다. 하긴 너를 제자로 받은 나도 미친놈이지."

조 총관이 혀를 내두르는 사마수를 보며 껄껄 웃었다.

"자, 진정들 하시게. 소가주 말씀대로 추상적인 대화를 현실적인 계획으로 바꾸는 게 우리들이 할 일이 아닌가."

"그거야 그렇지요. 솔직히 흥미롭기는 합니다."

사마수가 그새 다시 무표정으로 돌아온 호사량을 쳐다봤다.

"제자, 네 생각은 어떠냐."

"마음에 듭니다, 소가주가."

"아니, 네 불타는 충성심을 물어본 게 아니라 의견을 말해보라는 게야. 위험한 발상처럼 보이지는 않더냐?"

열정이 넘치긴 했지만 터를 잡은 가문을 망하게 하고 싶지는 않았다.

사마수는 어느 때보다 신중했다.

"위험하지요. 그러나 두 세력의 충돌로 인한 반사이익을 제대로 얻을 수 있다면 충분히 해 볼 만한 일이라고 봅니다. 남들이 가지 않은 길은 위험한 만큼 보상도 큰 것 아니겠습니까?"

"흐음, 그럼 무슨 사업을 선택해야 이 결정이 효과적일까?"

"유랑 생활을 하며 생각해 둔 게 하나 있긴 합니다."

"뭔데?"

"말을 키워 보는 것은 어떻습니까?"

"말을?"

"예. 저는 오래전 산동 곳곳을 유랑하며 다양한 부지들을 많이 봐 뒀지 않습니까? 명마를 키울, 쓸 만한 부지를 알지요. 아직 소문이 나지 않은 곳이라 땅값도 싸게 부를 수 있습니다."

"확실하던가?"

조 총관의 반문에 호사량이 지체 않고 대답했다.

"진법의 근간은 환경을 통해 이뤄집니다. 환경을 공부하면 풍수가 보이지요. 풍수란……."

"설명은 그만하면 됐네. 그럼 이를 위해 필요한 게 무엇인가? 곧 마구간에 말들이 들어오긴 하네만……."

"그보다 더 많아야 합니다. 조사해 보니 좋은 품종이긴 하지만 수가 부족합니다. 다양한 곳에 쓰이려면 품질 좋은 말이 더 많이 필요합니다."

그러자 잠시 사마수도, 장 총관도 아무 말이 없었다.

얼마쯤 흘렀을까?

장 총관이 장고 끝에 말했다.

"그렇다면 너무 장기적인 투자가 되지 않겠는가? 우리는 아직 기반이 다져지지 않았네. 한데 말은 교미 기간만 일 년 이상이지 않나. 실패할 확률도 높고."

"이미 말에 대해 잘 아는 인재들을 품고 계시지 않습니까?"

호사량이 함께 영입된 표두 의형제들을 떠올렸다.

그리고 사마수의 눈에도 이채가 흘렀다.

"설마, 그분?"

"예, 그분이라면 마의까지 가능하신 것으로 압니다."

"그래! 그분을 고려 못 했구나. 그분이 합류하면 해 볼 만은 하겠지. 총관님, 만약 자금 외에 다른 조건들이 채워진다면 어찌 생각하십니까?"

사마수의 반문에 조 총관이 굳은 표정으로 대답했다.

"글쎄. 부지와 인재가 기존 자금으로 해결이 된다면 크게 이의가 없겠지만 문제는 말을 구입할 자금이라 보네. 부각주는 그 자금을 두 세력에서 얻을 요량인 게지?"

"예."

"어렵군. 두 세력이 우리의 제안을 받아들여 일을 진행한다 하더라도 실패로 돌아갈 경우엔 본가가 뿌리째 휘청거릴 수 있네. 말이 어디 한두 푼이던가."

호사량이 포기하지 않고 말했다.

"성공한다면 막대한 부를 얻을 기반을 얻을 겁니다."

이쯤 되자 두 사람의 시선이 침묵하는 사마수에게 향했다.

"어찌 보는가?"

"제 제자는 숫자 계산에 능한 만큼 손익에 예민하지요. 다만 너무 원대한 계획이라 그 계획으로 향할 디딤돌이 필요합니다. 그렇지 않으면 총관 말씀처럼 무리한 투자입니다. 해서 기반을 다질 다른 사업이 필요하긴 합니다."

사마수가 수염을 쓸어내렸다.

이대로라면 사업 자체가 불가능하다는 결론이 내려질 것 같았다.

"그럼 제가 더 고민해 보지요."

호사량이 한발 물러나려던 그때.

사마수가 다시 이 안건 논의에 불을 지폈다.

"총관님, 의원 얘기가 나와 문득 생각이 난 건데 말이지요."

"계속해 보시게."

"상처를 달고 사는 무림인에게 필요한 것이 무엇입니까? 의원도 의원이지만 이를 보조할 약초, 약재, 환약 등이 아닙니까?"

그 순간 호사량의 눈에 이채가 흘렀다.

"스승님의 말씀이 맞습니다. 두 세력에는 최근 전운이 돌기 시작했지요. 어쩌면 문파대전이 일어날 수도 있습니다."

이미 곳곳에서 소규모 분란이 벌어지고 있는 게 두 세력의 현 상황이었다. 웬만한 변수가 아니라면 손을 잡을 가능성은 사라진 것이다.

　장 총관이 무릎을 소리 나게 탁 쳤다.

　"옳거니!"

　장기적인 계획과 그 계획을 위한 자금을 모을 기반이 마련되는 순간이었다.

　"기왕에 동평을 중간 지대로 만들 거라면 둘 모두 환영할 교류 지대로 만들면 됩니다."

　사마수가 붓을 가져와 전도 위에 표시했다.

　태산과 제남 그리고 동평을 잇는 선이 삼각형을 그린다.

　"삼각 교류인 게지요. 에헴! 량아, 이 스승 생각이 어떠하냐."

　"솔직히 놀랐습니다. 스승님께서 이런 선견지명을 가지고 계실 줄이야……."

　"뭐야?"

　사마수가 와락 인상을 썼다.

　칭찬도 기분 나쁘게 하는 재주가 있는 제자다.

　"가주님께서 폐관을 마치고 돌아오시면 바로 보고드리겠네."

　"그러시지요."

　그나저나 일을 이리 크게 만들어 놓은 소가주는 어디로 간 것일까?

"후우, 후우! 과연, 그새 이리도 큰 진전이 있으실 줄은 몰랐소."

언성운이 입가에 흐르는 선혈을 닦으며 호흡을 다스렸다.

"이쯤 하시지요."

악운이 창을 거뒀다.

상의 어깨 쪽 옷자락이 언성운의 권격으로 인해 찢기기는 했지만 말 그대로 그저 천이 찢긴 것일 뿐이다.

지쳐 있는 언성운과는 상반된 상태였다.

'체력도 충분하고 숨도 균일하다.'

언성운의 경지를 앞선 것이다.

"그날의 경험이 깨달음으로 작용한 모양이오. 놀라운 발전이로군."

언성운은 언가의 무공을 파훼했던 소가주의 모습이 결코 운이 아니었다는 걸 새삼 깨달았다.

그는 무(武)에 있어서 천재였다.

"예, 맞습니다. 언가 무공을 차용한 휘경문 일가와의 격돌이 제게 더 넓은 시각을 열게 도왔지요. 게다가 혈교의 무공까지 마주했으니……."

"그런 경험을 허투루 흘리지 않다니. 과연 뛰어난 무재이시오."

"과찬이십니다. 오히려 언 대주께서 보이신 움직임에 꽤 나 놀랐습니다."

"하하, 아니오. 소가주 덕분에 최근 익힌 무공의 부족한 점을 새삼 깨달았다오."

언성운은 최근 휘경문에서 되찾은 진주언가의 비급을 통해 진주삼절권을 익히는 중이었다.

휘경문이 갖고 있던 건 미완성본이었으나 부족한 부분을 메울 수 있는 구결이 언성운에게 있었던 것이다.

직접 부딪쳐 본 악운은 언성운의 경지 역시 가파르게 성장하고 있다는 걸 느꼈다.

'휘경문이 갖고 있던 유산을 회수함으로써 전화로 타 버린 무공 말고 본래 절기의 칠 할 정도는 문제없이 계승 가능해졌다더니, 과연.'

언가가 발전할 기회를 손에 쥔 것이다.

악운은 그것을 좀 더 돕기로 마음먹었다.

"혹여 상대로서 느낀 점을 말씀드려도 누가 안 되겠습니까?"

"물론이오. 듣고 싶소."

"제게 보여 주신 무공이 혹시 말씀하셨던……."

"맞소. 덕분에 복원하게 된 진주삼절권의 초반부였소."

"확실히 몇 번 보여 주셨던 우각균진권과는 차원이 다른 강맹함이었습니다만 미묘하게 균형을 잃은 느낌이었습니다."

"균형을 잃었다? 자세히 말씀해 주시겠소?"

"예. 같은 뿌리는 이어지는 법이라 배웠습니다."

"그렇지."

"그런 의미에서 우각균진권의 균형감은 진주삼절권을 통해서도 똑같이 이어져야 한다고 생각합니다. 다른 무공이 아니라 같은 뿌리에서 출발한 것이니까요."

갑자기 언성운이 조용해졌다.

깨달음의 단초가 된 모양이다.

악운은 의미심장한 미소를 흘린 후 조용히 근처에서 호법을 서 주었다.

한순간에 이렇게 된 것은 아닐 것이다.

그저 '계기'만이 되었을 뿐.

언성운이 그동안 이룩해 온 모든 수련과 경험이 그를 새로운 경지로 이끈 것이다.

그래서일까?

문득 새로운 경지를 위해 폐관에 든 아버지 생각이 났다.

아버지 역시 지금쯤 언 대주와 같이 새로운 길을 마주하고 계실까?

걱정과 기대감이 함께 들었다.

✤

─두려운 짐승에 물러나듯 멈칫거렸어요. 제 기억 속에

서 그려졌던 아버지의 창법은 그런 적이 없었던 것 같은
데…… 착각일까요?

쐐액!
악정호는 뇌공을 뻗었다.
운이의 눈을 곱씹고 또 곱씹었다.
아들의 조언은 옳았다.
자신의 창은 늘 전력을 다하는 것을 두려워했다.
펑! 펑!
뇌공에 깃든 창경이 조금씩 유형화된 기로 일렁이기 시작
했다.
하지만을 반개한 악정호의 눈은 창끝에 향해 있지 않았다.
창(槍) 밖의 마음의 창(窓).
과거 마인과 싸우던 자신의 잔상을 좇고 있었다.
'무엇을 두려워했나.'
그건 일종의 두려움이었다.
언제 어디서 적의 습격이 올지 몰랐기에 매 순간 싸워야
할 적을 두고 공수의 효율만을 생각했다.
내공 소모, 초식의 효율, 적들을 상대해야 하는지 등등.
모든 것들이 족쇄가 되어 초식을 한계 지었다.
그리고 그것들이 습관이 되었다.
쐐액, 쐐액!

하지만…….

'아버지와 내 형님의 창은 그러지 않았다. 내 아들 운이의 창 역시도.'

악가의 창엔 두려움도, 그 어떤 족쇄도 없어야 한다.

활활 타오르는 겁화는 극한까지 맹렬해야 겁화답다.

웅! 웅!

'주저하던 번뇌의 족쇄를 끊고 나의 숨결마저 태워 버린다. 끊임없이 존재함을 알리듯 그렇게.'

수련을 통해 쌓인 피로 때문일까?

슬슬 의식이 희미해지기 시작한 악정호의 눈에 과거의 기억이 스쳤다.

　-어? 창이 안 닿았는데! 형님, 어떻게 하신 거예요?
　-혼신을 다하다 보면 보이는 게 있어. 네가 어디에 서 있는지.

돌아가신 큰형님의 이야기가 떠오르며 악정호의 눈에 짧은 이채가 스쳤다.

'나는 지금 어디에 서 있나? 무엇을 하고 있지?'

그 순간 악정호의 눈에 창과 자신의 움직임이 자유롭게 느껴졌다.

이제야 형님이 말했던 혼신의 의미를 알 것 같다.

'존재의 의미는 혼신을 다해야 비로소 보이는 것을.'

존재감은 사력을 다해 타올라야 닿지 않아도 스스로, 혹은 마주한 자들에게 느껴지는 것이다.

타고 있는 화염에서 뜨거움이 느껴지듯 그렇게.

'창역(槍域).'

동시에 악정호의 창이 변화하기 시작했다.

묵뢰십삼참이 더욱 강한 풍압을 일으키고 들불처럼 수십 개의 창영을 만들었다.

닿지도 않는데 창날이 석벽을 베고 또 벤다.

'나의 모든 것을 태운다. 호흡을 기반으로 시작한 움직임 모두. 그러다 보면······.'

마침내 악정호의 발목을 잡았던 과거의 잔영이 뇌공에 의해 반으로 쩍, 갈라진 순간.

화르륵!

창의 숨결로 비롯된 겁화(劫火).

악가겁화창(岳家劫火槍)이 악정호를 통해 현신했다.

그것을 증명하듯 뇌공 위에 유형화된 창기가 일렁였다.

절정에 오른 것이다.

악정호의 눈이 어느 때보다 강렬하게 빛났다.

고무적인 이 순간.

품에 안길 자식들이 제일 많이 보고 싶었다.

그리고······.

"이제 이 빌어먹을 벽곡단은 안녕이다."
음식 생각만 해도 침이 너무 고였다.

우당탕!
넘어진 의지가 끙, 이를 갈며 일어났다.
"누나, 그만할까요?"
예랑의 반문에 의지가 좌우로 고개를 저었다.
"해야 돼. 그래야 강해질 수 있어."
겨우 일어선 의지에게 제후가 기다렸다는 듯 뛰어왔다.
"누, 누나! 그만하면 안 돼?"
"제후."
"응."
"누나가 뭐라고 했어?"
"오지 말라고……."
"그래, 착하지."
의지가 제후를 달래서 멀찍이 떨어트린 후에 다시 목창을 고쳐 쥐었다.
숨이 턱 밑까지 차올랐지만 괜찮았다.
'오라버니도 그랬을 테니까.'
솔직히 직접 보고도 오라버니의 매 순간이 믿기지 않았다.

늘 해맑게 웃어 주기만 하던 오라버니가 창을 쥐고 피를 묻히면서 거칠었던 무림인들을 압도했다.

무섭기도 했지만 한편으로는…….

'가슴이 뛰어.'

오라버니가 보여 준 그 신위는 어린 의지에게 큰 충격이었고 좇아가야 할 목표가 되었다.

등 떠밀리거나 짐이 되기 싫어서가 아니었다.

몰랐던 꿈이 천천히 고개를 들기 시작했다.

"내가 얘기했지, 오라버니는 아무도 도와주는 사람 없이 자기 꿈만 보고 달렸어. 나라고 못할 리 없잖아."

"누나는 꿈이 무림인이에요?"

"지금?"

"네."

"아니, 그건 본 가가 다시 무림에 발을 들이면서 이미 이뤘어. 난 본 가의 직계니까 당연히 무림인이지. 그래서 지금은……."

의지가 목창을 예랑에게 겨누며 대답했다.

"너부터 이기는 거야."

"지금 누나 실력으론 안 될걸요. 아까부터 계속 쓰러지기만 하셨잖아요."

"그래서?"

"예?"

"너도 아버지 찾는 거 안 된다고 해서 포기했어? 안 했잖아. 나도 그래. 기왕 시작한 거 끝을 봐야지."

의지의 다부진 말에 예랑은 조용히 주먹을 말아 쥐었다.

"좋아요. 끝까지 안 봐드릴 거예요. 여자라고 봐주는 거 없어요."

"서운하네. 진작 그랬어야지!"

의지가 단숨에 땅을 박차고 목창을 휘둘렀다.

타타타탁!

의지가 펼치는 악련정호식의 초식이 조금씩 날카로워져 가고 있었다.

하지만 두 사람은 대련에 집중하느라 전혀 몰랐다.

어느새 제후를 목말 태운 악운이 두 사람을 따뜻한 눈으로 지켜보고 있다는 걸.

"큰형아."

"응?"

"누나는 언제쯤 큰형아처럼 안 맞고 싸울 수 있어? 눈탱이가 밤탱이 됐잖아."

"글쎄, 제후가 여섯 살 정도 되면?"

"빨리 그때가 왔으면 좋겠다."

"싫을걸."

"왜?"

"그때 되면 누나한테 제후가 맞고 있을 거거든."

"왜 누나가 제후를 때려?"

"다 그러면서 크는 거야."

의지와 대련하게 될 미래를 예상 못 하는 제후가 말없이 고개만 갸웃거렸다.

악운은 그 모습이 너무 귀여워서 웃음을 터트리고 말았다.

그나저나…….

"제법이구나."

의지의 실력이 그새 많이도 늘었다.

아무래도 더 성장할 수 있게 기반을 마련해 줘야 할 것 같다.

상처가 금방 아무는 금창약 조제라도 해 주는 것이 좋을 것 같고 그것이 아니라면 영약이라도…….

"슬슬 준비해야겠어."

가문의 뼈대를 세웠으니, 이제 기반을 닦을 차례였다.

다음 권으로 이어집니다

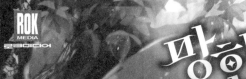